BLU, COMO A COR AZUL

MARIE-FRANCE LEGER

BLU, COMO A COR AZUL

TRADUÇÃO
KARLA LIMA

_mood

Esta é uma publicação Mood, selo exclusivo da Ciranda Cultural
© 2024 Ciranda Cultural Editora e Distribuidora Ltda.

Traduzido do original em inglês
A hue of Blu

Texto
© Marie-France Leger, 2023

Publisher
Samara A. Buchweitz

Editora
Michele de Souza Barbosa

Tradução
Karla Lima

Produção editorial
Ciranda Cultural

Preparação
Walter Sagardoy

Diagramação
Linea Editora

Revisão
Mônica Glasser

Design de capa
Marcus Pallas

Dados Internacionais de Catalogação na Publicação (CIP) de acordo com ISBD

L512b	Leger, Marie-France
	Blu, como a cor azul / Marie-France Leger ; traduzido por Karla Lima. - Jandira, SP : Mood, 2024.
	352 p. ; 14,00cm x 20,00cm.
	Título original: A hue of Blu
	ISBN: 978-65-83060-18-1
	1. Literatura inglesa. 2. Drama. 3. Romance. 4. Relacionamento. 5. Depressão. 6. Sofrimento. I. Lima, Karla . II. Título.
2024-2267	CDD 820
	CDU 82/9.82-31

Elaborada por Lucio Feitosa - CRB-8/8803

Índice para catálogo sistemático:
1. Literatura inglesa : 820
2. Literatura inglesa : 82/9.82-31

1ª edição em 2024
www.cirandacultural.com.br
Todos os direitos reservados.
Nenhuma parte desta publicação pode ser reproduzida, arquivada em sistema de busca ou transmitida por qualquer meio, seja ele eletrônico, fotocópia, gravação ou outros, sem prévia autorização do detentor dos direitos, e não pode circular encadernada ou encapada de maneira distinta daquela em que foi publicada, ou sem que as mesmas condições sejam impostas aos compradores subsequentes.

PLAYLIST DA AUTORA

"Cry" – **Cigarettes After Sex**
"Romantic homicide" – **d4vd**
"True blue" – **Billie Eilish**
"Afraid" – **The Neighbourhood**
"Somebody else" – **The 1975**
"Reflections" – **The Neighbourhood**
"Into it" – **Chase Atlantic**
"I miss the days" – **NF**
"Way down we go" – **KALEO**
"I don't love you" – **My Chemical Romance**
"Those eyes" – **New West**
"Moral of the story" – **Ashe**
"You broke me first" – **Tate McRae**
"Mercy" – **MØ**
"Remember that night" – **Sara Kays**
"We might as well be strangers" – **Keane**
"Say something" – **A Great Big World**

AVISO

Se você está procurando um romance leve e feliz, com um final perfeito, este talvez não seja o livro para você. Ele aborda situações e traumas realistas. Se você se interessa por isso, ficarei feliz em ter sua companhia ao longo desta jornada de cura, angústia e crescimento. Sejam gentis com seus corações, meus amores.

Mar.

Para todas as pessoas presas em um quarto escuro. Tenham a coragem de abrir a janela. Há um mundo cheio de cores, para além das paredes da sua mente.

Alerta de gatilho: alcoolismo, relacionamentos tóxicos, saúde mental (especificamente depressão e transtorno de personalidade limítrofe), autoimagem corporal, automutilação, menções a outra mulher/outro homem e perda de pai ou mãe.

PARTE UM
ANO DE FORMATURA

"Eu vivo;
eu morro;
o mar me encobre;
é a melancolia
que perdura."

Virginia Woolf

CAPÍTULO UM

Blu

QUARTO ANO DA GRADUAÇÃO
PRIMEIRA SEMANA – PRESENTE

— Reserva para as oito, certo, Carter?

Segurei o telefone com força, enquanto seguia uma colega, aluna da Universidade de York. O cabelo dela, uma trança comprida com gel, balançava para a frente e para trás como um bumerangue.

Daí recebi o tapa na cara.

— *Jesus Cristo* – murmurei.

Ela nem percebeu. Tenho certeza de que tinha estapeado mil e uma pessoas, só neste dia, com aquele chicote mortal.

— O que é que tem Jesus, Blu?

Revirei os olhos e entrei no prédio de Comunicações da minha faculdade. Só que, desta vez, mantive uma distância significativa de todos ao meu redor. *Como sempre.*

— Alguém bateu na minha cara.

— Ninguém bateu na sua cara – Carter afirmou. Como se ele me conhecesse. Como se enxergasse através dos meus exageros.

Não havia muita gente que conseguia.

Não havia muita gente que se desse ao trabalho.

– Mas, sim, hoje às oito, Cuisine Mercanti.

Assenti como se ele pudesse ver, sabendo muito bem que ele estava no *laptop* do trabalho percorrendo uma lista de garotas do Tinder.

– Te vejo mais tarde – desliguei o telefone antes que ele pudesse falar tchau e espiei os números das salas.

Meu seminário sobre cultura pop era na sala duzentos e doze, e aquele prédio já me dava engulhos. Teias de aranha, tijolos expostos com chiclete grudado nas fendas dos cantos quebrados.

– *Oito meses para a formatura* – eu repetia para mim mesma. – *Oito meses para dar o fora daqui.*

Tive esta professora no ano passado, mas o curso era online, então comparecer era um saco. Veja bem, eu ouvia a voz dela e sabia qual era sua aparência, mas todas as outras pessoas eram um mistério.

Um mistério que não me interessava resolver.

– ... E foi isso que Stuart Hall citou, no conteúdo para a próxima semana, que sei que todos vocês estão morrendo de vontade de ler.

Risos discretos atravessaram o bloco cinzento, que encaixotava uns vinte alunos em assentos desconfortáveis e carteiras minúsculas.

– Ei, olá – minha professora disse. Tinha olhos doces; alertas, mas meigos. – Bom ver você. Sente-se.

Meus dedos se agitaram em uma ondinha, quando exibi um sorriso ensaiado.

– Era meu plano.

Algumas pessoas deram risada disso. Eu era boa em provocar reações.

Minhas pernas nuas tocaram a cadeira de plástico antes que eu conseguisse arrumar o comprimento da minissaia preta. Estava quente para o início de setembro, o que significava que idiotas como o babaca do canto ficavam à espreita para tentar olhar por baixo de vestidos esvoaçantes.

Sustentei o contato visual desconfortável até que ele desviasse, embaralhando cartas de Pokemon por baixo de mangas folgadas. *Tarado*.

Foi quando meus olhos captaram outra coisa, ou, melhor dizendo, outra *pessoa*. O olhar dele sustentou o meu também, ao menos por um breve instante. Um instante que guardei.

Um instante que eu não esqueceria.

Cabelo castanho-claro, longo o bastante para escapar por baixo do boné de beisebol, mas não bagunçado. Olhos azuis, com uma pincelada de verde. Rosto esculpido, anguloso como o de um modelo; sem pelos faciais.

Eu era observadora, uma característica da qual adorava me gabar. Carter sabia isso a meu respeito; *nada* escapava a Blu Henderson.

Quando alguém me interessava, não tinha volta. Para eles, quero dizer.

Eu era intocável, inatingível, carismática e charmosa. Empunhava meu orgulho como uma espada.

Aquele cara seria meu, quer ele soubesse disso ou não.

Pelo resto da aula eu o observei. Estava sentado na fileira da frente e eu rabisquei umas suposições:

Dois brincos. Um pingente de cruz, uma pérola. Hipster, talvez. Gótico? Astro de rede social?

Camiseta branca. Jeans marinho. Jaqueta Nike. Pulseira de prata. Sabe se vestir? Um pouco suspeito.

Formado em Artes. Tatuagens. "A criação de Adão", do Michelângelo, abaixo do cotovelo, uma rosa ao lado. Definitivamente formado em Artes.

– Qual a sua opinião, senhorita do cabelo azul, na terceira fila?

Está me encarando. Olhos definitivamente azuis. Tem um belo privilégio, certeza. Não tem como...

Uma menina encostou no meu ombro, ou melhor, cutucou.

– O que foi?

– A professora te fez uma pergunta – ela cochichou. A voz era anasalada.

Ah, então era por isso que ele estava olhando para mim. Meus olhos percorreram a sala, encontrando todos os olhares, até parar no dele. Senti a professora me encarando, mas ela podia esperar. Só mais um segundo; eu precisava saber qual era a sensação de estar na visão dele.

– Como disse, professora? – finalmente desviei o olhar, um sorriso sutil brincando nos lábios.

Talvez ela pensasse que eu estava sorrindo para ela. Talvez fosse melhor assim.

– Perguntei quais suas ideias sobre o texto de Adorno – ela retomou.
– Você estava fazendo anotações.

Ah, sim, estava. Não que fosse da conta dela. Folheei depressa o documento das minhas hipóteses e o pousei com o verso para baixo.

– Lista do mercado – informei, tamborilando a caneta no tampo de madeira.

A expressão do rosto dela se alterou visivelmente.

– Não creio que agora seja o momento para...

– ... mas, se a senhora está pedindo minha opinião sobre Adorno, eu diria que os valores morais dele eram distorcidos. Os conceitos que ele tem sobre alta e baixa cultura são não progressistas. – Meus olhos não se desviaram dos dela, enquanto prossegui. – Ao rotular o jazz como baixa cultura, ele está colocando as pessoas em categorias de acordo com o que gostam e desgostam, até fazendo julgamentos, inclusive. – Virei para a Ana Anasalada ao meu lado. – Você gosta de jazz?

Jesus, eu poderia ter parado o trânsito com o vermelho que apareceu nas faces dela.

– Eu, um... – engoliu em seco. – É legal. Eu... Eu gosto, às vezes.

– Ela gosta, às vezes – afirmei, de novo concentrando minha atenção à frente. – E quem sou eu para julgar o gosto parcial dela por jazz? Adoro julgaria. Por isso, discordo das crenças dele. Opinião concluída, professora.

Alguém no fundão riu alto e eu me virei para absorver a glória. Um retardado com chapéu de pescaria, casaco xadrez e jeans preto estava me olhando com admiração.

Vi a mesma coisa em todo mundo.

Eles viam isso em mim.

– Obrigada por compartilhar... – ela queria meu nome.

– Blu, professora. Blu Henderson.

Em outro contexto, eu teria apertado a mão dela. Parecia um pouco inapropriado, mas estendi o braço mesmo assim.

Como a maioria das pessoas, ela demonstrou boas maneiras ao receber o gesto, apesar de não ser sincero. Eu só queria manter a atenção *dele* mais um pouco. Eu sabia que a tinha. Sentia o olhar dele.

Dez minutos depois a aula finalmente acabou, sem nenhuma contribuição significativa de ninguém além de mim. Eu soube que a professora Granger tinha a própria lista de hipóteses no segundo em que me viu entrar pela porta. Como poderia não ser assim?

Cabelo azul-escuro, olhos castanho-claros, roupa de estrela do rock e uma personalidade que exigia atenção, porque eu a merecia. Atenção me era devida.

Atenção me era muito devida.

Ele se levantou, recolheu a mochila preta e os Air Pods. Deus, como era alto. Nunca dá para saber, de verdade, quando a pessoa está sentada, mas eu arriscaria um metro noventa, trinta centímetros a mais do que eu.

– Bom ver você de novo, Jace – a professora falou para ele.

Jace.

Jace.

Jace.

O nome ficou gravado em mim como uma tatuagem.

– Da mesma forma, professora. – Aquela voz. *A* voz. A voz de Jace.

Os olhos dele fitaram os meus por uma fração de segundo, antes que ele saísse da sala. Aquele olhar flutuou na minha cabeça. Quicou. Exigiu.

Jace seria parte de mim.

Eu seria parte dele.

Rapidamente suspendi a alça da bolsa até o ombro e disparei para a porta, quando a professora Granger chamou:

– Você é uma figura, Blu Henderson.

Você é uma figura, Blu Henderson.

Claro que sou, quis dizer. *Ainda bem que você reconhece*, deveria ter dito. Em vez disso, sorri.

– Vejo a senhora na próxima semana, professora.

Quando finalmente saí da sala, Jace estava no bebedouro enchendo o copo de canudinho acoplado.

Ele olhou para mim.

Eu olhei de relance para ele.

E me afastei.

CAPÍTULO DOIS

Jace

QUARTO ANO DA GRADUAÇÃO
PRIMEIRA SEMANA – PRESENTE

– Você pode atender? – minha mãe pediu, da sala.

Eu soube quem era mesmo antes de abrir a porta. O Chevy de Baxter estava estacionado na rua.

– E aí – cumprimentei, deixando meu irmão entrar.

Ele fez um aceno de cabeça, a silhueta alta preenchendo quase todo o vão da porta.

– O que me conta, Jace?

– Nada, acabei de voltar da escola. – Fechei a porta atrás de nós e deslizei os dedos pelo cabelo. – A gente vai fazer fotos hoje?

Baxter era fotógrafo, o melhor de todos. Talvez eu fosse um pouco parcial por ele ser meu irmão mais velho, mas era talentoso demais para não receber o reconhecimento que merecia.

– Não vou poder. – Ele atravessou o corredor e parou ao lado do sofá.

– Oi, mãe.

– Oi, Bax – ela sorriu. Ela sempre tinha um olhar feliz perto dos meus irmãos. – Que bom que você deu uma passada.

– É, eu queria falar com o Will. Pensei que ele viria aqui depois do golfe, mas vai ver ele ainda está no campo.

Eu me apoiei na parede e cruzei os braços.

– O Will não me falou que ia jogar golfe.

– E por que haveria de te falar, moleque? – Baxter riu e se abaixou para fazer cafuné em Sadie. – Ele está com os veteranos.

Nossa labrador chocolate retribuiu os afagos, absorvendo o carinho que ele dirigia a ela. Um carinho que ele raramente dava a mim.

– Eu tenho vinte e um – declarei, como se tivesse alguma coisa a provar. Sempre tinha. Ao menos para meus irmãos mais velhos.

– É, mas os veteranos têm trinta. É uma bela diferença, Jace.

Will trabalhava como analista financeiro no centro da cidade. Alguns anos antes, quando conquistou essa posição, meus irmãos e eu apelidamos os colegas dele de "os veteranos", porque eles desfilavam pelo escritório como veteranos de guerra. Nunca pensei que o Will viraria um deles.

Nunca pensei que várias coisas aconteceriam.

– Olha só – ele começou. – Quando você vai ter carro?

– Quando eu puder comprar um.

Ele riu. Estava sendo condescendente. Tudo que meus irmãos faziam, já há algum tempo, parecia ser.

– Não vai poder comprar merda nenhuma, se não trabalhar.

– Olha a língua – minha mãe avisou, baixando o volume da TV. – Ele vai trabalhar quando se formar, não vai, Jace?

Aquilo era sempre tema de conversa. Eu odiava sentir-me inferior a Will, Baxter e Scott. Por ser o mais novo dos quatro, eu sabia que não havia muito espaço para eu crescer, mesmo se eu quisesse. Aos olhos deles, sempre seria uma criança.

Para os três, eu sempre estaria abaixo deles.

– Não fica triste com o negócio do futebol, Jace. Às vezes as coisas não dão certo – Baxter disse, como se eu tivesse mencionado o esporte em um diálogo silencioso.

— Não falei nada sobre o futebol.

— Não, mas está o tempo todo pensando nisso. Não dá pra ficar se punindo por uma coisa que já passou. Vai pra rua – ele insistiu, girando as chaves. – Encontre um emprego novo. Encontre um propósito.

Encontrar um propósito. Como se fosse a coisa mais fácil do mundo. Encontrar um propósito quando todas as pessoas à sua volta já encontraram o delas. Quando foi instilado nelas desde o nascimento. Quando a coisa que você mais amava, a carreira que você pensou que seguiria, se esmigalhou sob seus pés.

— Não é tão fácil. – Arrumei a camiseta e olhei para os meus braços. Eu vinha malhando. Queria que o Baxter visse que eu não era um merda de um fracassado.

Ele riu, mas foi sarcástico.

— Nunca nada é. Cada um constrói a própria sorte neste mundo, Jace. – Ele beliscou o braço da minha mãe e saiu pela porta.

— Ei! – ela protestou, esfregando a pele avermelhada. – Você tem vinte e seis anos, Bax. Pare de fazer isso.

Ele riu, mas foi genuíno.

— Velhos hábitos nunca morrem. – Em seguida, se virou para mim e me deu um soco no ombro. – Até mais, moleque.

Moleque.

Moleque.

Moleque.

— Meu nome é Jace – resmunguei, pouco acima de um sussurro. Quem teria ouvido?

Quem teria querido ouvir?

CAPÍTULO TRÊS

Blu

DOIS VERÕES ANTES

– Manda mensagem quando terminar – Fawn disse, quando bati na porta do Tyler.

– Pode deixar. Vou te contar os detalhes sórdidos no Uber de volta para casa.

– Você é doida – ela riu e desligou.

Bem na hora, Tyler abriu e imediatamente me puxou para dentro. As mãos dele eram calosas, por causa do trabalho em construção civil, e as costas da camiseta estavam manchadas de suor.

– Humm… – ele me beijou, forçando a língua para dentro da minha boca. – Eu precisava disso.

É claro que sim. Eu nasci para satisfazer. Eu tinha sabor de pudim de baunilha.

Ele passou os dedos no meu mamilo, que se endureceram ao toque. Eu tinha, de propósito, vestido uma peça transparente, de trama aberta. Tyler gostava.

– Sofá – ele ordenou. Obedeci e em segundos ele me inclinou, as costas da mão batendo na minha nádega direita.

Doeu. Sempre doía. Mas eu sorri apesar da dor. Tyler gostava.

– Apaga a luz – pedi. A escuridão escondia minhas imperfeições. Eu era perfeita, na baixa visibilidade.

Mas ele não se mexeu. Afastou minhas pernas com o pé e puxou minha saia para baixo. Senti a pele da barriga cair um pouco. Eu não comia muito. Por que, então, tinha barriga? Aquilo não era nada bom.

Ele pegou meu seio enquanto deslizava o pau para dentro de mim.

Minha barriga gorda estava presente.

A luz estava acesa.

Ele ia sentir.

Ele ia ver *tudo*.

Pus um braço por cima da barriga e usei a outra mão para guiar a dele para o meu clits. Ele não pegou. Queria meu peito.

– Que tesão, Blu! – ele gemeu.

Eu não o sentia dentro de mim.

Sentia a pizza de dois dias antes.

A salada da noite anterior.

A água. Tanta água. Água de café da manhã. Água de almoço.

Ele terminou rápido, graças a Deus. Consegui evitar que ele visse minha pele flácida. *Chega de cebola palha frita na salada e carboidratos inúteis*, anotei mentalmente.

Enquanto ele tirava a camisinha, puxei a saia para cima depressa, ajeitei o cabelo. Um botão se soltou, mas minha mãe não iria se importar. Estaria bêbada demais para perceber.

Fazia alguns meses que Tyler era meu pau amigo. Quando fiz vinte e um, a gente se conheceu em um bar na Península Adelaide. Ele me impressionou com o cargo no trabalho, eu o impressionei com os seios. Transamos no banheiro e continuamos saindo desde então.

Na maioria das noites, estávamos absurdamente bêbados. Mas hoje ele insistiu em me ver sóbria, talvez para sentir completamente como era incrível estar dentro de mim. Mas para mim não foi nada incrível.

A luz estava acesa.

Recolhi o conteúdo espalhado da minha bolsa e fui para a porta arrastando os tênis.

— Estou indo nessa — falei. Ficar enrolando na casa de um cara é a pior coisa que você pode fazer. É constrangedor.

— Adoro isso em você — Tyler me disse, na terceira vez que saímos. — Você nunca vai além do que sabe fazer.

Que ofensa.

Por que eu tinha voltado?

Ele saiu do banheiro quando eu estava de saída, os olhos escaneando meu corpo.

— Você devia tentar fazer academia, Blu. Sou sócio de uma, se você quiser ir como convidada...

Fechei a porta antes de começar a chorar.

Nunca mais vi Tyler.

CAPÍTULO QUATRO

Jace

ÚLTIMO ANO DO ENSINO MÉDIO
QUATRO ANOS ANTES

— Ontem à noite a Sarah me pediu para ir com ela ao baile de formatura – Morris se vangloriou, amarrando as chuteiras. – Fez um pedido bom demais.

Não pude evitar sentir inveja. Eu sentia sempre. Morris conseguia todas as garotas que queria.

Ninguém queria o cara alto e magro, com espinhas em setenta por cento do corpo. *Como alguém poderia desejar isso?*

— Um pouco cedo para convites para o baile de formatura – falei, afastando a amargura. – Como ela pediu?

Ele ficou sentado em silêncio por um minuto, com o maior sorrisão na cara. Eu sabia que ele estava pensando sobre o assunto, sobre ela. Só sonhando eu podia me imaginar sentindo isso por alguém; só sonhando o sentimento seria recíproco.

— Ela apareceu lá em casa com uma lingerie minúscula e…

— Espera. O quê? – Connor falou, vestindo a camisa. – Como é que seus pais não surtaram?

– Eles não estavam, mané – Morris disse, e jogou uma meia na cara dele.

– E como eu ia saber? Você tirou foto dela?

– Morde a língua, McCook – Danny interrompeu, levantando um halter com o braço direito.

Meu olhar se demorou no corpo do Danny. Depois olhei para o meu. Deixei escapar um suspiro.

– A Sarah é a garota do Cumberland, Danny. Por que está tão irritado? – Connor brincou. – Ela é sua *crush*?

– Quer que eu jogue isso em você? – Danny agitou a barra como se fosse uma pena.

Como eu queria, pensei. *Como eu queria*.

– Por que essa cara de desânimo, Boland? – A voz do Morris ecoou. – Você ainda tem um ano pela frente.

Continuei amarrando os cadarços, a cabeça baixa. Eu não falava muito com ninguém. O silêncio era a melhor opção. O silêncio não dava início a discussões. O silêncio não dava espaço para julgamentos verbais.

– Certeza que a Tatiana vai convidar Jace para o baile – Connor começou. – Eles formam um belo par.

Todo mundo caiu na risada. Era meu pior pesadelo.

Tatiana Orelwall pesava bem mais do que qualquer garota de um metro e cinquenta e cinco deveria, aos dezessete anos. Tinha uma coisa com bonecas de porcelana (carregava uma para todo lado) e o rosto era coberto de acne cística. Tínhamos isso em comum.

Danny era o único que não estava rindo, mas também não estava me defendendo. Na verdade, ninguém me defendia. Eu mesmo mal me defendia.

O treinador tocou o apito e todo mundo ficou de pé. Todo mundo menos eu. Senti as lágrimas arderem, mas não derramei nenhuma. Ninguém deveria me ver assim. Eu já era visto como fraco o suficiente.

Uma garrafa de Gatorade foi jogada no chão à minha frente. Max, acho que era o nome dele, passou por mim gingando, com uma expressão impassível. Max nunca sorria, também nunca franzia a cara. Ele era só... Max.

– Pega, cara. É sua – ele disse.

– Desculpe?

Ele chutou a garrafa laranja até meus pés.

– Para o treino. Eu tenho outra.

Não soube o que dizer, nunca sabia. Então peguei e fiz com a cabeça um gesto de agradecimento. Por sorte, o Max não se importou. Passou por mim e entrou em campo.

Esse foi o dia que consolidou o valor do silêncio, ao menos para mim.

Max não riu de mim.

Max se encaixava.

Max não era popular. Também não era um fracassado.

Max estava em forma, mas não era bombado.

Max provavelmente não se importava com o que as pessoas pensavam dele.

Eu queria ser como Max.

CAPÍTULO CINCO

Blu

QUARTO ANO DA GRADUAÇÃO
PRIMEIRA SEMANA – PRESENTE

Me recostei na almofada de veludo, no reservado do Cuisine Mercanti.

– Já decidiram o que vão pedir? – a garçonete perguntou. Era bonita. Carter provavelmente a estava devorando com os olhos.

– Vou querer o Sauvignon Blanc – respondi, devolvendo o cardápio. – Só as bebidas, por enquanto – meus olhos procuraram o crachá –, Ellie.

Aprendi que as pessoas gostam quando você diz o nome delas. É como um passo extra na valorização da personalidade da pessoa. Faz com que se sintam enxergadas. Eu era ótima nisso.

– Cento e setenta ou duzentos e trinta mililitros? – perguntou, o rosto um pouco mais radiante.

– A garrafa – Carter respondeu por mim e mandou uma piscadela, flertando.

Ela não retribuiu. Talvez porque já tivesse namorado. Talvez porque estivesse a fim de mim.

Provavelmente, a segunda opção.

Ela pegou os cardápios e se afastou antes que Carter ficasse chateado.

– Não fica bravo – falei, tomando um pouco de água. – Ela provavelmente é comprometida.

Ele revirou os olhos.

– Ninguém gosta de mim.

– Eu gosto de você.

– Você não conta.

– Eu sou a única que conta. – Dei risada e observei o ambiente. Meus olhos captaram dois homens usando blazers caros, sentados ao balcão. O mais atraente estava me encarando. O outro exibia sinais claros de embriaguez.

– Carter, seja discreto. Está vendo aqueles dois caras no bar? – perguntei, e ele assentiu. – Qual dos dois é mais bonitão?

– O da esquerda.

Era o idiota bêbado.

– Resposta errada.

Ele deu de ombros, enrolando o guardanapo.

– É simplesmente a verdade.

Cruzei os braços.

– O da direita é muito mais gostoso.

– Você só está dizendo isso porque ele está te olhando.

– Não diga asneiras. Você é melhor do que isso – respondi, mas analisei os dois mais um pouco.

O que lutava contra a bebedeira era mais refinado, o blazer um pouco mais escuro, um pouco mais limpo. O cabelo preto encaracolava ao redor das orelhas de um jeito sexy, desarrumado. Era mais chamativo, tinha lábios carnudos. É, era um tipão.

O que estava me encarando, bom, também não era horrível de se ver. Cabelo bem curto, um pouquinho de barriga de cerveja. Inconscientemente tateei a barriga e ajustei a cintura da saia para disfarçar qualquer volume.

– Talvez você tenha razão – tive vergonha de admitir. – Mas ele não é feio.

– Não é. – Carter olhou para um grupo de garotas sentadas perto dos dois homens. – E quanto a elas? Você acha que tenho alguma chance?

– Talvez. Se deixar crescer um pouco de pelo no peito e abordar alguém pessoalmente. O Tinder não está te levando a lugar nenhum.

Ele atirou contra mim a embalagem do canudo. Me desviei.

– Não sou como você, Blu. Não abordo pessoas aleatórias.

Dei uma gargalhada exagerada, querendo chamar a atenção do homem do blazer de novo. Funcionou.

– Carter, você tem vinte e cinco anos. Não seja ridículo.

– Você é tão agressiva, às vezes – ele rebateu, uma centelha de raiva no olhar.

Deixei passar. Ninguém conseguia ficar bravo comigo.

A garçonete, Ellie, trouxe o vinho para nossa mesa e pousou dois copos. Me mostrou a garrafa, comportamento padrão, serviu um pouco e o líquido dançou em volta da minha língua.

– Belas pernas – brinquei.

– Ela não estava falando sobre o vinho[1] – Carter acrescentou. Desta vez a ligação se estabeleceu e ela corou um pouco.

Ellie pôs a garrafa no balde de gelo e se afastou; cumprimentei Carter pelo primeiro sucesso da noite.

– Bem atrevido – sorri.

– Estou aprendendo com a melhor. – Tocamos os copos e ele recomeçou a falar: – Como foi seu último primeiro dia na faculdade?

O pensamento provocou uma onda de adrenalina no meu corpo. Só mais oito meses. Mais oito meses e eu seria livre. Pegaria fosse qual

---

[1] No diálogo, a associação das "pernas" com o vinho é devida a uma expressão usada na degustação para descrever as gotas que escorrem pelas laterais da taça depois que o vinho é agitado. Essas gotas são chamadas de "pernas" (ou "lágrimas") e, geralmente, indicam a viscosidade e o teor alcoólico ou o nível de açúcar do vinho. [N.E.]

fosse a herança deixada pelo meu pai e partiria para as estrelas. Por "as estrelas", quero dizer Paris.

Desde que eu era pequena, sempre quis ir. Estereótipos idiotas cercavam a cidade: *Ah, Paris não é nada de tanto assim. Paris é só um lugar turístico. Paris isso, aquilo e aquilo outro*, mas danem-se os estereótipos.

Paris era um sonho, era isso que era. A atmosfera, a Torre Eiffel, o ambiente... Tudo era novo. Meu, para ser explorado. E eu estava determinada a explorar.

Minha mãe não poderia mais segurar a herança, quando eu me formasse. Estava escrito no testamento dele, quando meu pai me deixou. Quando o alcoolismo levou embora as melhores partes dele.

Bebi para desviar os pensamentos disso e os redirecionei para Jace. Jace.

Jace, Jace, Jace.

— Tenho uma queda por uma pessoa do meu curso.

Carter espiou por trás do copo.

— Quer dizer, o curso onde você estava uma hora atrás?

Assenti. *Eu estava falando grego?*

— Posso perguntar como você conseguiu formar sentimentos tão rápido, ou será que nem quero saber?

— Eu não tenho sentimentos pelas pessoas. É só um crush. — Sentimentos eram para os fracos. Eu era forte.

— E o que você vai fazer sobre o dito crush?

Me endireitei na cadeira.

— Vou fazer com que me ame.

Carter deu um sorriso sarcástico.

— E depois?

— Ainda não fui tão longe.

Mas tinha pensado nele. Durante toda a viagem de metrô até o Mercanti, tinha pensado nele. Não era meu tipo habitual. Ele era um enigma. Em um mundo tão material e cinzento, eu era o sol que o trazia à vida. Pelo menos no meu universo particular.

– Vamos brindar aos novos começos? – sugeri, estendendo meu copo de vinho.

Ele concordou comigo. Eles sempre concordavam comigo.

– À sua saúde, Blu. A garota que sempre consegue o que quer.

Como eu queria que aquilo fosse verdade.

Como eu queria que alguém percebesse.

Enxuguei o resto do vinho e gesticulei com o copo para o homem de blazer que encarava meu rosto, depois meu peito.

Uma sensação de adoração, desejo e uma pontada de ressentimento me cruzou por dentro. Afastei a pontada e me concentrei no fato de ser o objeto do desejo dele. Era só isso que importava.

Em um mundo com escassez de amor, eu precisava ser desejada.

Eu era desejada.

Eu me sentia desejada.

Amada não, nunca.

Mas eu era desejada.

CAPÍTULO SEIS

Jace

QUARTO ANO DA GRADUAÇÃO
SEGUNDA SEMANA – PRESENTE

Blu se sentou do meu lado.
– Jace, certo? – A voz dela era exigente, sedutora. Encrenca.
Apertei os lábios e confirmei com a cabeça.
– Oi.
Ela estava de agasalho preto e calças de moletom, tênis brancos e o cabelo azul escuro preso em um coque frouxo. Os olhos castanhos faiscaram nos meus, quando ela se acomodou na cadeira e se virou para mim.
– Oi – ela repetiu. O sorriso era bonito. Todos os dentes eram perfeitamente retos, exceto os dois da frente; um pequeno problema de encavalamento. Os meus também eram assim. Eu corrigi. Eu corrigia tudo.
– Eu disse oi – falei e ri, mas saiu meio rude. Não me corrigi. Eu soava como meus irmãos. Eles nunca se corrigiam.
Se ela ficou ofendida, não disse nada. Nada parecia ofendê-la.
Reparei nela no primeiro dia do curso. O cabelo azul era como um sopro de ar fresco sentado entre paredes monótonas, insípidas. O jeito

como ela respondeu à professora Granger me deixou besta; ninguém falava como ela falava.

— Foi mal, eu não te ouvi. — Tirou das orelhas os fones pretos. Tive a sensação de que ela não estava escutando nada.

Preferi não responder e comecei a sacudir a perna. Era um hábito meu de nervosismo, que mal percebia que estava fazendo, até começar a ter cãibras.

As carteiras tinham sido aproximadas, quase como se o universo soubesse que Blu ia se sentar perto de mim.

Blu Henderson, ela havia informado na aula anterior.

Que tipo de nome era Blu? Apelido, com certeza. Um que os amigos devem ter dado, ou a família. Como seria a família dela? Por que eu simplesmente não perguntava? Eu nunca fui bom em fazer perguntas. Nunca fui bom em dizer fosse o que fosse.

Isso era com o Morris. Isso era com Danny. Connor. Reid. Price. Todo mundo.

Todo mundo, menos eu.

Ouvi Granger falar sobre semiótica. Foi bem interessante, bem envolvente, até que os dedos *dela* roçaram o meu joelho.

Ela olhou para mim. Eu olhei para ela. Pensei que tinha parado de sacudir a perna meia hora antes. Não tinha.

A mão dela ficou pousada por um breve instante, até que decidiu retirar e olhar para a frente. Desejei que ela encostasse em mim de novo. Esse desejo era incomum.

Quando começou o intervalo, ela não perdeu tempo em fazer a pergunta.

— Você faz isso sempre?

— Isso o quê? — Eu sabia a que ela estava se referindo, mas quis assim mesmo escutá-la dizer.

— Sua perna. Você não consegue deixar parada.

Dei de ombros.

– É só uma coisa que eu faço.

– Humm... – Ela se recostou, os olhos castanhos escaneando os meus. – Você é muito bonito.

Se eu estivesse tomando água, teria cuspido. Minhas faces começaram a esquentar, mas enterrei o rubor antes que chegasse à superfície. Ela provavelmente percebeu, porque sorriu.

– Você parece um quadro.

– Um quadro? – perguntei. Queria mais daquilo. Fosse o que fosse.

– Um quadro – repetiu, depois virou para o laptop e começou a fazer anotações para o seminário.

Não conversamos pelo resto da aula. Ela se levantou de repente para ir atender ao telefone e demorou a voltar, me deixando com saudade dos dedos dela no meu joelho e da euforia pelos elogios.

Quando cheguei em casa, já era tarde. Me enfiei na cama e fiquei listando os quadros com os quais só podia esperar que ela tivesse me comparado.

Ao menos nos meus sonhos, o elogio de Blu era verdadeiro.

CAPÍTULO SETE

Blu

NONO ANO DO ENSINO FUNDAMENTAL

DEZ ANOS ANTES

— Seu pai morreu.

Minha mãe não foi me buscar na escola, naquele dia. Ela simplesmente pronunciou as palavras em uma ligação telefônica. Foi minha professora do nono ano, senhora Meleni, que pediu licença e me levou para casa.

Eu não queria ir para casa.

Não havia exatamente uma casa para a qual voltar.

Quando passei pela porta, a senhora Meleni me acompanhou. Se há uma lei que proíbe isso, ela a quebrou. Mas eu me senti mais segura por ela estar ao meu lado.

Minha mãe estava na sala de estar, com um cigarro em uma mão e uma cerveja na outra. Um punk rock tocava alto no rádio e ela cantava a plenos pulmões, como se o marido não tivesse morrido.

Como se meu pai não estivesse morto.

Eu estava com treze anos quando perguntei para a minha mãe como ele tinha morrido. Ela respondeu que o álcool o tinha levado. Sei agora que ela quis dizer que ele teve uma overdose e que o veneno desligou o cérebro dele.

A senhora Meleni chorou quando viu o estado da minha casa. Minha mãe era uma alcoólatra funcional, mas, mesmo assim, uma alcoólatra. Dizia que, se conseguia realizar as tarefas domésticas básicas, comparecer ao trabalho e limpar o carro sem crise, então, por que iria parar de beber?

Eu não conseguia argumentar com ela. Eu não tinha voz.

A senhora Meleni perguntou se eu queria ser levada a um abrigo do serviço social e me lembro de ter rido na cara dela. Respondi: "Estou um pouco velha demais para receber ajuda".

O que eu realmente quis dizer foi: "Me salva".

No enterro do meu pai, minha mãe chorou como uma criança de dois anos que tivesse perdido o brinquedo favorito. Não sei se ela chegou a amar meu pai. Não sei se o conheceu.

E eu, conheci?

Será que ele a amava? Me amava?

Por que ele me abandonaria, se me amasse?

A casa parou de feder a birita. Ele derramava tudo, então minha mãe servia a bebida em copos com tampa. O piso não estava mais peguento. Acho que já era alguma coisa.

Meu pai deixou uma herança considerável para mim e minha mãe, mas determinou especificamente, no testamento, que eu receberia minha parte quando me formasse. Na época, ele tinha fundado uma empreiteira. Era esperto, o meu pai, à moda dele. Era também doente.

Mas eu tinha treze anos. O que uma menina de treze anos ia fazer com milhares de dólares? Eu não tinha utilidade para o dinheiro. Não na época, pelo menos.

Depois do enterro, minha mãe sumiu por alguns dias. Acho que foi para a casa da tia Lisa; voltou usando um sobretudo vermelho e umas meias que iam até os joelhos. Tia Lisa era *stripper* em uma boate; eu tinha pesquisado no Google.

Naquela noite, dormi na cama do meu pai. Queria sentir o que ele sentia todas as noites, acordando e odiando tanto a própria vida que se envenenava por dentro.

Eu era assim tão péssima? Era uma criança difícil de se tomar conta? Era carente demais? Muito apegada? Muito fraca?

O quarto dele era escuro e triste, com vários tons de azul escuro em cada canto das paredes. Cortinas azul-marinho, lençóis índigos, tinta azul-abeto descascada.

Azul era uma cor alegre? Eu já não sabia dizer. Ele era doente, mas não estava mais sofrendo. Uma espécie de dicotomia agridoce.

Adormeci pensando sobre quem eu era. Quem queria ser. O que queria conquistar. Eu ia acabar como os meus pais? Um morto, a outra oscilando entre a respiração e a falta de fôlego?

Escolhi nenhuma das anteriores.

Escolhi Blu.

Uma parte de mim morreu naquele dia.

O nome dela era Beatrice Louise Henderson.

CAPÍTULO OITO

Jace

ÚLTIMO ANO DO ENSINO MÉDIO
QUATRO ANOS ANTES

Seis meses depois de mudar de vida, convidei Riley Montgomery para o baile de formatura.

As pessoas subestimam a mudança que seu corpo pode apresentar em seis meses.

Seis meses e meu tratamento com Accutane finalmente acabou com a acne.

Seis meses eu malhei cada parte do corpo até ficar entorpecido.

Seis meses de placa odontológica transparente.

Seis meses de podcasts motivacionais.

Seis meses apagando o cuzão desengonçado e esquelético que eu costumava ser.

Seis meses e consegui a garota dos meus sonhos.

Eu me lembro da primeira vez que vi Riley reparando em mim. Tinha acabado de sair do treino, quando ela e a amiga, Marla, saíram da arquibancada e se aproximaram.

– Bom trabalho, Jace.

Eu nem achava que ela sabia meu nome. Mas sabia, e estava conversando comigo.

– Valeu. Temos outro jogo amanhã à noite, se quiser vir.

Ela gostou que eu a convidei, e saboreei a nova autoconfiança que descobria em mim mesmo. O velho Jace nunca teria falado com Riley Montgomery. Riley Montgomery nunca teria falado com o velho Jace.

Na noite seguinte, ela apareceu com o número da minha camisa pintado na face. Vencemos por três a zero, e eu andei pelo campo por mais tempo do que tinha andado até então. Antes que ela pudesse dizer qualquer coisa, tomei o rosto dela entre as mãos e a beijei sem pensar. Era a segunda vez que eu falava com ela, e pus as mãos na cintura dela. Ela me deixou explorar mais de si depois, mas eu queria esperar até o baile.

Eu via alguma coisa naquela garota. Ela via alguma coisa em mim.

Ninguém tinha visto isso antes.

Alguns dias depois de eu convidar Riley para o baile, os caras estavam se trocando no vestiário.

– O Boland pegou Riley, está sabendo, Danny? – Connor falou, e me deu um tapa no peito.

– Sorte sua – Danny respondeu.

Ele teve uma queda por Riley durante um tempo, mas eu é que a peguei. Ela gostava de mim. Não dele. Isso me deu uma sensação de poder.

– Já comeu? – perguntou Morris, como se tivesse todo o direito do mundo de saber da minha vida.

Balancei a cabeça.

– Ela não quer encostar em você, hein, Boland – Connor tirou sarro. Eu não entendia as piadas idiotas dele. Aquela merda não tinha graça nenhuma.

– Samantha Cordon não te passou sífilis no ano passado, Cumberland?

Os meninos rosnaram de tanto rir, e Connor saiu de fininho, incapaz de sustentar meu olhar. Mais uma vez, senti que tinha ganhado. Os caras me adoravam. Pelo menos uma vez, não estavam rindo de mim.

Estavam rindo comigo.

Cinco minutos depois, o vestiário tinha se esvaziado. Ou ao menos foi o que achei.

– É bom, não é? – Era Max quem ainda estava lá.

– O quê? – Joguei a mochila por cima do ombro. – O que é bom?

– Sentir que você faz parte.

Uma onda de calor invadiu meu corpo. Uma pontada de irritação acompanhou a sensação.

– Você está viajando, Max.

– Você é melhor do que isso, Jace.

– Você não me conhece.

– Você não conhece a si mesmo – ele rebateu, balançando a cabeça. – Acha que se encaixar em um bando de babacas vai te preencher? Do que você está em busca?

– De fugir desse papo – retruquei, virando de costas e saindo do vestiário.

Quem ele pensava que era? Agindo como se me conhecesse? Questionando tudo que eu tinha trabalhado, tudo pelo que eu tinha trabalhado? Eu não falei mais que cinco palavras pra esse cara. Ele me falou menos de três.

– Baby – Riley disse, assim que cheguei ao armário dela. – Você parece chateado.

Envolvi o rosto dela e beijei sua boca, absorvendo tudo que ela estava me oferecendo. Tudo aquilo me pertencia.

Eu me aproximei e minha respiração roçou a orelha dela.

– Vamos pra minha casa.

Transei com ela naquela noite.

Não consegui esperar até o baile.

Connor tinha dito que ela não queria encostar em mim, bem, provei que ele estava errado.

Provei que todo mundo estava errado.

Era só isso que importava.

CAPÍTULO NOVE

Blu

QUARTO ANO DA GRADUAÇÃO
SEGUNDA SEMANA – PRESENTE

Minha aula de ética e mídia era um porre.

A maioria dos cursos era online, então eu não precisava enfrentar esse campus de merda, mas esta era de longe a pior.

A professora Flowers era qualquer coisa, menos um caule delicado com folhinha. Usava esses casacos estranhos, com desenhos de rodamoinho, as botas eram desajeitadas e cheias de lama, como se ela morasse num pântano, e o cabelo estava constantemente desgrenhado.

Ah, sim, e a personalidade também não era grande coisa.

Ela apostava em comentários participativos para compor as notas e, infelizmente, eu estava na corda bamba entre passar e bombar, então comparecer era a única opção.

Eu não podia fracassar. Eu tinha um plano. Eu precisava ir embora.

O prédio fedia a umidade e a classe só tinha uma janela estreita no canto, escondida atrás de uma estante de livros velhos.

Mas hoje era diferente, porque tinha um rosto novo.

— Engraçado te ver aqui — falei para Jace, jogando a mochila ao lado da dele. — Trocou?

Ele confirmou com a cabeça. Esse gesto se tornou a assinatura dele. Acho que significava que ele gostava de mim.

— É, o curso onde eu estava era ridículo — ele disse, esticando as longas pernas. Meus olhos percorreram o comprimento das calças, antes de voltarem ao rosto dele.

— Curso de quê? — perguntei, basicamente por formalidade. Havia muitas coisas que eu queria saber sobre Jace, nenhuma delas envolvendo a faculdade.

— Sinceramente, não me lembro do nome. A professora chamou todo mundo e fez chamada oral no primeiro dia.

— Tem razão, é doideira.

— Nem me fale.

— O que ela te perguntou? Quer dizer — relaxei na cadeira —, o que tem pra se perguntar a você?

Ele deu um sorriso torto e deslizou os dedos magros pelo cabelo. Notei que tinha mudado os brincos. Agora, eram ambos diamantes.

— Acho que ela estava tentando marcar posição.

Interessante. Me inclinei na direção dele.

— Essa não é a intenção de todo mundo?

Ele me encarou e uma centelha de *alguma coisa* passou por seus olhos.

— Isso é o que você está tentando fazer?

— Está funcionando?

Os músculos da mandíbula dele se curvaram, e, finalmente, pela primeira vez desde que o conheci, ele sorriu. Foi um movimento mínimo, que percebi que ele reservava para as pessoas que o impressionavam (ou para as que ele pressionava). Mas ele sorriu para mim. Era uma resposta tão boa quanto outra qualquer.

— Muito bem, turma, estou vendo uns rostinhos novos! — a professora Flowers começou, lançando um olhar para Jace. Ele era o único menino da classe além de Hugo, um estudante transferido de algum lugar no estrangeiro.

Rostinhos. Plural. Só havia um. E ele estava sentado ao meu lado.

— Você gostaria de se apresentar?

— Não sou muito bom de apresentações, mas por que não?

Isso chamou a atenção de todo mundo. A voz dele era grave e baixa. Dado o fato de que era o único homem naquele ambiente totalmente sem graça, metade das meninas arregalou os olhos e se interessou. Eu soube logo de cara. Eu era uma delas.

Uma morena no canto enrolou um cacho de cabelo no dedo. Outra levantou os peitos dentro de um top apertado demais. Mas estava bem no fundo. Ele não a veria.

Mas eu vi.

— Meu nome é Jace, estou no último ano de Comunicação e ãh... — ele fez uma pausa e olhou para uma rachadura na carteira — ... amo futebol.

A maior parte das pessoas acenou, umas poucas murmuraram "oi", a professora Flowers sorriu. Eu o analisei. Analisei ele todinho.

Era calado, mas não tímido. Talvez gostasse de se apresentar assim, mas tinha alguma coisa nele que chamava muito a atenção. Agora, a atenção segue uma de duas direções: ou você a procura ou ela te encontra. Não soube dizer se ele era ambos, nenhum ou alguma coisa intermediária.

— Legal, legal — a professora comemorou e depois ligou depressa uma *Ted Talk*, que durou meia hora.

Durante esse período, decidi localizar qualquer potencial concorrente na sala. Pode me chamar de louca, mas eu precisava ser a que ele queria. Se alguém fosse mais bonita do que eu, ele iria gostar dela. Não? Todos os caras escolhem pela aparência, não pela personalidade. Pelo menos todos que eu conhecia.

Eram todos iguais.

Foi quando reparei em uma pequena beldade sentada no canto, tranquila, de grandes olhos doces. Era linda, com aquele ar de vizinha gostosa. Eu não tinha essa aparência. Eu me esforçava demais.

Ela olhava para ele de vez em quando, depois voltava a se concentrar na tela. Deus, esse cara não percebia o efeito que provocava nas pessoas? Imagine parecer um modelo em horário de folga, sem nem precisar tentar! Imagine precisar construir uma personalidade forte para que as pessoas te enxergassem.

Olhei discretamente na direção do Jace e vi o foco dele se alternar entre a tela e a vizinha.

Merda.

Espiei de novo. Estava olhando para ela.

Ah, fala sério! De jeito nenhum.

Arranquei uma página da agenda, peguei uma caneta e rabisquei no verso:

Toma um café comigo.

Quatro palavras.

Quatro palavras que ele não recusaria. Não poderia recusar. *Ele não pode me recusar.*

Dobrei em um quadrado perfeito e deslizei para ele, sorrindo uma vez antes de voltar minha atenção para frente.

Agora eu não precisava espiar para ver que ele não estava mais enfeitiçado pela vizinha. Estava concentrado em mim. Senti seu olhar intenso, quando ele pegou um lápis, escreveu algo e me devolveu.

Minhas palmas da mão estavam suadas. Por que eu estava suando? Estava nervosa? Não. Eu nunca fico nervosa. Nervos são para os fracos.

Que boba, eu, pensei. Com o que eu tinha de me preocupar?

Diga hora e local.

Afinal, eu era Blu Henderson.

CAPÍTULO DEZ

Blu

QUARTO ANO DA GRADUAÇÃO
SEGUNDA SEMANA – PRESENTE

Claro que eu sugeri que a gente saísse depois da aula. Eu precisava conhecer Jace. O tempo estava passando.

Ele pediu um *latte* no café barista do Plane. Era um lugar hype no campus, embora eu não saiba ao certo por quê. Talvez eu fosse simplesmente uma hater de tudo. Talvez eu *gostasse* de ser uma hater. Não em relação a ele: ele me interessava.

Na verdade, eu odiava o gosto de café. Era sempre ou amargo demais, ou torrado demais, ou doce demais. Também me fazia lembrar de todas as vezes que meu pai falou que estava parando de beber. Mais uma desculpa, não? Para suavizar o impacto, antes que ele respirasse pela última vez.

Ah, isso foi há muito tempo. Melhor não escarafunchar as partes da sua história que você não pode reescrever.

Mas naquele momento, ali com Jace, eu tinha o poder de controlar as coisas. Não me importava que fosse naquele lugar de merda ou em qualquer outro, desde que fosse um onde pudéssemos conversar. Onde eu iria conhecê-lo.

Era estranha essa fixação por um cara que eu conhecia fazia duas semanas. Não tinha o telefone dele. Não sabia nada sobre ele. Tudo que me intrigava era resultado das suposições que eu havia construído na cabeça.

Sempre fui uma garota inteligente, criativa também. Talvez esse fosse o meu erro. Talvez eu me apaixonasse pelo potencial das pessoas, não pelo que elas eram de verdade.

Talvez desta vez não fosse assim. Eu torcia loucamente para que não fosse, pois do contrário meu esforço seria inútil e eu teria desperdiçado meu tempo.

De novo.

– Me fala de você, Jace.

Estávamos sentados junto à estante de livros, no fundo.

A iluminação é melhor aqui, eu tinha dito. Ele estava cagando para a iluminação, dava para perceber.

Mas eu me importava.

Ele precisava ver meu rosto.

Ele precisava me absorver.

Os dedos dele envolveram o copo de papel feio que todos os cafés insistem em usar hoje em dia. A "missão" deles ecoava claramente na minha cabeça: *Salvem as tartarugas! Parem o aquecimento global! Reduzam o lixo!*

Era melhor concentrar esforços nos milionários que voavam em jatinhos particulares para ir transar com uma prostituta.

– O que você quer saber? – ele perguntou.

Deus, a voz dele era tão bonita. Tão, tão bonita.

Mas a minha… A minha era dominante, exigente. Eu estava no comando. Ele devia aprender isso.

Com as pontas dos dedos, afastei o refrigerante que tinha pedido e apoiei o queixo na palma da mão livre.

– Tudo.

— Isso é uma pergunta complexa. — Ele encostou a boca na borda do copo e deu um golinho. Observei o movimento em câmera lenta. Eu observava tudo. — Seja mais específica.

Você não pode me fazer exigências, quis responder.

— Qual é seu filme favorito? — falei, em lugar disso.

— *Psicopata americano*.

Ah! Eu por acaso adorava esse filme.

— Vou testar você.

Ele se recostou na cadeira de madeira e cruzou os braços.

— Manda.

Antes de começar meu quiz, analisei a pele abaixo da dobra do cotovelo dele. "A criação de Adão" de Michelangelo estava tatuada ao lado de uma rosa esfumaçada, como eu tinha reparado no primeiro dia de aula. Queria perguntar sobre aquilo e sobre o anel de prata que tinha no indicador e no mindinho. Não perguntei. Estava ocupada demais falando sobre psicopatas de merda.

— Quantas pessoas o Patrick Bateman matou?

Ele inclinou a cabeça de lado e deu uma risada alta.

— Não fiquei psicanalisando o filme, só gostei dele.

Deve ser bom, pensei. Gostar das coisas sem olhar muito profundamente para o motivo de ter gostado delas, porque existiam, porque te faziam feliz.

— Qual o seu filme favorito? — a vez dele.

Sem um instante de hesitação, respondi:

— *A lenda do cavaleiro sem cabeça*.

— Gótico. — Ele se inclinou, a "Criação" de Michelangelo se dobrando até sumir. — Tem uma queda por monstros?

Ah-há!

— Não exatamente.

Houve uma breve pausa antes de falarmos de novo. Só por um momento, eu me senti estranha, tensa. Me senti... incapaz.

Eu tinha interpretado errado? Era para ele estar nervoso. Por que não estava nervoso?

— Bom, você me chamou pra tomar café pra ficar falando de filmes? Levantei o olhar, surpresa por ele ter tido a coragem de me perguntar.

— Eu te chamei para um café porque te acho gostoso. — Não lhe dei tempo de reagir e emendei: — Eu te deixo nervoso?

Eu já sabia a resposta.

Eu deixava todo mundo nervoso.

— Não.

Dei uma gargalhada estupidamente alta.

Será que eu tinha ouvido direito?

— Oi? — Minha cabeça tremia tanto que eu poderia ter quebrado o pescoço. — Como assim, *não*?

Foi a vez dele rir. E a risada dele...

Era tão...

Fodidamente...

Linda.

— Talvez eu deixe você nervosa. — Cruzou os braços de novo e encostou na cadeira. — Afinal, você está corando.

Não, não estava.

— Não, não estou.

Pus a mão nas faces. Estavam quentes.

Merda.

— Posso te perguntar uma coisa? — ele disse, me encarando com olhos enrugados como broto de samambaia.

Engoli em seco.

— Ãhn-rãn.

— Isso é normal pra você?

— O que é normal pra mim?

Ele apertou os lábios, o maxilar se curvando outra vez. Eu me senti exposta, nua, privada da personalidade que tanto tentava manter.

— Você tenta intimidar as pessoas. — Ele inspirou e expirou duas vezes. — Você não precisa fazer isso comigo.

— Intimidar — repeti, como se ele estivesse falando um idioma estrangeiro.

— Não me leve a mal, Blu. Você é bem intimidante. A maioria das meninas bonitas é.

— A maioria das meninas bonitas é — repeti.

— Você está me ouvindo corretamente.

Ele me acha bonita.
Ele me acha bonita.
Ele me acha bonita.
Eu devo ser bonita.

— Você não é muito boa em receber elogios, né? — ele concluiu.

Mas não era um elogio, era? Era um fato. Jace me achava bonita. Ele estava afirmando, não sugerindo. Não era preciso fazer melhorias. Era?

— Quero que você seja sincero comigo.

Ele assentiu. Começou a ser o que eu mais gostava nele. O único gesto que eu realmente conhecia.

— O que você mudaria em mim?

O jeito como ele encarou me deixou desconfortável. Olhando para mim como se eu fosse uma espécie de alien, alguém irreconhecível. Eu ainda estava lá. Era vulnerabilidade demais? Era pedir demais?

— Essa é uma pergunta estranha.

— Não responde — rebati, seca. — Estou falando sério.

— Mas você perguntou.

— E você tinha uma resposta?

— Não te conheço o suficiente — ele admitiu. — Não te conheço de todo.

Uma decisão flutuou na frente dos meus olhos. Como eu poderia conhecer alguém? Fazia muito tempo que eu não deixava ninguém entrar. Havia uma boa razão para isso. A escolha estava ali: deixá-lo entrar ou deixá-lo.

Escolhi a primeira.

Dessa vez ia ser diferente.

– Quer conhecer?

Aquele sorriso voltou, uma discreta covinha na face direita. Aquilo era novidade. Não tinha reparado nela antes.

Era uma resposta por si só.

CAPÍTULO ONZE

Jace

QUARTO ANO DA GRADUAÇÃO
TERCEIRA SEMANA – PRESENTE

Depois do café na semana passada, dei meu número para Blu. Ou melhor: ela pôs o celular na minha mão com a lista de contatos pronta para receber meu nome.

A aula ia começar dali a uma hora e minha ida para o campus durava metade disso. Por sorte, Will estava em York para uma reunião e me deu uma carona.

– Como vai a facu? – perguntou, bebendo um café coado. Tomava cinco desses por dia.

Só a pergunta já fez meu coração disparar. Ele até que se importava. E isso era muita coisa.

– Bem.

– Fale a respeito, Jace. Como são os cursos?

Não, era mais do que "até se importar". Sorri.

– Os cursos são maneiros. E conheci uma garota.

Isso despertou o interesse dele.

– Como se chama? Como ela é? Já era hora de namorar, maninho.

E, de repente, a animação passou.

Maninho.

Moleque.

Moleque. Moleque. Moleque.

Será que algum dia eles me veriam como um igual?

Eu não era tão mais novo assim. Baxter tinha vinte e seis; Will, vinte e sete, e Scott, vinte e nove.

Não.. era... bem... mais... novo.

– Sim, ela é legal, mas um pouco atrevida. O nome dela é Blu.

Ele se ajeitou no assento e dirigiu com o joelho, enquanto dobrava os punhos da camisa.

– Blu? Como *blue*, a cor azul?

– Como a cor azul. – Ela surgiu na minha mente e eu sorri. – E usa o cabelo azul, também.

– Ah. Interessante. Então ela é uma daquelas bizarrinhas?

– O que as tornam bizarrinhas?

Ele deu um sorriso de desprezo.

– Todas não são? Quer dizer, a pessoa tem que ser meio esquisita para pintar o cabelo do jeito que elas pintam.

Percebi que estava ficando ofendido.

– Baxter se formou em Artes. Ele é fotógrafo.

– Baxter é um Boland. Tem uma diferença.

Se tinha uma coisa que eu odiava no Will era seu senso de direito. Se alguém não trabalhasse com finanças, administração, ou seja lá no que foi que ele se formou, a pessoa estava automaticamente abaixo dele. Ele me julgava o mais deslocado de todos os meus irmãos, mesmo sendo uma avaliação silenciosa.

– Que diferença faz? – Eu queria genuinamente saber.

– Ele não tem o cabelo colorido como a sua Blu.

Minha Blu.
Por que ele falou daquele jeito? Por que eu gostei?
Me senti um pouco protetor.
– Combina com ela.
Ele riu, condescendente, e virou à direita no estacionamento do campus.
– Aposto que sim. – Destravou a porta do carro. – Talvez em seguida você conheça uma Red ou uma Orange. Experimente todas as cores do arco-íris até o fim do quarto ano, combinado?
Bati a porta com força e me afastei, ouvindo o escapamento idiota que ele tinha instalado sumir ao longe.
Por que tinha de ser assim? Eu ia ser perseguido para sempre? E pela minha família, ainda por cima?
Me senti brochado. Senti o desânimo me invadindo. Cada passo que eu dava na direção da sala era um passo que eu queria desfazer. Talvez eu devesse ter ocupado meus pensamentos com alguém chamado Kendra ou Emily. Talvez eu devesse mandar uma mensagem para Riley…
Não. *Nem por um cacete escrever para Riley de novo.*
A aula ia começar em quinze minutos, o que significava que eu estava adiantado. Eu estava sempre adiantado. Havia uma ou duas caras sempre presentes, mas eu não sabia quem eram. Não me importava o suficiente. Eram ninguéns.
Eu já tinha sido um ninguém.
Nunca mais voltaria a ser.
Quinze minutos sozinho com meus pensamentos era muito tempo. Blu sempre entrava atrasada, então eu tinha minutos para refletir. Tinha me perguntado se eu queria conhecê-la. Tinha me perguntado uma porrada de coisas naquele dia.
Era estranho. A maioria das coisas que conversamos era superficial; Blu me parecia qualquer coisa, menos superficial. Senti que ela estava

se segurando. Senti alguma coisa. Não perguntei. Foi ela que quis ir tomar um café comigo.

Talvez Blu gostasse de mim.

Não.

Sim. *Sim*. Era tão difícil assim acreditar?

Eu gostava dela? Não. Nem a conhecia. Poderia vir a gostar dela? Quer dizer, ela nem fazia meu tipo.

Riley tinha cabelo loiro.

Blu tinha cabelo azul. Azul-escuro, quase preto.

Riley tinha olhos verdes.

Blu tinha olhos castanhos.

Riley tinha uma constituição delicada.

Blu era curvilínea.

Eu não poderia gostar dela. Ela não era meu tipo. O Will nunca aprovaria.

Ela entrou cinco minutos depois que eu tinha interrompido qualquer sentimento nascente. O sorriso era enviesado. Acenou para mim.

– Oi, Jace. – Estava com o celular na mão, e foi aí que me dei conta.

Ela nunca tinha me mandado mensagem.

Por que ela não escrevia para mim?

Você não gosta dela, por que se importa?

– Oi – respondi, afastando o corpo. Foi forçado. Eu me obriguei a fazer isso.

Devagar, ela pousou a mochila e me encarou com receio. Isso irradiava dela. Não queria que ela notasse que estava jorrando de mim também.

– Está tudo bem? – perguntou. A voz estava mais baixa, quase meiga.

Assenti em resposta. Era só isso que eu fazia. Se tivesse aberto a boca, o que teria dito?

"Estou questionando meus sentimentos por você"? *Eu não os tenho.*

"Eu meio que gosto de você"? *Mas eu nem te conheço.*

"Meu irmão não te aprovaria"? *Mas por que me importo com a opinião dele?*

Sim, eu me importava com o que todo mundo pensava.

Ela se acomodou ao meu lado e não falou; abriu o laptop. Fiz a mesma coisa, rolando a página por uns artigos, em uma aba, e vendo o Twitter em outra.

Espiei o laptop dela e vi que estava pesquisando passagens aéreas. O fundo era Paris, acho, mas ela saiu logo, antes que eu conseguisse confirmar o destino.

– Desculpa não ter te mandado mensagem – ela disse, com olhar sincero.

E foi aí que eu soube que eu era um cuzão. Um mentiroso.

Foi aí que reconheci quanto eu estava ferrado, porque respondi com "Nem notei".

Puta que o pariu, Jace.

Eu notava tudo.

Blu não falou comigo pelo resto da aula.

CAPÍTULO DOZE

Blu

PRIMEIRO ANO DO ENSINO MÉDIO[2]
DEZ ANOS ANTES

Seis meses depois que meu pai partiu, tingi o cabelo de azul. Foi um processo mais difícil do que eu jamais poderia ter imaginado. Meu cabelo natural é castanho-escuro, então, basicamente, descolorir resolveria.

Tentei tintura após tintura, tonalizante após tonalizante, até que finalmente ele ficou de um tom laranja acobreado, capaz de absorver o turquesa que minha mãe maníaco-panicada escolheu para mim.

Ela não sabia o que estava comprando, só que aquilo me daria algo para fazer. Algo que ela não precisava fazer por mim. Algo que, sozinho, preencheria minha felicidade.

Meu cabelo ficou com uma tonalidade horrorosa de verde. Parecia musgo marinho ou gelatina mofada. Gelatina mofava? Eu acreditava que sim. Eu acreditava em tudo naquela época.

---

[2] No Canadá, o ano letivo termina em junho e começa em setembro. É por isso que dez anos atrás, no Capítulo 7, Blu está no último ano do Fundamental, e aqui, também há dez anos, ela começa o Médio. (N.T.)

Meus amigos do Ensino Fundamental se afastaram de mim. Ninguém queria ser visto com a menina que tinha perdido o pai, que dirá uma alcoólatra. Eles já faziam suposições a meu respeito. Diziam que eu, aos treze anos, provavelmente já estava bebendo. Acho que a senhora Meleni comentou sobre o estado da minha casa com alguém, e essa pessoa falou com outra, que fofocou com uma terceira, e pronto.

Eu era uma esquisitona.

E, agora, uma esquisitona com cabelo azul.

Essas suposições mudaram a trajetória da minha vida. Ninguém nunca mais faria suposições negativas sobre mim de novo. Eu não era parte do legado do meu pai nem do da minha mãe.

Eu era Blu Henderson. Não Beatrice.

Quando as pessoas me perguntavam por que eu tinha tingido o cabelo de azul, eu respondia que era por ter recentemente descoberto um filme chamado *Coraline e o mundo secreto*. Rapidamente se tornou meu predileto, já que a personagem principal tinha um cabelo brilhante, cor de cobalto. Eu gostava dela. Eu me via nela.

Perdida.

Negligenciada.

Triste.

Ninguém precisava saber que eu tinha tingido o cabelo porque me sentia próxima do meu pai; de certa forma, aquelas paredes, aquelas cortinas, aqueles lençóis eram tudo que me restava dele. Tudo que ele havia me deixado.

Sofri bullying, claro. Toda criança sofre. Mas eu o acolhi. E fazia bullying de volta contra os vermes. Afinal, éramos da mesma idade. Os putos não estavam acima de mim, estavam ao meu lado. Eles só escondiam melhor seus podres.

Daí, um dia, eu conheci Fawn Vanderstead.

Ela veio de uma cidade a três horas de distância porque os pais conseguiram um bom emprego na The Factory.

Era rica e bonita.

E sofreu bullying também.

Como eu falei antes... *Vermes*.

Eu queria ser amiga dela. Talvez porque quisesse que ela gostasse de mim, talvez por querer ter as coisas que ela tinha ou me vestir como ela se vestia. Eu nunca tinha me aproximado de ninguém do jeito como me aproximei de Fawn, mas, assim que fiz isso, soube que seríamos amigas.

Às vezes, duas pessoas totalmente opostas e distantes se prendiam com uma corda invisível. Ninguém conseguia ver, a não ser as pessoas dentro do laço. O laço era forte demais para ser quebrado, então não o quebramos. Deixamos que se apertasse em volta de nós, deixamos que nos moldasse até nos transformarmos em uma pessoa nova. Uma pessoa melhor.

Uma pessoa Blu.

– Você gostou do meu cabelo? – perguntei para Fawn, que naquele momento estava em frente ao armário da escola pintando as unhas com um tom bonito de rosa. Quer dizer, meio que bonito. Nunca gostei de rosa.

Ela me encarou com grandes olhos castanhos. Do tipo que lembravam os meus. O cabelo dela era preto, puxado para trás em um rabo de cavalo bem maneiro. E comprido, ao contrário do meu, uma bagunça curta e turquesa.

– Na verdade eu odiei – falou com indiferença. Eu estava prestes a virar e ir embora, quando ela agarrou meu punho e me girou. – Mas dá pra consertar. Minha tia é cabeleireira. Vai lá em casa depois da aula.

Eu fui. E no dia seguinte, e no outro também.

Fawn se tornou minha companheira de almoço, minha parceira de jantar, minha tudo.

Soa melodramático, mas, quando não se tem nada, as pessoas a quem você se entrega preenchem o vazio deixado, carente e estéril.

Fawn me consertou. A tia dela consertou meu cabelo. Remendei os pedaços partidos de mim mesma.

Mas pedaços partidos sempre ficam, principalmente quando alojados logo abaixo da pele. Tinham aparência de carne, pareciam carne ao toque. Os cacos se tornaram suaves. O vidro se tornou liso. A dor se tornou felicidade. A felicidade se tornou dor.

A dor se tornou aconchego e esse aconchego era uma bênção.

CAPÍTULO TREZE

Blu

QUARTO ANO DA GRADUAÇÃO
QUARTA SEMANA – PRESENTE

— Eu não vou mais falar com ele — afirmei, dando um gole no Prosecco rosé. — *Nunca mais.*
— Você tem aula com ele — Carter falou.
— Duas vezes por semana, Blu — completou Fawn.
Estávamos em um reservado nos fundos da Teladela, um restaurante de cozinha *fusion* que Fawn insistiu que a gente fosse conhecer, sem dar chance ao debate.
Revirei os olhos.
— E daí?
— Me conta de novo o que ele fez. — Carter pegou o copo de cerveja e me observou criticamente. Ou talvez com simpatia. Eu nunca conseguia identificar.
Francamente, eu não queria repassar mais uma vez os eventos da semana anterior. Era um constrangimento. Eu era um constrangimento.

Como ele tinha tido a coragem de falar comigo daquele jeito? O que eu fiz contra ele? Eu era elogiosa, direta e decidida. Minhas intenções eram claras como cristal.

Montei a história perfeita. Fiz tudo certinho. E, no entanto, ele se mostrou frio e distante. *Nem notei*, ele tinha dito, quando me desculpei por não ter mandado mensagem.

Ele não tinha pensado em mim, absolutamente.

– Eu deixei Jace nervoso e agora ele não quer mais nada comigo.
– Desejei não ter dito isso em voz alta. Dizer as coisas em voz alta as tornava muito reais.

Fawn apertou os olhos, assim como Carter.

– Por que ele te detestaria? Você é, tipo, a melhor pessoa do mundo.
– Eu não iria tão longe. – Carter sorriu. Eu sabia que isso era por carinho. Ou ao menos achava que sim.

Todos demos risada, mas isso não aliviou minha ansiedade. Eu não era suficiente? Ele pelo menos gostava de mim, pra começo de conversa? Ah, meu Deus, isso era tudo coisa da minha cabeça, não era?

– Gente, não quero me colocar em uma situação constrangedora. Provavelmente, fui muito abusada – me peguei dizendo, mas não consegui parar. Queria que alguém ouvisse meus pensamentos mais íntimos. Não queria mais ficar sozinha com eles. – Será que eu deveria ser mais silenciosa? Calma? Deveria tentar uma abordagem diferente?

– Epa, epa, epa, Blu! – Carter se inclinou e pousou a mão sobre a minha. Estava tremendo. Eu estava tremendo.

– Por que está surtando, bem agora?

Aquilo foi um tapa na cara.

– Não estou.

– Você meio que está, amiga – Fawn pegou minha outra mão. – Por que você sempre espera o pior?

Antes que eu pudesse responder, Carter interveio.

– Você está projetando, Blu. Está vendo o que quer ver.
– E por que eu ia querer ser rejeitada, Carter?
– Eu não acho que você queira isso. Acho... – ele olhou para Fawn. – Acho que concordo com ela. Você teve uma sequência de experiências de merda, então acha que esta não vai ser diferente.
– E não vai, mesmo.
– Está vendo? – Fawn apertou meu pulso. – Está vendo?
Minhas faces estavam quentes. Talvez eu estivesse projetando. Talvez eu visse o que queria ver. Mas como é que o meu pequeno e pobre cérebro fazia isso comigo? Eu não queria nada além de ser amada.
Eu merecia. O mundo me devia isso.
– O que eu faço? – perguntei, e soei desesperada. Estava implorando por um conselho, uma rota de saída. – Devo desistir?
– Por que está tão interessada nesse cara, Blu? Faz só um mês que se conhecem – Carter questionou.
Uma pergunta muitíssimo boa, aliás.
Fiz uma lista mental de prós e contras no dia em que o conheci e de novo depois do café. Para ser honesta, havia mais contras do que prós. O desejo de conquistar alguém passava como um trator por cima de tudo. Era sempre assim.

Prós: ele é gostoso, ele é alto, ele é misterioso.

Contras: ele tem 21 anos, eu tenho 23. Questões de maturidade, definitivamente. Ele não diz nada, ele não oferece nada, ele é tipo... monótono? Não, não é a palavra certa. Básico? Descobrir mais tarde. Não sei o que ele sente por mim. Não sei se eu algum dia vou sentir. Todas as garotas olham quando ele passa. Acho que ele finge não reparar. Percebo isso nele. Não posso sair com uma pessoa assim. Nem quero.

Recitei a lista em voz alta, enquanto meus amigos me encaravam boquiabertos.
– Você não sabe nem o mínimo sobre ele – Carter disse, balançando a cabeça. – Isso não é sobre ele, Blu.

– Do que você está falando?

– Oi, por favor! – Fawn chamou nosso garçom. Ele se empertigou. Fawn era um arraso, falar com ela era um privilégio, acabei por perceber. – Pode me trazer mais um Prosecco, por favor? Ah, e duas doses de vodca também.

Ele assentiu e tamborilou a têmpora, como se estivesse comunicando que se lembraria do pedido dela. Na verdade, que se lembraria dela.

Minha expressão se azedou.

– Eu nem gosto de vodca.

– Não é pra você, gata – ela olhou na direção do Carter. – Se é pra ficar aqui ouvindo essa história louca, sobre você gostar de um cara por causa do potencial dele, a gente vai precisar de um pouco de TCC[3] líquido.

– Por causa do potencial? – Eu sabia o que ela queria dizer. Mas queria escutar a explicação. Conversar claramente não tinha me levado a lugar nenhum. Ninguém me entendia.

Ela tamborilou as unhas azuis de acrílico na toalha de mesa branca e pigarreou.

– Desde que te conheço, Blu, percebi três componentes predominantes na sua personalidade.

– Aqui vamos nós – gemi, apesar de ter pedido por aquilo.

– Um, você é arisca, arrogante e implacável.

– Eu...

– É minha vez de falar. Não me interrompe – ela agitou um dedo para o Carter, que parecia divertido. Embasbacado, quase. Apaixonado? Ele nunca me olhou daquele jeito.

– Dois. Ao mesmo tempo em que é abusada e impulsiva, você é também a garota mais gentil e generosa que já conheci. Você age com o coração. Valoriza o amor acima de tudo, mesmo na ausência dele.

---

[3] Ternura, cuidado e carinho. (N.T.)

Mesmo na ausência dele.

– Três... – ela teve dificuldade para sustentar meu olhar; eu sabia o que estava a caminho. – Você já perdeu muita coisa. Você minimiza seu sofrimento. Você age como se ele não existisse, como se não fosse uma parte de você, quando na verdade ele se tornou você.

As bebidas chegaram em uma bandeja de prata, rompendo o cordão de segurança que Fawn tinha construído em volta da mesa. Não consegui tirar os olhos dela, ela não conseguiu tirar os olhos de mim.

Fazia dez anos que Fawn era minha amiga. Tinha visto os relacionamentos, as ficadas, a toxicidade que eu aceitava, porque não conseguia nada diferente. Minha vida doméstica era inexistente (continua sendo) e todo mundo guardava rancor de mim. Minha cabeça tornou tudo ainda pior.

Depois de concluir o Ensino Médio, convenci minha mãe a tirar dez mil do fundo que meu pai me deixara. Ele tinha dito a ela para só liberar o valor quando eu me formasse na faculdade, mas ela deu mais importância a que eu saísse do caminho dela.

Ela quebrou uma promessa naquele dia. Promessa feita ao marido, a si mesma, a mim.

Eu pedi a ela que quebrasse aquela promessa.

Acho que são dois lados da mesma moeda: manchada, enferrujada e amassada.

Acho que eu era mais parecida com a minha mãe do que pensava.

Fawn e eu tiramos um ano de folga. Viajamos pela Austrália por seis meses, transamos com alguns meninos, beijamos umas meninas, tomamos umas cervejas horríveis que uns surfistas nos pagaram e tentamos fazer mergulho. *Tentamos* é a palavra-chave.

Ao voltar, ambas arranjamos emprego em lojas de conveniência. Convenientemente (entendeu a piada?), as lojas ficavam a cinco minutos de distância, então a gente pegava lanches no Subway toda tarde, na pausa do lanche. Nunca comíamos o mesmo, mas fingíamos que sim.

– Precisamos voltar a estudar – ela me disse um dia, mastigando um combo de frios.

– Concordo. – Eu estava comendo a mesma coisa. Eu sempre a copiava. Ela era melhor do que eu.

– York? – ela sugeriu. – É perto. Não é assim uma Universidade de Toronto, mas dá para o gasto.

Não era uma instituição de primeira linha, mas ela estava certa. Qualquer coisa para me ajudar a avançar na vida. Eu estava empacada. Os mesmos hábitos horríveis nunca sumiram. Cresceram, inflamaram e ferveram. Alguma coisa precisava mudar.

Na época, não percebi que era eu mesma.

– Terra chamando Blu. – Carter estalou os dedos na frente do meu rosto, me puxando de volta para a realidade.

– Não quis te ofender – Fawn murmurou. – Se te ofendi, não foi intencional. Eu só...

– Você não me ofendeu. – Mentirosa. Tudo me ofendia.

Rejeição.

Julgamento.

Palavras.

Ações.

Meu passado.

Meu presente.

Eu mesma.

– Então, como sigo em frente? – Quase esqueci que era sobre Jace que a gente estava falando.

– Abra mão de qualquer expectativa. – Carter empurrou o copo novo de Prosecco na minha direção. – Em vez de tentar conquistar, primeiro trate de conhecer o cara. Daí, em duas semanas, volte e nos apresente as razões pelas quais você gosta dele para além do nível superficial.

Peguei a haste do copo, virei e tomei tudo de uma vez. Conhecer alguém vinha com uma lista invisível de prerrequisitos. No café, eu não queria realmente conhecê-lo, sejamos sinceros.

Jace me deixava brisada.

Eu queria aproveitar essa sensação pelo maior tempo possível. Eu sempre queria. Com todo mundo.

Estava cagando para o filme favorito dele e o significado das tatuagens. Eu queria que ele visse que eu me interessava, mesmo que não fosse de verdade.

Conhecer alguém vinha com vulnerabilidade, e não só da parte dele, mas da minha. Eu estava pronta para fazer isso? E, mais importante: eu queria?

Carter pegou meus dedos.

– Eu te garanto que você não gosta dele, Blu. Você gosta do que ele representa.

– E o que ele representa?

Ele deixou escapar um suspiro cansado.

– Um desafio.

CAPÍTULO QUATORZE

Jace

QUARTO ANO DA GRADUAÇÃO
QUARTA SEMANA – PRESENTE

Blu chegou cedo hoje.

Olhou para mim no instante em que entrei na classe, mas não parecia ela mesma.

Ao longo das últimas quatro semanas, reparei que vinha se vestindo muito bem. Era uma coisa estranha para se notar em uma pessoa, especialmente quando essa pessoa teve tão pouca importância na minha cabeça nos primeiros quinze dias. Depois do café, porém, quase comecei a montar o quebra-cabeça: o quebra-cabeça que era Blu Henderson.

O cabelo dela estava sempre solto, em ondas escuras. Usava muito meias-calças de renda, geralmente pretas. Gostaria que não usasse sombra roxa; fazia os olhos parecerem cansados.

Hoje, no entanto, ela parecia mais cansada do que nunca.

Decidi me sentar ao lado dela.

– Bom dia, Blu.

Ela estava com a cabeça pousada na carteira quando se virou para mim, mal se movendo. Só o que fez foi sinalizar que tinha percebido minha presença, antes de voltar à posição.

Caraca, era assim que eu agia? Era assim que ela me via?

— Noite longa? — perguntei, pegando o MacBook.

O rosto estava enterrado nos braços, mas ela assentiu e se concentrou em mim. Olhos castanhos me espreitaram, um sorriso discreto nos lábios.

Me senti vitorioso.

— Eu saí — ela explicou, depois bocejou. — Tomei um copo de Prosecco a mais.

Uma quentura me queimou as faces. Percebi que sabia tão pouco sobre os amigos dela, o círculo social dela. Será que estava com outro cara? Saindo com alguém? *Por que essa ideia me incomodava?*

Decidi perguntar.

— Um encontro?

Agora os olhos dela estavam fixos nos meus, brilhantes e vermelhos. Se eu não soubesse que não, pensaria que ainda estava um pouquinho de pileque.

— Não um encontro — respondeu simplesmente, sem mais explicações.

Se não um encontro, uma ficada de uma noite só. Se não uma ficada de uma noite só, então uma saída. Se não comigo, então com quem? Com quem ela estava saindo?

Virei de costas para não fazer mais perguntas. Ela não era problema meu. Mal era alguma coisa. Éramos conhecidos, na melhor das hipóteses, estranhos que se conheciam no contexto da faculdade.

Estranhos que não se sentiam como estranhos.

— Muito bem, turma, hoje vamos começar formando duplas. — A professora Flowers ligou o projetor enquanto afrouxava o lenço prateado no pescoço. — Escolham um par e respondam a uma das quatro perguntas da tela.

Algumas meninas olharam para mim. Toda vez que isso acontecia, uma onda de serotonina inundava meu corpo.

Eu era atraente. Eu era bonitão. Eu me tornei tudo o que queria me tornar. Trabalhei duro para isso: meu rosto, meu corpo, meu tudo. Jace Boland magricela era coisa do passado.

Antes que eu pudesse abrir a boca, Blu bateu a mão na minha carteira, despertando do colapso.

Ela disse uma palavra.

Uma palavra que lançou as ondas de serotonina à enésima potência.

Uma palavra que ninguém nunca tinha dito para mim, em toda a minha vida. Uma palavra que eu ansiava por escutar. Uma palavra que não existia para os meus ouvidos.

— Meu.

CAPÍTULO QUINZE

Blu

QUARTO ANO DA GRADUAÇÃO
QUARTA SEMANA – PRESENTE

– Meu.
Os dedos dele estavam tão perto da minha mão, tão perto. Se eu tivesse esticado o mindinho só mais um pouco, teria encostado no polegar dele.
– Ok – ele assentiu.
Eu ganhei.
A cara da vizinha caiu. Talvez ela esperasse ser a dupla dele; não sei em que mundo delirante ela estava vivendo.
– Qual pergunta você quer fazer? – Jace perguntou, abrindo um documento do Google. – Estava pensando na dois. É a mais fácil, se você leu os textos.
Ooops!
Ele inclinou a cabeça e estreitou os olhos.
– Você leu os textos, Blu?
Pega em flagrante, suponho. *Aceito minha derrota.*

– Uma taça a mais de...

– Prosecco. Saquei – ele rebateu, dando uma última olhada para o projetor, antes de começar a digitar.

– Eu posso ajudar, sabe? – Cheguei mais perto, lendo a pergunta outra vez. – Já li os textos do Crenshaw antes.

– Mas não estamos no "antes", estamos?

– Por que você está sendo grosso? – a pergunta escapou, mas não me arrependi. Ele estava sendo um babaca e precisava saber.

Ele riu, quer dizer, foi mais como um esgar. Condescendente como o diabo.

– Você pede para ser minha dupla, mas não se preparou para a aula. Espera que eu faça todo o trabalho?

Foda-se... este... cara.

Enquanto ele digitava, fiquei sentada em silêncio, de braços cruzados e observando o entorno. Não olhar para ele era a coisa mais fácil que eu podia fazer. Talvez ele tivesse razão, mas havia modos mais gentis de verbalizar aquilo. Eu gostava de gente direta, merda, eu mesma era direta.

Direta, não afiada.

Havia uma diferença.

Dez cansativos minutos de nada passaram, antes que a professora Flowers batesse as mãos pálidas, de dedos ossudos, e começasse a pedir as respostas das duplas.

Eu me concentrava e me distraía, até que chegou a vez da vizinha. Tinha uma voz suave, como de um anjo ou um padre. Por qualquer ângulo que se olhasse, ela parecia inocente.

Os caras adoram meninas inocentes.

Era uma coisa estranha que eles curtiam. Tipo, esse objetivo de tirar a virgindade de alguém era o troféu máximo e, se você já tivesse sido tocada, era como uma merda de uma vagabunda.

Observar essa menina me dava nos nervos. Tinha mãos perfeitas, um rosto simétrico, era miúda e frágil como um espelho de cristal.

De certa forma, talvez ela e eu fôssemos iguais.

Quebráveis.

– Ok, Blu e Jace – a professora Flowers nos chamou. – Qual pergunta vocês escolheram?

– A dois – Jace respondeu. Por si mesmo, não por mim.

– E que resposta encontraram no texto de Crenshaw?

Jace começou a falar, mas eu queria costurar a merda da boca perfeita dele com linha e agulha.

E foi o que fiz.

– Crenshaw discute discriminação racial – falei, silenciando qualquer comentariozinho que o cara ao meu lado tivesse a fazer. – O privilégio e o poder dos homens brancos ainda são exercidos sobre as mulheres, retratando-as como incapazes e sem valor devido à cor da pele. Em função disso, as mulheres têm dificuldade de assumir sua identidade, por medo de serem julgadas.

Ao contrário do que Jace achava, eu tinha lido os textos. Dois anos antes, com o professor Wentworth. Não tinha me esquecido de nada.

Nunca me esqueço.

– Excelente análise, Blu. – A professora foi rapidamente para a dupla seguinte, sem dar atenção a Jace.

Pelo resto da aula, eu também não dei.

CAPÍTULO DEZESSEIS

Jace

PRIMEIRO ANO DA GRADUAÇÃO
UNIVERSIDADE DE YORK – TRÊS ANOS ANTES

— Não acredito que você está aqui, lindo.

Riley estava sentada na minha cama, no dormitório do colégio, folheando o anuário de formatura do Ensino Médio.

— Ah, minha nossa — gritou, dando uns pulinhos.

Olhei para os peitos dela, depois para o rosto.

— Que foi?

— Meu batom ainda não desbotou do papel. Está vendo? — ela me mostrou o contorno enrugado dos lábios, marcado abaixo da assinatura dela.

Decidi dar um beijo nela, o que a levou a me chupar, o que me levou a dar uma dedada nela antes que meu colega de quarto, Bryce, chegasse.

Se ele desconfiou que a gente estava no rala e rola, não demonstrou. Eu o conhecia de vista das tutorias, mas ele era um cara discreto; ficava na dele, meio que me fazia lembrar do Max.

Meio que me fazia lembrar de mim mesmo, antes que eu mudasse de fracassado para fodão.

— Você é tão grande — Riley cochichou no meu ouvido, antes de ir embora.

Eu sei, pensei. Eu sei.

— E aí, brô — cumprimentei Bryce, que estava sentado à escrivaninha, livro já aberto em uma página cheia de palavras.

Ele assentiu. E foi tudo.

Fui até ele e espiei por cima do ombro.

— Pra que aula é isso?

— Nossa aula introdutória. — Ele sublinhou algumas frases, rabiscou umas letras na margem e suspendeu os óculos. — Temos teste na próxima semana.

— Temos — respondi, me afastando da mesa. — É problema para a próxima semana.

— Não é assim que você deveria começar a faculdade — aconselhou.

Eu me lembro que foi um soco no estômago.

Eu me lembro porque tinha dito isso para o Morris no primeiro ano do Ensino Médio, quando ele entornou sete shots em uma festa de verão.

Eu me lembro porque o Will disse isso para mim, quando eu segui os passos do Morris.

Por alguma razão, aquela frase me tocou, e eu me joguei nos livros e no futebol. Eles se tornaram minha prioridade.

Futebol.

ACCT.

Riley.

Nada mais importava. Eu tinha muito foco para as coisas que queria. As coisas que eu queria sabiam que eu as queria.

Uma noite, Riley apareceu quando eu estava estudando para uma prova. Tinha posto uma lingerie sexy e um casaco comprido, do tipo que as garotas usam nos filmes.

Mal sabia ela que Bryce estava lá, me ajudando a estudar. Não tirou o casaco, graças a Deus, mas ficou puta por alguma razão que não entendi.

– Você está sempre estudando, agora – reclamou. – Nem te vejo mais.

– Eu sempre vejo você. – Não era mentira. Ela vinha pelo menos quatro vezes por semana.

– Quero dizer *me ver*, me ver – ela olhou para Bryce. – Este nerd está sempre aqui.

Tirei o livro do colo e a puxei para o corredor.

– Que grosseria, Riley. Na verdade, ele está me ajudando.

– Com o quê?

– Com as aulas, baby. Estudo todos os dias. Vai ter um concurso e um olheiro da Academia Canadense de Cinema e Televisão vai vir. Preciso segurar minhas notas para manter a bolsa.

Ela revirou os olhos, bufando de irritação.

– É que eu sinto saudade de você, sabe?

Nos beijamos no quartinho da despensa por quase meia hora, até que os lábios de ambos ficaram vermelhos e doloridos.

– Eu te amo – falei, e na ocasião era sincero.

– Eu te amo também Jace – ela repetiu.

Duas semanas mais tarde, ela me surpreendeu com ingressos para o festival de música eletrônica.

Duas semanas e meia mais tarde, ela pegou os ingressos de volta. Disse que precisava vendê-los para fazer uma grana extra.

Três semanas mais tarde, descobri pelo Snapchat dela que nunca tinha vendido os ingressos, e estava sentada nos ombros de outro cara no festival.

Uma sequência de mensagens de "Me desculpa" se seguiu, no rescaldo de ela destruir meu coração sem na verdade avisar que ia fazer isso.

Não houve aviso.

Apenas atos egoístas de uma menina egoísta.

Uma menina que conseguia mentir sobre me amar.

Quatro semanas mais tarde, o olheiro da Academia me viu jogar a pior partida da minha vida.

E, um mês depois, os meus sonhos de seguir carreira no futebol foram esmagados indefinidamente.

Tudo porque me apaixonei.

CAPÍTULO DEZESSETE

Blu

QUARTO ANO DA GRADUAÇÃO
QUINTA SEMANA – PRESENTE

— Mãe, cheguei!

Era pura encenação de minha parte gritar isso. Eu agia assim toda vez que passava porta adentro, sabendo muito bem que ela estaria ou desmaiada no quarto ou bêbada demais para notar.

— Mãe, peguei a correspondência — anunciei, acenando no ar um folheto de mercearia e uma conta de cartão de crédito.

— O que eu tenho que pagar, desta vez? — ela saiu aos tropeções do banheiro, o cabelo preto parecendo um ninho de ratos. — Estou de folga hoje.

Ela falou como se eu tivesse perguntado. Eu parei de perguntar muito tempo atrás.

— Seu MasterCard. — Notei uma tigela de sopa ao lado da pia. Minha mãe gostava de deixar a louça ali para me mostrar que precisava ser lavada, só que ela não queria lavar.

Pelo menos hoje ela tinha comido.

Com as costas da mão, ela esfregou os olhos, enquanto virava um líquido marrom de uma garrafa de água Dasani.

– Já paguei.

– Então talvez você devesse considerar alterar as contas para serem enviadas apenas eletronicamente, em vez de papel. – Como de costume, peguei os restos de sopa e mandei ralo abaixo. – É melhor para a natureza.

– Ah, como você é nobre – ela resmungou, se jogando no sofá.

Dei de ombros, mesmo sabendo que ela não estava olhando. Ela nunca olhava de verdade para mim, só meio que através de mim, e era a única pessoa de quem eu queria atenção.

Eu sabia que ela nunca me daria.

– Vou sair com Fawn mais tarde.

A Netflix estava a todo volume, passando um reality show que eu nunca tinha visto antes. Fiquei surpresa que ela tivesse conseguido me ouvir.

– Aproveite.

Ela nunca perguntava o que eu ia fazer, mas eu contava mesmo assim. Me fazia sentir como se eu tivesse uma mãe com quem conversar.

– Talvez a gente cheire cocaína na capinha do celular. – Pousei a tigela no lava-louças e a liguei. – Ou tome uns ácidos.

Ela não me olhou, quando disse:

– Apenas não beba.

E depois caiu na gargalhada. Riu como se alguém estivesse fazendo cosquinhas com uma pena nas costelas dela.

Cinco minutos depois, caiu no sono e a observei. Estudei seus ângulos, a estrutura óssea afundada, as rugas da testa, visíveis na pele mesmo quando em repouso.

No passado, minha mãe tinha tinha sido bonita. Eu não diria que é horrivelmente feia agora. Talvez fosse o veneno apodrecendo-a por dentro, mas os traços estavam inacreditavelmente distorcidos.

Inevitavelmente, me questionei: se eu seguisse o mesmo caminho, se me casasse com um alcoólatra, também me tornaria uma? Eu teria filhos com um alcoólatra? Esses filhos iriam se entregar aos impulsos que eu não conseguia combater?

Minha mãe queria essa vida para mim? Para si mesma?

Meu olhar percorreu o quarto. Minha mãe estava dormindo no sofá de veludo que meu pai nos deixou. Bem, tudo ele tinha nos deixado, pois tinha nos deixado.

Algumas horas depois, estava pintando as unhas quando Fawn entrou no meu quarto e fechou a porta.

– A Nora está dormindo no sofá – ela anunciou, apoiando a bolsa na cômoda.

– É, eu sei – estiquei a mão para que ela admirasse o esmalte vermelho. – Eu a deixei lá.

– Pelo menos ela não está no chão.

Pelo menos.

– Ainda não mandou mensagem para Jace?

O nome dele era como barro na minha boca.

– Jace tem coisa melhor pra fazer. Tipo controlar a minha vida.

Ela revirou os olhos, pôs um pouco de acetona num pincel chanfrado e segurou meu indicador.

– Você está sendo dramática.

Deixei que ela retirasse o excesso na cutícula, enquanto falava.

– Ele reclamou porque você não fez sua parte. Por que está tão brava?

– Porque não gosto que ele fale comigo como se me conhecesse.

– Blu, talvez ele estivesse em um mau dia.

Tirei a mão.

– Por que você o está defendendo?

– Não estou, mas você sempre faz as pessoas parecerem vilãs, se não são eternamente boazinhas com você – ela apertou o frasco de hidratante e passou nas mãos. – Nem todo mundo quer ferrar você.

Deixei que ela espalhasse o creme nos meus dedos e analisei meus pensamentos. Sem conhecer Jace, eu nunca entenderia o mau humor dele, por exemplo, se ele estivesse mal-humorado. Nunca saberia se ele estava triste ou feliz, ou querendo conversar, ou precisando de espaço e silêncio. Eu ia só presumir. Eu sempre presumia.

— Acha que eu deveria convidar Jace pra sair hoje à noite? — perguntei, esperando um "não", torcendo por um "sim".

Ela assentiu repetidas vezes e me entregou o celular.

— E ainda precisa perguntar?

— Deus, não acredito que estou fazendo isso — abri a agenda e selecionei o nome dele. — Nunca mandei mensagem para ele antes.

— É só mais um cara, Blu. Não frita os miolos por causa disso.

19h03 – Blu: Adivinha quem é?
19h06 – Jace Boland: Homem-Aranha?

Revirei os olhos e mostrei o texto para Fawn. Detestei que ela estivesse sorrindo. Detestei que eu estivesse reprimindo um sorriso.

19h12 – Blu: Sério?
19h13 – Jace Boland: Você falou pra eu adivinhar...
19h15 – Blu: Você é insuportável.
19h18 – Jace Boland: Ahaha. E aí, Blu?

Não sei por que aquilo me deu um frio na barriga. O fato de ele saber imediatamente quem era me fez pensar que estava praticamente esperando minha mensagem. Nosso desentendimento da semana anterior parecia superado; sem ressentimentos. Gostei disso.

— Ele respondeu rápido. — Fawn espiou por cima do meu ombro. — Definitivamente, ele não te odeia.

Minha autoconfiança voltou com tudo.

— Quem consegue me odiar?

19h22 – Blu: Sai com a gente hoje.
19h28 – Jace Boland: A gente?
19h29 – Blu: Minha amiga Fawn e eu. Vem. Pfv.
19h30 – Jace Boland: Meio em cima da hora.

A decepção abriu caminho até meu coração. Mostrei o texto para Fawn.
– Espera, ele está digitando! – exclamou.

19h32 – Jace Boland: Manda o endereço. Eu vou.

CAPÍTULO DEZOITO

Jace

QUARTO ANO DA GRADUAÇÃO
QUINTA SEMANA – PRESENTE

— Você não vai ficar para o jantar? — minha mãe perguntou, tirando o assado do forno.

Tateei o lóbulo da orelha para me certificar de que o brinco de cruz estava bem firme.

— Tenho planos.

Quando Blu me escreveu, senti uma vibração estranha de excitação. Depois do jeito que ela lidou com a minha atitude na classe, eu basicamente queria testar os limites. Pode me chamar de perverso, mas provocar a fera me atiçava.

Maldita Blu. Nem por um instante duvidei da inteligência dela, que ficou evidente no primeiro dia de seminário, quando foi chamada pela professora Granger. A irritação que eu senti foi real, *no começo*.

Eu odiava ser usado. Se as circunstâncias fossem outras, *e se ela não fosse Blu Henderson*, aquela irritação teria feito eu me retrair de uma vez por todas. Mas ela não tinha lido o texto. E, apesar disso, brilhou mais do que eu.

Pela primeira vez, não fiquei puto com isso.

Uma parte de mim tinha ficado à espera da mensagem de Blu, uma parte que eu ainda não entendia direito. Mas eu sabia que, se não fosse, nunca entenderia meu sentimento por ela.

— Que planos? Vai encontrar seus irmãos no Deaks?

Deaks?

— Eles foram para o bar?

— Foram. — Ela pareceu confusa, ao tirar a luva térmica e pousar no aparador. — Para assistir à Copa do Mundo.

Um buraco se abriu no meu estômago.

— Eles não me convidaram.

— Ah, bem... não leve para o lado pessoal, Jace. Eles são só...

— São só o quê? — perguntei, encarando minha mãe com um olhar fatal. — Mais velhos? Mais maduros?

Antes que ela pudesse dizer qualquer coisa, peguei a chave extra do carro e senti uma pontada de satisfação. *Olha só, eu dirijo. Posso dirigir, porra. Tenho idade suficiente pra isso.*

— Aonde você vai? — ela perguntou, da sala de jantar.

Ao mesmo tempo em que abri a porta, meu pai entrou, maleta em uma mão, estetoscópio na outra.

— E aí, moleque — ele disse.

Moleque. Moleque.

Moleque.

Moleque. Moleque. Moleque.

— Mas que porra! — xinguei, e bati a porta atrás de mim.

Ouvi a agitação dentro de casa, mas, sinceramente, caguei. Enquanto manobrava o Honda, meu telefone vibrou, mensagem da Blu.

20h15 — Blu Henderson: Quando você vem?

Apertei o volante com força e virei à esquerda na direção do Deaks, descartei a mensagem e bufei com uma irritação crescente.
Mal aí, Blu, mas isso vai ter que esperar.

Scott, Will e Baxter estavam sentados ao balcão. Entre eles, um jarro de cerveja pela metade. Eles estavam rindo.
Estavam rindo sem mim.
– Jace? – Scott foi o primeiro a me notar. Aquilo foi um choque.
Me puxou para um abraço de lado e deu tapinhas na banqueta ao lado dele.
– O que está fazendo aqui?
Todo contente, me sentei.
– Só queria passar um tempo com os meus irmãos.
– Bem-vindo, bem-vindo – disse Will, condescendente como sempre.
Baxter gritou para a TV, batendo o copo com toda força no balcão. Não me falou nada.
Nenhum sinal de reconhecimento, apenas normalidade.
Normal me tratar como um fantasma. Normal esquecer que eu existia.
– Como vai a facu? Não te vejo desde o verão. – Scott desviou os olhos da tela por uma fração de segundo, para falar comigo.
Mal sabia ele que aquilo significava o mundo para mim, e um pouco mais.
– Quando você se forma? – ele tinha feito outra pergunta. Meu coração estava transbordando.
– Posso tomar um pouco? – Inclinei a cabeça na direção do jarro.
– Ah, merda, mas é claro, cara. Jean! – Scott chamou a bartender, uma magrela sem um músculo no corpo. – Arranja mais um copo para o meu irmão aqui?
Para o meu irmão.

Meu irmão.

Pode apostar que sim.

– Identidade, por favor – a bartender pediu.

Em outra situação, eu teria ficado puto. Puto como tinha ficado antes, ao ser lembrado da minha idade, minha juventude, o contraste entre mim e meus irmãos.

Mas o Scott reconheceu que eu era irmão dele.

Peguei o RG e sorri grandão, mostrando para ele que eu era maior de idade.

Que eu fazia parte.

A noite toda a gente bebeu e conversou. A noite toda eu me senti preenchido. Pensei em Blu, mas foi principalmente porque meu telefone continuou vibrando no bolso de trás da calça.

Não peguei nem uma vez.

Eu poderia ficar para sempre sentindo essa vibe, que eu me encaixava com as pessoas que mais importavam…

Eu nunca mais ia checar o celular.

CAPÍTULO DEZENOVE

Blu

QUARTO ANO DA GRADUAÇÃO
QUINTA SEMANA – PRESENTE

— Ele é um sumido, Fawn.
Não existia uma emoção no mundo que englobasse como eu estava me sentindo. Raiva não chegava nem perto, fúria não superava. Eu estava... Eu estava...
Eu estava *magoada*.
— Lamento muito, miga. Ele é um babaca – ela disse e acenou para o bartender e pediu uma rodada de shots. Não soube de que tipo. Não me importava.
Quando a bebida chegou, virei os dois de um gole só. E ainda não sabia qual era o gosto.
— Pelo menos agora você sabe, certo? Não tem expectativas... – Fawn estava tentando me consolar, mas a gente estava no Play, um dos melhores bares da cidade.
Eu não precisava de consolo.
Eu precisava de uma distração.

— Dança comigo, Fawn! — gritei por cima da música alta, puxando-a para a pista de dança multicolorida.

O primeiro cara que notei, que *me* notou, era alto, de cabelo escuro. Manchas de suor encharcavam os sovacos da camiseta mescla, mas ele tinha dois drinques em mãos. *Um deles deve ser pra mim.*

— Isso aí não está batizado, né? — brinquei, pegando o que supus ser vodca com cranberry.

Não consegui ouvir o que ele disse. Também não precisava. Depois que eu virei a bebida, ele se pôs atrás de mim e se sincronizou com os meus movimentos.

Fawn segurava minhas mãos e movia o corpo miúdo no ritmo da batida; o homem atrás de mim pegou meus peitos e eu sorri.

A noite entrou e saiu de foco. Minha cabeça estava ocupada com as coisas certas.

Bebida.

Prazer.

Desejo.

Nada de Jace.

Nada do merda do Jace.

— Posso pegar mais um pra você? — o homem atrás de mim perguntou, o hálito quente acariciando minha orelha.

— Por favor.

Quando ele se afastou, peguei Fawn pelo punho e arrastei para o banheiro. *Deus, eu a estava puxando para todo lado aquela noite.*

— Não precisa ser bruta — ela disse, esfregando a pele onde eu tinha apertado.

— Aquele boy é bonitinho? — perguntei, ajustando os olhos à iluminação fraca do banheiro.

— Quem?

— Com quem eu estava dançando.

– Hum – ela hesitou. Por que ela estava hesitando?
– Não, ele não é, não é bonitinho.
– Então é feio.
– Eu não falei isso, Blu.
– Mas poderia ter falado – rebati. – Puta que o pariu... Que merda, merda, merda, merda. Não acredito nisso. Eu fiquei com um bosta!
– Mas você não beijou o cara, beijou?
Beijei? Espera... Beijei?
– Eu não acho que você tenha beijado... – Fawn disse, olhando ao redor como um filhote de cervo perdido.
– Estamos no banheiro – falei, impaciente. Não entendia por que ela estava agindo de um jeito tão idiota.
– E eu não sei? Por acaso perguntei onde estamos? Por que você está brigando comigo?
Eu não sabia.
– Não sei. desculpa – andei de um lado a outro no chão de lajotas brancas. – Foi mal, Fawn. Minhas emoções estão muito zoadas.
– É por causa do Jace?
Sim. Eu me recusei a dizer em voz alta.
– Você pode desabafar, você sabe. – falou e se encostou na pia, quando uma menina entrou. *Tombou* sobre a pia, para ser mais exata.
– *Tããããão boniiiiita* – ela falou arrastado, apontando primeiro para Fawn e depois para mim. Como acontecia normalmente. Como acontecia sempre.
Acompanhei-a com os olhos até a cabine, até ela fechar a porta e começar a vomitar.
Abri a torneira e joguei água fria no rosto, ignorando a base, o rímel e o batom, que começaram a escorrer e sair.
– O que você está fazendo? – Fawn arregalou os olhos, parada atrás de mim. – Para com isso.

– O bar é escuro. Ninguém vai saber que sou feia por baixo disso tudo.

– Blu, mas que porra, chega dessa merda! – ela se esticou até a torneira, fechou e me forçou a olhar para ela. – Ele é só um cara!

– Um cara que não gosta de mim!

– Um cara em um milhão de caras que gostariam, se você desse uma chance! Jesus, Blu – ela esfregou a testa, o pileque se dissolvendo na penumbra. – Vou ligar para o Carter vir nos buscar. A gente está indo embora.

Ela marchou para a porta, ajeitando a bolsa em cima do ombro, pondo o telefone na orelha.

Dava para ouvir ela reclamando atrás da parede com o Carter, mas abafar aquilo parecia a melhor opção. A única coisa que sobrava para eu me concentrar era o som gorgolejante da menina bêbada que tinha chamado Fawn de bonita.

Não eu. Fawn.

Por que ele não tinha aparecido? Por que não gostava de mim? Eu era assim tão horrível? Eu era tão abominável que ninguém enxergava minhas partes positivas?

Sobrava ainda alguma parte positiva?

Deslizei até o piso enlameado e nojento e me senti unida ao chão. Éramos parecidas, as lajotas frias e eu.

Pisoteadas.

Sujas.

Disponíveis ali só para oferecer uma transição mais suave para as pessoas chegarem a seus destinos.

– Vamos, Blu. O Carter está a dez minutos de chegar – Fawn estava parada à minha frente, mãos esticadas.

A única coisa que pude fazer foi levantar os olhos e encarar o corpo perfeito dela, esculpido, os dedos esguios, um rosto talhado como diamante.

– Por que você gosta de mim? – uma lágrima escorreu pelo canto do meu olho. Só dessa vez, não enxuguei.

– A gente não vai entrar nessa aqui.

– Se quer que eu levante, responda.

– Vou erguer você – ela se agachou, mas eu me afastei. A menina da cabine saiu e não falou nada, enquanto lavava as mãos.

Ela estava constrangida.

Éramos duas.

– Você não consegue me erguer. Eu sou gorda.

– Você não é gorda – disse a menina bêbada, olhando para mim pelo espelho. Era por isso que fazia sentido. Espelhos distorcem.

Fawn estava implorando, eu percebi então. *Eu* tinha provocado aflição nela. *Eu* era o problema. Em uma noite na qual deveríamos nos divertir, *eu* tinha estragado tudo. Por causa de um cara. Um cara que não gostava de mim.

Um cara em um milhão que *deveria* gostar.

CAPÍTULO VINTE

Jace

PRIMEIRO ANO DA GRADUAÇÃO
UNIVERSIDADE DE YORK – TRÊS ANOS ANTES

— Levou um fora, é?
— Pra que você me ligou, Will? Pra dar uma de paternalista? — eu zanzava pelo dormitório contando os minutos para Morris chegar com um pouco de fumo.

No segundo que ele contou que vinha do Oeste fazer uma visita, comecei a pular de alegria feito uma cadela. Não havia distração no mundo que pudesse acabar com a merda da dor incessante, persistente, sofrida pra caraca.

Nada resolvia.

Ninguém resolvia.

— Ei, cara, estou aqui tentando dar uma força para o meu irmãoz...

Desliguei a merda do telefone. E, bem a tempo, Morris tinha acabado de entrar.

— Jace Boland, meu velho — ele agarrou meu ombro e me puxou para um abraço. — Quanto tempo.

— Bom te ver, Cumberland — hesitei em perguntar sobre o fumo. Na verdade, naquele momento estava mais interessado nele do que no Morris.

Ele avançou mais para o fundo do dormitório e chutou o sapato para longe.

— Cadê a loira?

Eu vou perder a cabeça.

— Você trouxe o bagulho? — perguntei. A pergunta dele merecia isso.

— Estou com a mercadoria — ele tirou um saquinho transparente do bolso de trás e jogou para mim. — Tem uns três baseados aí, eu acho.

Só tinha dois.

Porra, só dois.

— Cadê o terceiro?

Ele fez uma cara estúpida, o cabelo claro entrando nos olhos. Esse era o cara que todo mundo adorava, no Ensino Médio, esse idiota de uma figa.

Esse era o cara que eu adorava.

Ele deveria adorar a mim.

Depois que Morris rompeu o ligamento cruzado anterior, desistiu totalmente do futebol. Ao contrário de mim, foi escolha dele agir assim. Eu fui forçado a sair.

Eu não era bom o suficiente.

— Ah, merda! — ele riu. A risada dele me mandou para o inferno. — Está atrás da minha orelha.

Que cretino da porra.

— A gente pode fumar aqui?

Eu já tinha começado, acendi a ponta do baseado e inalei distração para dentro dos pulmões.

Pela primeira meia hora, o Morris forneceu detalhes da vida dele que não me interessavam nem um pouco; como estava indo a graduação em

Criminologia, as morenas com quem tinha transado, a família rica dele comprando um barco novo.

Depois de um tempo, pus música e afundei na cadeira da escrivaninha, percebendo que o Morris estava na minha cama e que ele era a visita.

– Sai da cama, Cumberland.

Ele levantou as mãos em protesto, mas atendeu meu pedido, rindo sozinho sobre alguma coisa que não me dei ao trabalho de perguntar o que era.

Durante duas horas, não fiz uma puta de uma pergunta que tivesse a ver com Morris Cumberland.

– Então – ele deu uma baforada –, você e Riley ainda estão juntos?

Eu estava calmo, viajando no sétimo céu. Daí ele vem e me manda essa.

– Por quê? Quer dormir com ela?

A cara dele caiu.

– Ah, não, que é isso – e deu uma risada.

Não olhei para ele ao dizer:

– Tá tudo bem, ela tá dormindo com outro.

Sinceramente, eu não tinha a menor ideia do que Riley andava fazendo. Três semanas tinham passado desde o pé na bunda que ela me deu. Duas semanas tinham passado desde que o olheiro da Academia escolheu McTavish e Laundry e não eu.

– Lamento saber. Quando foi? – Morris tentando ser sentimental. Na verdade, ele não dava a mínima. Provavelmente ia mandar uma DM pra ela amanhã.

– Algumas semanas, não lembro. – Vinte e um dias e dezesseis horas atrás.

Ele deu de ombros e tossiu na camisa.

– Não esquenta, Boland. Tem muita sereia no mar.

E eu queria *uma*.

Uma que não me queria.

CAPÍTULO VINTE E UM

Blu

QUARTO ANO DA GRADUAÇÃO
SEXTA SEMANA – PRESENTE

Felizmente é a semana de leituras[4].

Se eu tivesse que encontrar Jace na faculdade, teria arrancado a cabeça dele.

Tinha havido uma mensagem de desculpas: "Sinto muito por isso, Blu", ele havia dito, vinte e quatro horas depois. Ou talvez vinte e cinco. "Tive um assunto de família."

Um longo parágrafo foi digitado, de minha parte, mas pensei melhor e resolvi não enviar.

Homens não reagem ao desespero. Eles reagem ao silêncio.

Depois de mandar para a casa de Fawn uma dúzia de rosas, segui para lá com uma caixa de bombons e uns pêssegos felpudos. *Eu era o melhor namorado do mundo.*

Quando ela abriu a porta, o roupão dourado cintilou como o sol.

---

[4] Período sem aulas nem seminários, durante o qual os alunos devem se dedicar a leituras e pesquisas. (N.T.)

– Quantas vezes tenho que te dizer, eu não como chocolate – ela sorriu, e segurou a porta aberta com o pé, para me deixar entrar.

– Mas eu como.

Fawn morava em um condomínio no centro, cortesia dos pais, eu poderia acrescentar, mas ela era uma pessoa tão boa que eu não a julgava por isso.

Havia um par de chinelos à minha espera perto da porta: deslizantes, azuis, com sorrisos e acabamento em pele.

Deixei os mimos no balcão da cozinha e voltei para a sala; deitei-me na otomana com os pés para cima.

– Não preciso de presentes. Só quero que você saiba que merece coisa melhor do que está se forçando a passar.

Observei enquanto ela analisava o chocolate, espetando o pacote como se fosse um animal vivo.

– É de comer – informei, e liguei a Netflix.

– Eu sei para o que é. – Finalmente ela cedeu e abriu a embalagem dos pêssegos, pegou um punhado e foi ao meu encontro no sofá.

– Por que você me provoca com tentações assim?

– Alguém tem que fazer isso.

Vimos uns episódios de "Peaky Blinders"[5] antes que meus ovários começassem a latejar pelo ator principal e meus olhos inconscientemente se alternassem entre a tela da TV e a do meu telefone.

Ele não ia me escrever. Eu não tinha respondido à mensagem dele. Por que continuava a olhar, então?

– Você quer conversar sobre o que aconteceu na semana passada? – Fawn perguntou, lendo meus pensamentos. Ela era boa nesse nível. Se importava.

---

[5] Trata-se de uma série de televisão britânica de drama e crime, criada por Steven Knight. Ela se passa na Inglaterra do pós-Primeira Guerra Mundial, mais especificamente em Birmingham, e segue a história da família Shelby, que lidera uma gangue chamada "Peaky Blinders". Tal nome vem do costume de costurar lâminas de barbear nas abas de seus bonés, que eram usados como armas. [N.E.]

Acho.

– Já não conversamos o suficiente sobre isso? – eu sentia como se tivesse esgotado o fôlego. – Foi uma desculpa de merda de um merda de cara.

– Sem dúvida, mas você ainda está magoada.

– Não.

– Tá tudo bem sentir-se magoada, Blu.

– Não, não está – me inclinei. – Mal conheço o cara, ele me dá um perdido e eu tenho um acesso de fúria como uma coitada que levou um fora do noivo depois de doze anos.

– Bem, visto dessa forma... – ela me provocou, mas eu não achei graça nenhuma.

Balancei a cabeça.

– Não é aceitável.

A risada dela quebrou a tensão do ar.

– Ah, meu Deus, Blu, será que você pode ao menos uma vez admitir que tem sentimentos por alguém? Por que simplesmente não fala pra ele? E tira isso do peito?

Estiquei o braço para tocar a testa dela, em seguida a face.

– Você está se sentindo bem? Precisa que eu meça sua temperatura?

– Para com isso, estou falando sério – ela afastou minha mão e se encostou de volta na almofada. – Comunique-se com ele. Vocês têm duas aulas juntos este ano. Vai fazer o quê? Ignorar o cara?

– Isso.

– Não, Blu, não. Manda uma mensagem e pergunta o que foi o assunto de família. Manda uma mensagem e pede uma razão. Ele se comprometeu com você e depois sumiu, então você tem todo direito de questionar o porquê.

– Isso não é invasão de privacidade?

– Talvez. Descubra. Se ele não responder, daí você o evita – ela pegou meu telefone e jogou no meu colo. – Assim você consegue pôr um ponto final, pelo menos.

Talvez ela tivesse razão. Talvez eu só quisesse escrever para ele por minhas próprias razões egoístas. Mas, assim que abri nossa conversa, a vergonha voltou inundando tudo.

— O que eu falo, para não parecer completamente desesperada?
— O que acabei de falar. Pergunte, *com educação*, se ele está bem, e se o tal assunto de família foi resolvido.

Hum, na verdade não é um jeito ruim de abordar a coisa.

21h16 – Blu: Está tudo bem, agora? Com a família?

Mostrei para Fawn e ela aprovou com a cabeça.
— Quer ver mais um episódio? Podemos pedir comida.

Meus nervos estavam tensíssimos; quando apertei *enviar*, fiquei encarando por mais tempo do que o necessário aquele sinal de recebido. Um botão que tinha muito poder.

Uma palavra. Entregue. Chegou a ele. Ele ia ver. Eu estava vulnerável.

Vinte minutos se passaram antes que a tela acendesse e meu coração parasse.

21h36 – Jace Boland: É, tá melhor. Obg por perguntar.

Fiquei tão puta que meus ouvidos zumbiam.
— E como é que eu devo responder a isso?
— Hum, quer dizer...
— Espera, ele está escrevendo de novo – olhei para a conversa, borboletas batendo por dentro das costelas.

21h37 – Jace Boland: Blu, sobre a outra noite, me desculpa mesmo. Posso te compensar?

— Ele está perguntando se pode me compensar — falei-quase-gritei. Merda, eu estava sendo ridícula, absolutamente ridícula.

— Bem?

— Devo deixar?

Ela se levantou, amarrou bem o roupão e foi receber a entrega.

— Você que sabe. Quanto você se importa?

A pergunta me atingiu feito um raio.

Quanto eu me importava?

Quando meus olhos releram a mensagem vinte vezes, trinta, quarenta, antes que eu respondesse, percebi quanto aquilo significava para mim.

Quanto eu me importava? Me perguntei de novo, antes de escrever de volta:

21h45 – Blu: O que você sugere?

CAPÍTULO VINTE E DOIS

Jace

SEGUNDO ANO DA GRADUAÇÃO
UNIVERSIDADE DE YORK – DOIS ANOS ANTES

Conheci Mel no segundo ano, depois de ser expulso de um bar do campus por fumar vape no estabelecimento.
Ela estava sentada na escada de ferro, quando tropecei porta afora.
– Suspende a calça – ela me disse.
Minha atenção se voltou para a mulher misteriosa espreitando na escuridão. A brasa do cigarro dela era a única coisa que iluminava o rosto.
– Como disse?
– Sua calça está no meio da bunda. Levanta.
Olhei para baixo pronto para encrespar, pronto para dizer que ela estava errada. Mal sabia eu que estava certa.
– Como é que acontece uma coisa dessas?
– Não vou dividir meus segredos com você – rebati. Havia um toque de flerte na minha voz, totalmente sem intenção.
Ela saiu do escuro e me estendeu o cigarro. Não peguei. Em vez disso, fiquei encarando.

– Gostando do que vê? – perguntou e tragou de novo.

O cabelo era cortado logo abaixo das orelhas, tingido de cor de vinho com mechas alaranjadas. Bolsas escuras abaixo dos olhos, um punhado de sardas espalhadas pelo rosto.

Uma corrente de prata balançava por baixo do cardigã gasto, meia--calça rosa combinando com a regata sob a camisa.

Nunca fiquei tão intrigado.

Nunca fiquei tão apavorado.

– Tenho namorada – admiti, pensando em Riley. Pensando como era venenoso dizer aquilo.

Sete meses era um intervalo decente para pensar no que ela tinha feito. Ela sofreu sem mim por tempo demais. Quando voltou rastejando, chorando no meu ombro que tinha cometido um erro, eu a acolhi.

Estava fazendo um favor para ela. Ela precisava de mim.

O cuzão com quem Riley tinha saído telefonou na noite em que ela estava nos meus braços outra vez. Bem onde deveria estar. Ele começou a falar que não podia viver sem ela, que nunca deveria ter deixado que ela fosse embora.

Dei risada. Ele não sabia que estava no viva-voz? Não sabia que ela estava confortavelmente aninhada no meu pescoço?

Tudo que eu queria era meu de novo. Riley, de certa forma, preenchia o vácuo que eu vinha enfrentando. Talvez eu não fosse bom o bastante para ser jogador profissional, mas tinha minha namorada de volta. Eu treinava umas posses de bola, jogava com amigos nos fins de semana. Futebol ainda era minha paixão, mesmo que não fosse mais meu sonho.

Eu tinha criado um novo. *Eu sempre crio.*

– Eu perguntei se você tinha namorada? – ela se aproximou, as botas Doc Martins quase encostando nos meus Nike. – Eu sou Mel.

Dei um sorriso cínico e me afastei um passo.

– Eu perguntei seu nome?

Foi rude. Soou rude. Mas eu não queria que ela pensasse que estava com a vantagem. E, bem quando pensei que ela iria embora, ela sorriu.

– Você e eu – ela cutucou meu ombro. – Você e eu vamos ser amigos.

QUARTO ANO DA GRADUAÇÃO
SEXTA SEMANA – PRESENTE

Ativei o alto-falante do celular, enquanto digitava a resposta para Blu:

21h36 – Jace: É, tá melhor. Obg por perguntar.

– Não acredito que ela me respondeu – desabafei, apertando *enviar*.
– Eu não teria me respondido.
Mel estava na linha, esboçando uma peça encomendada por um cliente.
– Eu também não.
– Ei, será que eu preciso te lembrar que foi você que me abordou, Melinda? – eu adorava usar o nome inteiro para irritá-la.
– Me arrependo disso todo santo dia.
Dei risada e encarei o texto neutro que tinha acabado de mandar.
– Foi seco, não foi?
– Extremamente.
– Bom, mas o que eu deveria dizer?
– O que você quer dizer? – uma segunda voz se juntou à ligação e me cumprimentou com um gritinho agudo. – Oi, Jace!
A namorada da Mel.
– E aí, Ellie, como vão as coisas?
– Bem, bem, meu bem – escutei um som de beijo e senti uma onda de orgulho alheio correr nas veias. Mel merecia ser feliz. Era uma pessoa das boas.
– Desculpa, Jace. Continua. O que você falou?
– Ainda não falei nada. Mas eu quero compensar Blu.
– Sério? – alguma coisa caiu no chão, seguida por um palavrão abafado da Mel. – Merda.

Meus dedos pairavam acima do teclado.
– Ah, foda-se, vou dizer exatamente isso.

21h37 – Jace: Blu, sobre a outra noite, me desculpa mesmo. Posso te compensar?

– Com quanta sinceridade você pretende realmente compensar essa pobre menina por ter dado um perdido nela?
Pobre menina? Elas nem se conheciam. Talvez Blu fosse rica. Talvez tivesse um barco, como o Morris. Talvez tivesse uma casa de veraneio em South Hampton, como Riley. Tudo suposição. Tudo coisa que eu precisava aprender.

– Posso convidá-la para vir aqui.

Mel deu risada.

– Para quê? Transar?

Revirei os olhos.

– Não. Caramba, Mel, pensei que você me conhecesse melhor. Eu sou um cara legal.

Ela suspirou.

– Seja sincero comigo, Jace. Quais são suas intenções com ela?

Nunca gostei de ser posto sob os holofotes. Era uma fraqueza minha: pensar rápido, mostrar emoção na hora que ela surgia em mim. Quais eram minhas intenções? E eu tinha alguma?

– É muito cedo para dizer – uma resposta segura.

– Na cabeça dela, ela provavelmente já percorreu mil possibilidades.

– Isso é a cabeça dela, Mel, nós não somos iguais. A gente pensa diferente.

– Pode ser, mas vocês são parecidos.

Apoiei a nuca no travesseiro e tirei Mel do viva-voz, para me concentrar nas palavras dela. Ela era sempre tão razoável. Era a única menina fora da minha família que se dava ao trabalho de provar sua lealdade.

— De alguma forma, essa menina te interessou o suficiente para que você me falasse dela. Tipo, lembra do que aconteceu na aula, no outro dia?

Quando ela me pôs no meu lugar. Claro, como eu poderia ter esquecido.

— O que tem?

— Pelo que concluo disso, vocês dois são muito semelhantes, mas não querem admitir. Talvez vocês gravitem um na órbita do outro, como tonalidades intermediárias.

Ela fez uma breve pausa e depois gritou tão alto que o telefone quase caiu da minha orelha.

— Espera! Mas que ideia incrível! Valeu, Jace.

Uma risada subiu pela minha garganta.

— Mel, você comeu cogumelo hoje?

Silêncio.

Depois, risos.

— Como você sabe?

Compartilhamos a alegria conversando sobre os quadros recentes dela e a exposição, que se aproximava.

Foi quando me deu um estalo.

— Posso levar mais uma pessoa?

Como se dividíssemos o mesmo cérebro, ela respondeu:

— Pensei que você nunca ia perguntar.

21h45 — Blu Henderson: O que você sugere?
22h02 — Jace: Goblet Street, 1067. Sábado, às 19h. Ponha uma roupa bacana.

CAPÍTULO VINTE E TRÊS

Blu

TRÊS INVERNOS ANTES

— E você... só está me contando isso agora.

Fazia um ano que o Kyle eu estávamos saindo, e ele acabava de jogar a bomba no meu colo: quatro meses antes, ele tinha participado de um trisal com uma menina do primeiro ano e o melhor amigo dele.

O melhor amigo dele, com quem a gente tinha saído na outra noite.

O melhor amigo dele, que a toda hora dizia como a gente fazia bem um ao outro.

O bosta do melhor amigo dele, que tinha namorada também!

— A culpa estava me comendo vivo, Blu. Eu não quis magoar você. Eu...

— Você não quis me magoar, Kyle? — As lágrimas ardiam nos meus olhos, mas não me dei o direito de chorar. Ele não merecia vê-las escorrer.

— E você achou que, me contando quatro meses depois, estaria poupando meu coração?

— Bem... — ele coçou a parte posterior da cabeça e olhou ao redor do meu quarto como se algum maldito tesouro estivesse escondido atrás das paredes beges. – Eu só... Você estava fazendo tanta coisa por mim, e não consegui continuar escondendo. Você merece mais. Eu não te mereço.

E daí aconteceu a coisa mais idiota.

Ele começou a chorar.

– Eu não te mereço – repetiu.

Devagar, ele se arrastou até a beirada da cama e se agachou entre as minhas pernas.

– O que você está fazendo?

– Eu não te mereço – ele pôs os braços ao redor da minha cintura e pousou a cabeça nos meus seios.

Daí aconteceu a coisa mais idiota, de novo.

Só que a idiota fui eu.

Comecei a oferecer consolo para ele.

Para ele.

A pessoa que destruiu meu coração.

A pessoa que me traiu.

Estava fazendo cafuné nele. Coçando as costas. Sentindo a pele dele contra minhas pernas nuas.

Querendo ele.

Ansiando por aquela proximidade. O aconchego que tínhamos compartilhado por trezentos e sessenta e cinco dias.

– Tá tudo bem, Kyle – *não estava. E eu também não estava bem.*

– Eu não quero voltar – ele cochichou contra a minha barriga, os lábios suspendendo a bainha da blusa. – Só quero que você saiba que merece mais.

Os dedos dele deslizaram pelos botões do meu pijama.

– Gostaria de ter sido melhor pra você.

– Por que – ele enfiou um dedo em mim, mexendo para cima e para baixo. – Por que... hum... você não pode... se tornar?

Delicadamente, ele me deitou na cama, cobrindo meu corpo com o dele protetoramente. Um breve instante de segurança.

Eu sabia que ia durar pouco.

– Porque você é boa demais pra mim, princesa. – Antes que eu me desse conta, ele tinha tirado o jeans, o pau dentro de mim mais uma vez.

– Você... – dentro e fora. Dentro e fora. – Você é tão gostoso.

Ele terminou três minutos depois.

Fiquei deitada de costas, seminua, olhando para o teto, me xingando por deixar aquilo acontecer de novo.

Era culpa minha.

Eu deixava as pessoas se aproveitarem de mim.

Eu é que estava errada.

– Eu... – ele fechou a calça, mão na maçaneta. Nenhum sinal de remorso nos olhos. – Merda, Blu, me desculpa. A gente não devia ter feito isso.

– Não – sussurrei –, não devia.

Ele partiu em trinta segundos.

Não sei por quanto tempo fiquei deitada naquela posição. O sol começou a se pôr e a escuridão fora da janela encobriu a metade inferior do meu corpo.

Boa o suficiente pra trepar, declarei.

Não boa o suficiente pra amar, aceitei.

CAPÍTULO VINTE E QUATRO

Blu

QUARTO ANO DA GRADUAÇÃO
SEXTA SEMANA – PRESENTE

Depois de colocar no mapa o endereço que Jace me mandou, descobri que meu destino era uma galeria de arte chamada Prix.

Não voltamos a nos escrever desde que ele pediu para me ver; apenas respondi à mensagem dele com um polegar para cima.

E agora eu me via em um sábado aleatório de meados de outubro apertando mais um pouco a capa de chuva bege, antes de entrar no lugar.

Galerias de arte eram como tábuas de frios: era raro que você tivesse tempo livre suficiente para curvar fatias de salame em formato de rosas e cortar o queijo em cubos perfeitos, mas, quando você tinha esse tempo, valia a pena.

Esta galeria de arte não era exceção. Esta galeria de arte era uma tábua de frios.

O salão em si era pequeno, mal iluminado e um pouco claustrofóbico, com todas as pessoas amontoadas em frente aos quadros, mas havia um charme que me roubava o ar dos pulmões.

Uma mesa de madeira ocupava o centro do salão e exibia nada menos que...

Uma tábua de frios!

– Hahahahaha – caí na risada, soltando as abas da capa de chuva. – Quais eram as chances?

– Oi – fui cumprimentada por uma mulher muito alta, muito esguia, de esmalte vermelho e batom escarlate. – Você encomendou uma peça?

– Epa, o quê? O evento era fechado?

Limpei a garganta, contente que a iluminação fraca disfarçasse o rubor nas minhas faces.

– Estou esperando uma pessoa.

– Ah, que ótimo – ela deu um sorriso tão incandescente que eu poderia ter pegado fogo. – Vou sair do seu pé, então.

Você não estava no meu pé. Que expressão boba.

Meus olhos percorreram a extensão da parede, enquanto eu ponderava se escrevia para Jace. *Que idiota, pensei.* Eu estava literalmente ali, exatamente onde ele queria que eu estivesse, e mesmo assim ainda me recusava a ser a primeira a mandar mensagem.

Depois de dois minutos rodeando sem jeito uma estátua de pedra, fui na direção da única pintura que tinha chamado minha atenção.

Havia um casal na frente, então fiquei atrás analisando a tela e a simplicidade dela. Minha cabeça se inclinou para o lado, conforme fui acompanhando uma única linha preta que circundava um ponto vermelho, outra linha cinza que cruzava uma segunda linha preta e um ziguezague de azul vibrante, azul como o meu cabelo, que penetrava os espaços vazios entre os rodamoinhos.

Nenhuma dessas linhas tocava o ponto vermelho, apenas os tons de escarlate e branco que se mesclavam um ao outro e protegiam o perímetro. Foi quando fiquei curiosa. Olhei para a plaquinha descritiva e li: "Controlando o caos".

– Gosta? – perguntou uma voz atrás de mim, suave, mas assertiva. Aquela voz queria um "sim".

Ofereci exatamente isso, sem nem mesmo me virar. Aquele não era o momento para comentários espertinhos. Não se tratava de um jogo. A pintura era maravilhosa e merecia o reconhecimento.

– É incrível, ao contrário das outras aqui. – *Eu não seria eu, se não fizesse uma pequena provocação.*

Quando me virei para encarar quem estava falando, fui recebida por olhos azul-esverdeados, cabelo castanho-claro perfeitamente penteado para trás e o brinco de cruz característico fazendo par com uma pérola simples. Ele estava todo vestido de preto, camisa de colarinho combinando com calça de corte reto e sapatos Oxford. Uma pulseira de prata pendia no pulso e cintilava para mim.

– Jace – falei, incapaz de manter o nome dele preso na boca por mais tempo.

Ao lado dele estava a pessoa da conversa, sem dúvida. A voz dela combinava com o rosto: gentil, mas intimidante, alegre, mas misterioso. O cabelo ruivo estava preso para trás, duas mechas cor de laranja caindo nas laterais da face.

Ela era bem mais alta de que eu, mas muito mais baixa do que Jace. Todo mundo era. Ele era constituído para estar acima das pessoas.

– Vou aceitar o elogio – ela disse, estendendo a mão. – Mel Klofor. Sou a artista.

As unhas dela eram pontudas e reluziam como diamantes prateados. Muito melhores do que as minhas, de acrílico preto, e com uma aparência mais cara. Fiz uma anotação mental para fazer as minhas de novo, desta vez em um salão de verdade, não com as porcarias postiças compradas na Amazon.

– Jace Boland – ele também estendeu a mão formalmente, como se nunca tivéssemos nos encontrado.

Por um instante, pensei que estava passando por uma simulação e me perguntei se as semanas anteriores eram produto da minha imaginação, mas daí ele sorriu para mim.

Aceitei a mão dele, saboreando o contato com a minha, depois soltei os dedos dele.

— Blu Henderson — me apresentei para Mel. — Conte-me mais sobre este quadro.

Ambas nos aproximamos, os sapatos baixos dela varrendo o concreto, os meus retinindo como sinos.

— O que você acha que significa? — perguntou, voltando os olhos inquisitivos para mim.

Quanto mais eu observava a tela, mais difícil ficava entender. "Controlando o caos", eu me perguntei, refleti, mergulhei fundo na minha psique para conseguir uma resposta.

Não encontrei nenhuma. Eu odiava estar errada. Minha suposição era um grande branco.

— Ele sabe? — olhei para Jace, que estava parado bem atrás de mim, quase perto demais. Se eu recuasse um passo, meu salto esmagaria a ponta do dedão dele.

Arrisquei a sorte.

Estava certa. Ele estava a poucos centímetros de pôr as mãos na minha cintura.

Isso era tudo que me importava. Não uma droga de pintura.

— Na verdade, não — a voz dele era baixa e reverberou pelo meu corpo como uma erupção vulcânica. — Pode explicar, Mel?

A ponta do dedo dele percorreu a extensão do meu antebraço e depois se afastou, quando ele deu um passo para trás.

Ele fez isso de propósito.

Dei um passo para a frente, abrindo mais distância entre nós. Se era assim que ele queria que fosse, que fosse.

Ele deu um sorriso torto. Primeiro, achei que fosse por condescendência, mas, quando meus olhos encontraram os dele, estavam brincalhões e leves. Em reação, meus lábios se curvaram.

— Um amigo meu é um executivo, e me pediu para pintar alguma coisa que fosse poderosa como ele — Mel começou. — Palavras dele, não minhas — todos rimos daquilo e tive uma sensação de unidade, uma vibe de pertencimento. — Ele me explicou como todos os aspectos da vida dele pareciam controlados por fontes externas. Ele trabalha para viver, para poder agradar a alguém acima dele. Ele se alimenta bem, para manter uma boa saúde física. E repete esse ciclo todos os dias. Isso são as linhas pretas que você está vendo.

Ela apontou para os anéis que rodeavam o ponto vermelho, depois moveu o dedo para as linhas cinza.

— Isto é a área cinzenta, as partes da vida dele que lhe dão alegrias mundanas, e esses ziguezagues — o dedo dela acompanhou as linhas azuis para cima e para baixo — são o caos. O inevitável. Os sofrimentos.

Ela seguiu por alguns minutos falando sobre as linhas que se cruzavam, como eram relevantes para um homem que eu nunca vi, e continuei ouvindo cada palavra. O modo como ela falava sobre algo pelo que era evidentemente apaixonada me fez refletir sobre minha própria vida, o que me motivava, o que me fazia pulsar.

Eu costumava adorar fotografia. Antes que o alcoolismo dominasse meu pai, ele comprou para mim uma câmera descartável, no meu aniversário de sete anos. Primeiro, joguei no chão e ela se quebrou. Queria Barbies, como todo mundo.

Ele comprou outra. Disse que eu deveria ser diferente, deveria me destacar do resto, porque a vida era monótona e o mundo ia acabar. Eu deveria tornar o mundo tão vibrante quanto a menina que ele via que eu era.

Não acredito que ele realmente me visse como alguma coisa, mas pelo menos ele fingia.

Eu não sabia que só teria mais três anos com ele. Se soubesse, talvez tivesse quebrado a segunda câmera e a terceira ou quarta.

Ou talvez não tivesse desistido da fotografia.

Para todo lugar que eu ia, levava junto o retângulo amarelo feioso, e tirava fotos da grama, do céu, de um passarinho numa árvore, de uma criança no balanço. Tudo era arte, do próprio jeito, se você abrisse os olhos para ver. De uns tempos para cá, minha tendência tem sido mantê-los fechados.

Agora, a única arte que eu conhecia eram os quadros nos museus, os grafites nos muros, as tatuagens na minha pele. Eu as mantinha escondidas. Só as pessoas com quem eu transava sabiam que elas existiam, e talvez nem mesmo elas. Será que estavam mesmo prestando atenção em algo além da nudez da minha carne exposta?

De certa forma, eu queria mantê-las ocultas. As cicatrizes abaixo da tinta preta já não faziam parte de mim: eu tinha atribuído a elas um novo significado. Essas tatuagens se tornaram a única arte que me lembrava que a arte existia, que estava além de telas e pincéis. Que talvez, enterrada por baixo daquilo tudo, houvesse uma menininha com uma câmera descartável que sentia saudades do pai.

Do pai que não sentia saudade dela. Que *não tinha como* sentir.

– O que significa o ponto vermelho? – perguntei, afastando as recordações.

Mel sorriu.

– O ponto é ele. Esse branco ao redor dele põe espaço entre o que ele consegue controlar e o que não consegue. Ele está seguro aqui, nesse tom de vermelho.

Ele está seguro aqui, nesse tom de vermelho.

Mel e Jace foram incluídos na conversa de um casal perto de nós. Não se dirigiram a mim. Eu era estrangeira naquele território. Eles pareciam pertencer. Jace com as roupas bacanudas, Mel com as unhas prateadas reluzentes.

Minha capa de chuva cobria um vestido preto de gola rolê, mas eu me sentia mais confortável coberta, escondendo as partes de mim que ninguém conseguia ver.

Me afastei da conversa da qual não fazia parte e me aproximei de "Controlando o caos".

Nenhuma linha, nenhum rodopio, nenhum ângulo agudo encostavam no ponto vermelho. Aquela tonalidade de vermelho era um campo de força impenetrável, que o protegia do mundo externo. Da dor externa.

Naquele momento, só o que pude fazer foi rezar e pensar...

Será que algum dia vou encontrar uma tonalidade de Blu?

CAPÍTULO VINTE E CINCO

Jace

QUARTO ANO DA GRADUAÇÃO
SEXTA SEMANA – PRESENTE

Depois de circular um pouco e cumprimentar todos os amigos e potenciais clientes da Mel, levei Blu para a pizzaria da rua de trás.

– Você está com fome – afirmei mais do que perguntei. – Tem de estar.

Na verdade, era eu que estava faminto. A Mel era uma pessoa tão animada, tão comunicativa e despreocupada. Os amigos dela eram um reflexo dessa imagem, igualmente joviais e cheios de vida.

Os meus não pertenciam a um contexto daqueles.

Os meus eram tão ocos e vazios quanto eu.

– Você está supondo que estou com fome – Blu disse, apertando a capa de chuva no pescoço como se fosse um lenço.

– O que tem por baixo disso?

– Por baixo do quê?

Cutuquei o cotovelo dela, esfreguei o tecido fino entre os dedos.

– Você não tirou isso a noite toda.

Se as luzes da pizzaria não irradiassem neon vermelho, eu poderia jurar que as faces dela estavam tão coradas quanto de fato estavam. Talvez eu não devesse ter perguntado.

– Está frio, entendi – não estava, realmente, mas eu estava de calça e mangas compridas. Era uma mentira passável.

Segurei a porta, permitindo que Blu entrasse antes de mim. O aroma do perfume dela deixou um rastro que me congelou.

– Que perfume é esse?

Blu se virou para me encarar, os olhos castanhos arregalados.

– Ãhn, não acho que você conheça.

– Teste.

– É *Her*, da Burberry – ela fixou o olhar em mim, e eu fixei o olhar nela. – Por quê?

Clássico. Um clássico da porra.

Riley usava o mesmo.

Acenei para o cara no caixa e peguei a carteira.

– Pois não, senhor, qual o pedido?

Blu foi para trás de mim, analisou as fileiras de pizzas expostas, mas não disse nada.

– Qual você vai querer?

Ela sacudiu a cabeça.

– Nenhuma.

Estreitei os olhos.

– Gosta de pepperoni?

– Não estou com fome.

Me virei para o atendente.

– Duas fatias de pepperoni, por favor.

Ele registrou o pedido e informou o total. Sinceramente, nem vi o valor, só aproximei o cartão e vi Blu sentada numa banqueta.

Blu parecia... alheia. Triste? Tímida, quase? Não que eu tivesse muita experiência de estar com Blu, mas aquilo era definitivamente perceptível.

– Tá tudo bem?

– Por que você perguntou sobre o meu perfume? – indagou, girando o assento para me encarar. – É ruim? Coloquei demais?

Epa, epa, epa.

– Blu, não! – dei uma risada tensa. – Não, absolutamente. É um aroma familiar.

Ao ouvir isso, o rosto dela se suavizou, os olhos se iluminaram e ela relaxou no banco.

– Ah, ok. É tipo, um dos meus maiores medos.

– Cheirar mal?

– Bom, é. Não é isso que atrai as pessoas? O cheiro?

– E quem você poderia querer atrair, Blu?

As faces ficaram vermelhas. Eu não precisava de um maldito neon bloqueando minha visão para enxergar isso.

Sorri e a deixei ali, me desejando, enquanto fui buscar as pizzas.

Eu estava esperando quando duas meninas entraram, claramente bêbadas, de mãos dadas. Eram bonitas, usavam vestidos justos e sandálias de salto com tiras subindo pelas pernas.

Sorriram para mim, sorri para elas, meu olhar se demorando na mais alta.

– O pedido está pronto – o atendente anunciou, e entregou dois pratos de papelão branco.

– Valeu, cara. – Quando me virei, quase bati de frente com a loira alta, que tinha se posicionado exatamente atrás de mim.

– Desculpa – ela ronronou, levantando as mãos. – Você é tão gostoso que eu precisava falar alguma coisa.

Se eu não estivesse ali com Blu, talvez tivesse retribuído o elogio. Talvez tivesse dividido meu pedaço com ela. Mas eu estava acompanhado, e não sou tão escroto assim.

– Obrigado. Se cuida – foi só o que falei, antes de voltar para as banquetas e entregar o pedaço de Blu.

– *Você é tão gostoso* – ela gozou, girando o prato com o indicador.

Ri.

– Você escutou?

– Ela falou bem alto.

– Hum – dei uma mordida e fiz careta quando a gordura lambuzou meus lábios, antes de limpar a boca com um guardanapo. – Belo sabor.

– Antes deste momento, eu nem achava que você comia pizza.

Minhas sobrancelhas se franziram, enquanto dava mais uma mordida.

– Sério? Por quê?

Ela deu de ombros, olhando o próprio pedaço como se fosse uma maldita anaconda.

– Você tem um corpo bonito. Geralmente, a galera *fit* foge dessa merda.

Hum. Acho que foi um elogio. Mas ela não sabia quanto eu tinha trabalhado para conseguir isso.

– Eu como bastante. Só não engordo.

– Deve ser bom.

Aquela frase.

Aquela exata frase.

Puta merda, como eu pude ser tão cego?

– Blu... – mastiguei devagar, empurrei para ela o segundo pratinho. – O que você comeu, hoje?

Ela se endireitou na cadeira e de novo fechou o casaco bem apertado. Notei que uma das unhas dela tinha caído. Ela tentou enterrar na palma da mão.

– Eu comi.

– É? O quê?

– Uma salada, mais cedo.
– Que tipo de salada?
– Mas que diferença faz? – O tom era seco. Ela queria que eu mudasse de assunto.

Podia esperar sentada. Eu reconhecia uma desordem alimentar, quando via uma.

– Dá uma mordida que eu paro de te encher.

Naquele momento, percebi como os olhos dela estavam grudados na fatia de pizza. Eu piorei as coisas? Eu estava piorando as coisas?

Não soube o que fazer. Eu já tinha estado naquela situação antes. Sendo o cara alto e magro do Ensino Médio, vendo todos os meus amigos cheios de músculos e de histórias que não se envergonhariam de contar para uma multidão. Isso os tornava másculos. Isso me tornava um frouxo.

Pus a mão no joelho trêmulo dela. Estava ansiosa.

Os olhos dela foram da pizza para o meu toque; parou de balançar a perna. Engoliu.

– Uma mordida?

Apertei com um pouco mais de força, roçando o polegar delicadamente na pele dela.

– Uma mordida, linda.

Ela levou a fatia à boca e deu uma mordida generosa e em seguida desviou o rosto do meu.

Constrangimento. Eu já tinha sentido isso vezes demais.

Meus dedos envolveram o queixo dela e a virei para me olhar. Havia nos olhos uma ferida, uma emoção que ela estava reprimindo.

– Desculpa, Jace – ela baixou a cabeça, o queixo tenso na minha mão. – Você deve pensar que eu sou uma bizarra.

Era isso que eu pensava que eu era? Quando eu achava que as pessoas pensavam isso de mim? Fui consumido por esse sentimento por tanto tempo. Agora eu percebia.

Ela era meu par. Minha igual. Um pedaço partido de mim mesmo, um estilhaço espelhado de vidro.

Não deixei de tocá-la. Nem uma vez.

– Muito pelo contrário, na verdade – meu olhar se suavizou. – Você e eu temos muito mais em comum do que eu pensava.

CAPÍTULO VINTE E SEIS

Blu

TRÊS VERÕES ANTES

– O que você está olhando?

Kyle e eu estávamos descendo a escada rolante do Shopping Center Yorkdale, quando duas morenas surgiram do lado oposto para subir.

Eu sabia exatamente para o que ele estava olhando; para *quem* estava olhando. Ele fazia isso com bastante frequência.

Me incomodava com bastante frequência.

Nem uma única vez abordei o assunto. Falar a respeito tornava a coisa real, e eu teria preferido viver na ignorância cega, mas uma parte de mim sentiu necessidade de ceder.

– Só o display da Topman – ele respondeu despretensiosamente; se eu fosse uma distraída, poderia ter acreditado.

Mal sabia ele como eu era observadora, como a vida me obrigava a prestar atenção em todas as mínimas coisas. Quando as pessoas acham que você não está olhando, as partes de si que tentam esconder voltam à superfície.

Meu olhar se demorou nas duas morenas, ambas com roupas esportivas: leggings justas, moletons de zíper e capuz, bonés. Claro que tinham corpos magros e definidos, exatamente tudo o que o Kyle queria.

Tudo o que eu não era.

Assim que chegamos ao fim da escada rolante, corri na frente até chegar ao primeiro banheiro. Ele me chamou, mas eu estava a salvo na cabine, segura para guardar meus pensamentos na cabeça e trancar tudo ali até quando fosse necessário.

Nunca quis que esses pensamentos existissem, mas eles vinham sempre. Persistiam. Queriam estar ali.

Coma menos.

Beba mais.

Vegetais crus. Água. Uvas.

Nada de gordura. Nada de comida porcaria. Nada de comida.

Nada de comida.

Nada de comida.

Assim que ouvi um dos secadores de mão se desligar, meus dedos desceram pela garganta, forçando para fora o prato de bacon e ovos que eu tinha preparado de manhã.

Aquilo dava uma sensação péssima, de merda.

Não vomitar, isso dava alívio. Mas o desejo de ser magra, de impressionar, de me sentir desejada e bonita. Um trabalho de tempo integral, eu diria. Aquilo me consumia.

Se pelo menos eu tivesse sessenta e seis de cintura, em vez de setenta e três; se eu tomasse vodca com soda, em vez de Lagoa Azul. Tanto açúcar, tantas merdas de calorias inúteis e vazias.

Ao terminar no banheiro, meu corpo estava leve como uma pena em uma floresta pegando fogo. A raiva e o rancor que eu sentia do Kyle se dissiparam lentamente, quando vi os olhos dele.

— Babe, você parece doente. Está se sentindo bem?

Deu um beijo no meu rosto como se não tivesse pensado em transar com duas meninas dez minutos antes.

– Eu pareço doente? – perguntei, sorrindo radiante. – Pensei que estivesse ótima.

Ele me deu um tapinha na bunda.

– Você está sempre ótima.

Não escutei esse último comentário, nem nenhum outro, depois de ele sugerir que eu estava doente.

Se você soubesse o que eu fiz por você, Kyle. Se pelo menos você soubesse o que custou.

CAPÍTULO VINTE E SETE

Blu

QUARTO ANO DA GRADUAÇÃO
SÉTIMA SEMANA – PRESENTE

Precisei ir para casa depois da pizzaria. Não podia ver Jace. Precisar fazer uma coisa é bem diferente de querer. Eu queria vê-lo, era só o que eu queria. Mas a decisão certa era me afastar; eu não era cega.

Quando me recusei a comer, um reconhecimento estranhamente reconfortante surgiu nos olhos dele. Ele falou que a gente tinha mais em comum do que ele pensava. Teria querido dizer que também lutava contra o hábito de comer mal? Ou que já tinha lutado? Ou só estava tentando ser bacana comigo? Ele não me devia isso.

Ninguém me devia.

Depois que aquele comentário foi feito, procurei alguma coisa nele, um sinal que não tivesse percebido antes, uma dica que me mostrasse quanto ele estava arrasado.

Havia um mar de azul em seus olhos, um azul-claro, como águas calmas. Ele era calmo em todos os momentos. O nível da voz nunca ultrapassava quinze por cento: ele queria ser percebido assim.

Foi quando me bateu a compreensão de que tudo nele era fachada. Não sei o que provocou o estalo, o que me deu um clique na cabeça, mas me senti mais sozinha naquele momento do que tinha me sentido em muito tempo.

Eu tinha necessidade de me abrir com alguém que estava fabricando uma reação, alguém que provavelmente não fazia ideia de como era viver em um universo de competição.

A caminho da aula da professora Granger, observei as roupas que eu gostaria de conseguir usar, se fizesse uma redução de mamas, os jeans em que finalmente conseguiria entrar, os homens que iriam me perseguir.

Eu queria ser um objeto de desejo. Ansiava por isso. Tinha de saber que era digna de ser amada.

Mas ninguém mais precisava saber disso.

– Ei, oi, com licença! – chamou alguém à minha esquerda.

Tirei o fone e voltei minha atenção para uma loira alegre em um casaco de chuva amarelo.

– Sim?

– Só queria dizer que adorei o seu casaco. – O sorriso era gentil e os sentimentos eram mais gentis ainda.

Peguei a mão dela e segurei com força.

– Adorei o seu rosto.

Ela corou e se afastou, me deixando com uma explosão de serotonina que só durou dois segundos, por não ser um homem quem tinha me elogiado.

De relance, vi minha roupa em uma das janelas de vidro, enquanto passava pelo pátio, e me permiti um segundo de apreço pela minha individualidade.

Não havia nada de errado em ser básica, em usar a mesma roupa que todas as meninas vestiam em Paris. Eu, pessoalmente, bem, eu não podia ficar aquém disso.

Meu casaco era preto, de lã, até o tornozelo, com bainha cinza. Consegui que fosse tirado de um manequim na Zara; a vendedora me explicou que geralmente eles não fazem isso, mas que ela abriria uma exceção para mim.

As mulheres eram sempre legais comigo.

Talvez sentissem pena de mim.

Talvez se perguntassem por que eu não sentia pena de mim mesma.

O resto da minha roupa era todo preto: blusa de gola rolê preta, jeans pretos e botas pretas de cano baixo. Um lenço vermelho era o toque de cor que destacava *Blu Henderson*, a menina confiante com uma alma triste.

Meu telefone apitou, quando abri a porta do prédio da minha faculdade.

15h55 – Jace Boland: Vire-se.

A mão dele segurou meu cotovelo quando ele se postou à minha frente, mantendo-me imóvel. Deus, eu não conseguia encarar aqueles olhos. Eles olhavam através de mim, eles me analisavam. Enxergavam uma coisa que eu me recusava a ver.

– Você não respondeu minha mensagem – foi só o que ele disse, no único minuto de silêncio entre as paredes de concreto.

Ele tinha mandado mensagem depois da pizza, perguntando se eu estava bem e, se precisasse de alguma coisa, para eu chamar no FaceTime. Achei estranho que ele quisesse conversar por vídeo, pois ele não me parecia o tipo. Por outro lado, com uma aparência daquelas, nenhum ângulo era um ângulo ruim, nem mesmo na câmera.

Limpei a pele sob as unhas, encarando o chão.

– Muito trabalho escolar e outras coisas, eu realmente não...

Os dedos dele suspenderam meu queixo para que eu o encarasse, para que eu encontrasse aquele olhar azul-esverdeado que vinha tentando evitar.

– Os olhos ficam aqui em cima, Blu.

Eu estava completamente imóvel, paralisada por estar tão perto, tão vulnerável, diante de alguém que não era meu. Não havia a menor possibilidade de ele se importar; tinha de haver uma razão escondida aqui.

– Conversa comigo.

Minha boca estava seca, quando respondi:

– A aula vai começar daqui a pouco.

– Já começou, linda – ele disse, tirou o telefone do bolso e me mostrou a hora: 16h04.

– Então, vamos – comecei a andar, e ele deixou, mas não me seguiu.

– Você não vem?

Pequeno movimento de cabeça.

– Estou precisando de um café. Talvez eu dê o cano hoje.

Estávamos nas extremidades opostas do corredor, encarando um ao outro como em um impasse. Quem ia ceder primeiro? Quem ia seguir quem? Quem ia se dobrar?

– Aproveite – me obriguei a dizer.

– Vou aproveitar.

Mas nenhum de nós se mexeu.

Por alguns segundos, pareceu uma eternidade, até que um grupo desceu feito uma explosão a escada do segundo andar, e saiu do corredor.

– Por quem você vai às aulas, Blu? – perguntou, em um tom que sugeria que já sabia a resposta.

Eu me endireitei, não querendo que ele escutasse.

– Por mim mesma.

Um sorrisinho estampado na cara.

– Ah, não mente pra mim agora.

E, com isso, ele empurrou a porta de vidro e segurou aberta, esperando por mim, sabendo que eu iria trás.

E, como uma sádica covarde, patética e faminta por atenção que eu era...

Me dobrei primeiro.

CAPÍTULO VINTE E OITO

Jace

SEGUNDO ANO DA GRADUAÇÃO
UNIVERSIDADE DE YORK – DOIS ANOS ANTES

Não sei quando comecei a ser bom com garotas.

Uma parte de mim ainda vivia dentro daquele menino tímido, assustado e inconstante que não sabia nada de nada e passava os fins de semana vendo Netflix com minha mãe.

Sinceramente, depois que fiquei com Riley as coisas mudaram. Ela foi o impulso de confiança de que eu precisei para sentir que tinha vencido, como se eu merecesse um troféu ao fim do tratamento com o Accutane e depois de ajeitar minha aparência.

Quando a gente voltou, pareceu mais uma recompensa. Dei um grande foda-se para o cara que a tinha roubado de mim e aproveitei os momentos que vivia com ela.

Mas, com o passar do tempo, percebi que estava esperando uma coisa que nunca aconteceria. Eu tinha a garota, mas não de verdade. Ela estava ali, mas nunca presente. Ela ouvia, mas nunca se importava. Era uma coisa para passar o tempo, *eu* era uma coisa para passar o tempo.

Saí com Bryce uma noite, depois de Riley dizer que não estava se sentindo bem e não poderia ir a Brixton comigo. Bryce, sendo introvertido como era, primeiro disse não, até que eu arrastei o cuzão de camisa polo para fora do dormitório e para dentro de um bar.

— Duas Belgian Moon, por favor — falei para a garçonete, uma loira bonita de cintura fina.

Os olhos dela deslizaram pelos meus braços, pararam nas tatuagens, percorreram minha camiseta branca, a pulseira de prata, os brincos, me comendo todo. Todo.

— O que estamos comemorando? — Bryce perguntou, esticando os braços.

A gente treinava juntos desde o primeiro ano da facu, e ele acabou virando mais meu amigo do que Morris, Connor, Danny e, que se dane, até mais que meus irmãos.

— Você odeia a Riley — afirmei, e me apoiei no encosto duro de madeira. — Me diga por quê.

Ele riu.

— Eu não odeio a mina, cara.

— Você nunca está por perto quando ela aparece.

— Isso não significa que eu a odeie. Ela só... — Bryce sempre escolhia as palavras com cuidado. Eu admirava isso nele. — Ela só não é meu tipo de pessoa, só isso.

— Certo, mas por quê? — pressionei. Eu precisava saber. Precisava ouvir que ela já não era boa o bastante para mim. Não conseguia tomar essa decisão sozinho.

Ele suspirou.

— Porque você é meu tipo de pessoa, Jace. E eu me importo com o que te acontece.

— Então é por minha causa?

— Obviamente.

As bebidas chegaram em uma bandeja preta. A garçonete empurrou as duas na minha direção, ignorando totalmente a presença do Bryce.

— Como você faz isso, cara? — boquiaberto, puxou para si uma das cervejas. — Elas caem em cima de você, encaram. Muito louco. Nunca na vida imaginei alguém me dizendo aquilo. Ver alguém com inveja da minha habilidade para atrair garotas sem nem fazer força, só por existir, por respirar. Era tudo que eu pensava que queria.

Quando eu não era nada, um simulacro de pessoa, um minúsculo grão de pó em comparação a todos os meus amigos, ninguém me dava um peido de atenção. Eu fantasiei isso por muito tempo, e, agora que estava acontecendo, a sensação era surreal.

Apesar disso, senti uma necessidade esmagadora de agarrar Bryce, sacudir e dizer que ele era tão bom quanto uma pessoa pode ser. Que era inteligente e tinha me ajudado a superar muitas merdas. Que ele não precisava ter boa aparência para conseguir uma esposa, e que deveria se sentir feliz por ser quem era.

Porém, se eu não ia praticar o que estava pregando, não fazia sentido dizer nada daquilo em voz alta.

Dei um gole na cerveja.

— Ela não vai mudar, né?

Foi a conclusão que tive quando Riley voltou pela segunda vez. Quando ela estava deitada no meu peito, a melhor amiga dela estava na poltrona do nosso lado, o namorado ao telefone, implorando pela atenção dela. Riley amava uma plateia. Amava ser desejada, ser observada. Eu era só uma parte do show dela, uma obra-prima cinematográfica que ela tentava construir para si mesma.

Eu era um ator. Uma marionete numa cordinha. Ela me controlava. Eu nunca mais queria ser controlado de novo.

— Você a aceitou de volta — ele bebericou a belga e estalou o pescoço. — Ela provavelmente está pensando que, não importa o que faça a seguir, você vai reatar de novo.

Sacudi a cabeça.

– Não quero isso.

– Então não faz, brô. Simplesmente termina com ela.

– Tipo, agora?

O olhar dele foi até uma das garçonetes, que estava recolhendo copos vazios. Meus olhos seguiram. Por um segundo, quis roubar a atenção dela, depois pensei melhor. Tem muita sereia no mar. Gente como Bryce merecia todas.

– Jace, ela basicamente te deu um pé na bunda pela porra do Snapshot. Uma ligação é generosa, uma mensagem de texto é gentil.

Por mais que me doesse fazer aquilo, redigi a mensagem duas cervejas e meia depois, li para Bryce e apertei enviar.

> 22h02 – Jace: Olha só, Riley, não quero mais isso. Sinto que, desde o festival de música eletrônica, estou sempre disputando sua atenção, e isso não é justo comigo. Eu te amo, mas não vou continuar esperando. Espero que esteja se sentindo melhor.

Bloqueei o número imediatamente depois e aceitei a rodada de tequila que Bryce comprou para mim, em comemoração. Era uma coisa estranha celebrar o rompimento com alguém, encerrar um capítulo que precisava ser encerrado.

Era quase um sabor agridoce para um final infeliz. Todo mundo sabia que ia acontecer, mas ninguém estava preparado. Pensei que ia me sentir ótimo, mas me senti pior.

Foi nesse momento que eu descobri como ser bom com garotas. Quando pus a bebedeira de lado com três copos de água e uma porção de fritas, marchei até a garçonete loira e pedi o número dela.

É claro que ela me deu, e foi fácil também. É claro que ela voltou ao meu quarto todos os dias durante a semana seguinte.

É claro que não durou, porque nada nunca durava comigo.

Mas, com o tempo, aprendi a ser tudo que todo mundo queria. Aprendi a me sintonizar na energia dos outros, a me transformar no que eles gostavam e a ficar assim até não precisar mais.

Foi nesse momento que percebi como conquistar as pessoas.

Foi também nesse momento que percebi como era pouco o que tinha sobrado de mim, enquanto eu estava tentando agradar a todo mundo.

CAPÍTULO VINTE E NOVE

Blu

QUARTO ANO DA GRADUAÇÃO
SÉTIMA SEMANA – PRESENTE

Acabamos no Plane.

Sempre me espantava olhar ao redor e ver novos rostos em todos os lugares aonde eu ia. O campus era grande, milhares de alunos zanzando de lá para cá, levando suas vidas e histórias pessoais, cuidando dos próprios interesses.

No entanto, lá estava eu de volta a uma cafeteria, sendo que odiava café, tentando decifrar Jace.

— Tem certeza de que não quer nada? — perguntou, pegando a carteira.

— Absoluta.

— Sabe, um dia...

— *Olá! Próximo da fila, pode vir!*

Fomos ao caixa e paramos ao lado da vitrine de doces.

— Quero um *latte*, por favor. Em nome de Jace — daí a atenção dele voltou para mim. — Um dia, vou te fazer gostar de café.

Meus olhos se demoraram no cookie de canela. Desviei antes que Jace percebesse.

– O inferno vai congelar antes disso.

Ele deu aquela risada característica, que fazia meu estômago borboletear. O rosto dele se iluminou todo, parecia uma árvore de Natal.

– Você acha que vai para o inferno?

Arregalei os olhos.

– Oi?

– Apenas uma pergunta sincera – ele deu de ombros. – Você acha?

– Bem, quer dizer... – cocei a cabeça, besta com o fato de aquela ser a conversa que estávamos tendo. – Provavelmente.

– Pelo quê?

– Pelo quê? – repeti.

– *Latte* para Jace! – o barista chamou.

Enquanto íamos para o balcão de apoio, Jace perguntou de novo:

– É, pelo quê?

Pousou a bebida no aparador e eu me apoiei na mesa, observando os dedos esguios removerem a tampa.

– Estou mais curiosa sobre você – comecei, ganhando confiança de novo. – Dizem que os mais calados são os mais surpreendentes, têm mais a esconder. Você vai me surpreender, Jace?

Minha confiança vinha em ondas, você entende. Em um lugar cheio como o Plane, eu conseguia me misturar ao ambiente. Ninguém conseguia enxergar através de mim, quando havia tantas outras coisas para se olhar. Sozinha com Jace, a história era totalmente diferente. Ninguém além dele conseguia me ver, e essa ideia era aterradora.

Não deixou de me encarar nem por um instante, quando deu um passo à frente, apoiou a mão firmemente na superfície do balcão ao lado da minha cintura e esvaziou um sachê de açúcar no copo.

Minha respiração ficou suspensa quando ele se inclinou, as palavras roçando minha orelha.

– Algo me diz que eu já surpreendi.

E, com a sólida presença do corpo dele perigosamente perto do meu, ele descartou o sachê e me conduziu a uma mesa reservada de dois lugares, sob prateleiras suspensas.

— Então, voltando à pergunta sobre o inferno — ele disse, se acomodando na cadeira de encosto de ripas.

— Você é religioso? — perguntei, meio rindo, meio nervosa da agitação de pouco antes. Minhas pernas estavam pressionadas uma contra a outra, sob a mesa.

— Não, só curioso — deu um gole. — Se te faz sentir melhor, eu provavelmente vou para o inferno com você.

— O que te arrastaria lá para baixo?

— Inveja, principalmente. Sou uma pessoa muito ciumenta. Quero o que não posso ter, tenho o que não quero.

Cruzei os braços na frente do peito e me recostei.

— Todo mundo tem uma cama. Está dizendo que não quer uma cama?

Ele deu risada e a covinha apareceu.

— Não coisas materiais, linda. Estou falando de pessoas.

— Como assim?

Ele se aproximou um pouco, envolveu com os dedos o copo do *latte*.

— Quem se aproxima de mim nunca é o pessoal que eu quero na minha vida. Sinto que estou esperando por alguém que me entenda, e ninguém nunca entende.

Antes que eu conseguisse responder, reagir ou mesmo piscar, ele bateu na mesa com os nós dos dedos e falou que precisava usar o banheiro.

Portanto, fiquei lá sentada, encarando a cadeira vazia em frente, observando através da janela enquanto desconhecidos flutuavam pelo campus como fantasmas.

Aquele pequeno pedaço de informação que Jace revelou, um fiapo de vulnerabilidade que finalmente mostrou para mim, pareceu um progresso avassalador. *Sinto que estou esperando por alguém que me entenda, e ninguém nunca entende.*

O que o tinha feito dizer isso? O que o tinha levado a se abrir? Seria o fato de eu ter mostrado uma parte de mim mesma? Uma parte que eu nunca queria que alguém visse? Ou eu precisei mostrar a ele para que soubesse que eu estava me esforçando? O que ainda havia por baixo de Jace Boland, que eu poderia trazer à tona?

Assim que ele se sentou de volta, estiquei o braço e agarrei a mão dele. Foi um gesto ousado, uma tática que eu já tinha usado várias vezes antes, para deixar um cara nervoso. Nunca me abalava. Desta vez, porém, meu toque nele, leve como pena, pareceu a coisa mais assustadora do mundo.

Meu indicador deslizou sobre o anel no mindinho dele.

– Eu te entendo.

Os olhos dele se fixaram na minha mão, seus dedos congelaram. Por um segundo, pensei que ia puxar a mão de volta e me deixar envergonhada e destruída. Mas, de repente, ele apertou minha mão com delicadeza e tirou do bolso da jaqueta um saco de papel castanho.

Empurrou na minha direção, mantendo a mão entrelaçada na minha.

Abri, tirei o papel de seda branco e vi o cookie de canela da vitrine de doces.

Eu pensei... pensei que ele não tinha reparado. Pensei que não tinha me visto olhando. *Eu sou a que observa tudo. Eu sou a que presta atenção.*

Ninguém nunca prestou atenção em mim antes. Não desse jeito. Nem uma única vez.

– Jace...

– Eu te entendo – ele sussurrou. – Eu te entendo.

CAPÍTULO TRINTA

Jace

QUARTO ANO DA GRADUAÇÃO
OITAVA SEMANA – PRESENTE

O Halloween era naquela noite e escrevi para Blu perguntando se ela queria sair comigo e meus amigos.

Eu sabia que ela provavelmente tinha outros planos, mas fui em frente e arrisquei assim mesmo.

Uns caras do primeiro ano iam dar uma festa no campus, e Bryce e eu íamos de Homem-Aranha e Venom. Os bares eram sobrevalorizados e a entrada era uma fortuna, mas, mesmo assim, as meninas adoravam aquela merda. Eu, de jeito nenhum. Mas, se Blu tinha planos de esgotar as economias de uma vida com bebidas diluídas a vinte dólares cada, eu poderia poupá-la disso.

17h18 – Jace: Festa de Halloween esta noite. Quer vir?
17h32 – Blu Henderson: Onde?
17h38 – Jace: Na vila do campus.

Mandei o número do dormitório do Bryce, porque era lá que íamos fazer o esquenta. Nunca na vida imaginei que Bryce iria conhecer Blu; nunca na vida imaginei que seria eu a oferecer essa oportunidade.

Ao longo da semana anterior, refleti se ela era ou não alguém que eu queria ter na minha vida, alguém de valor e importância. Era uma coisa idiota para analisar, mas eu raramente deixava as pessoas entrarem. Nada de bom vinha disso, nada de bom jamais viria.

Porém, quanto mais eu pensava sobre ela, mais percebia que ela estava vivendo o tempo todo na minha cabeça. Não havia sentimentos claros que descrevessem as emoções que eu sentia; elas só estavam ali. Isso foi o impulso de que precisei para mandar a mensagem de texto.

– Ela vem? – Bryce perguntou, entornando uma cidra.

Chequei o telefone e vi duas mensagens perdidas dela.

17h40 – Blu Henderson: Vou passar desta vez, mas divirta-se!

17h41 – Blu Henderson: Obg por me convidar ☺

Foi tipo um tapa na cara, sinceramente, ler aquelas mensagens. Pensei que, depois das últimas semanas, a gente tinha feito algum progresso no sentido de se conhecer para além da superfície. Por outro lado, as meninas sempre faziam planos para o Halloween com muita antecedência, então eu não deveria me surpreender. *Não leve para o lado pessoal, Jace. Não é pessoal.*

– Acho que não – peguei uma Bud no cooler e encostei na escrivaninha do Bryce.

– Decepcionado?

Sustentei o olhar dele, com aqueles olhos castanhos curiosos.

– Que resposta você está esperando?

Ele deu de ombros, a máscara do Venom justa feito spandex sobre a testa.

— A verdade.

Não pude evitar de rir.

— Você está parecendo um idiota. Não consigo te levar a sério.

— Se olha no espelho, cara. Você está usando uma roupa de Homem-Aranha.

— E arrasando muito. — A cerveja estava gelada na minha língua enquanto eu engolia o gás, observando o telefone. — Ela provavelmente vai para um bar.

— Por que você não pergunta?

— Porque não me interessa.

Não precisei encarar Bryce para ver que ele estava revirando os olhos.

— Só que não, né?

Nos olhamos por alguns momentos, antes que uma curiosidade irresistível me dominasse.

— Ah, dane-se, vou perguntar.

17h55 – Jace: Tranquilo. Você tem grandes planos?

A tentação de silenciar as notificações dela pesavam sobre mim. O Halloween era sempre um baile, e nunca precisei me preocupar com uma garota antes. Não que eu estivesse preocupado em relação a Blu. Riley e eu estávamos juntos no Halloween passado, então ela estava nos meus braços. *Nos braços de quem estaria Blu esta noite?*

18h10 – Blu Henderson: Os maiores. Pense em bebedeiras loucas, *strippers* e um bolo de vampiro com caninos de dildos. ☺

Um bolo de vampiro com caninos de dildos? Para onde a garota estava indo? E será que eu queria mesmo saber?

— Parei com o interrogatório — informei ao Bryce, depois de dar um coração na mensagem dela e desligar o telefone. — Acho que não vou gostar das respostas.

Ele levantou a latinha no ar para me alegrar.

— Você vai se divertir esta noite, cara. Quando não se divertiu?

E, de um estalo, surgiu na minha cabeça uma longa lista de ocasiões.

Quando eu sofria bullying por ser muito magro, muito feio, um fracassado espinhento da porra.

Quando meus irmãos menosprezavam nossa relação.

Quando meu pai gritava. Tipo: gritava *muito*.

Quando eu não fui bom o suficiente para jogar no profissional.

Quando eu não fui bom o suficiente.

Quando eu não fui bom o suficiente.

Quando eu não fui bom o suficiente.

Baixei a máscara do Homem-Aranha para trás da cabeça e enfiei o resto das bebidas em uma mochila, segurando a porta aberta para Bryce.

O Halloween era minha forma favorita de autoexpressão. Você podia ser quem quisesse, botar uma fantasia, e as pessoas não te julgavam, não tentavam ver com mais profundidade do que você mostrava para elas.

Talvez fosse bom que eu não visse Blu naquela noite: ela ia rasgar essa fantasia e trazer para fora todas as partes escondidas.

Esta noite, eu era o Homem-Aranha. Esta noite, eu salvaria o mundo.

Amanhã, eu seria Jace Boland. O homem que queria que o mundo o salvasse.

CAPÍTULO TRINTA E UM

Blu

QUARTO ANO DA GRADUAÇÃO
OITAVA SEMANA – PRESENTE

– Será que eu falo pra ele que estava brincando? – perguntei para Fawn, dando uma garfada no frango do prato tailandês.
– Não – ela respondeu e engoliu uns noodles. – Ele provavelmente já está na festa a esta altura. Nunca mande mensagem pra um cara quando ele estiver numa festa, a menos que ele te escreva primeiro.
Ele não era meu e, no entanto, na minha cabeça eu o reivindicava. A ideia de ele estar com um bando de meninas provocava unhadas no meu esôfago. Mas, de novo, ele não era meu.
– Eu devia simplesmente ter ido. Ele me convidou, literalmente.
Ao ouvir isso, Fawn pôs de lado a embalagem descartável da comida.
– Pra começo de conversa, se você fosse, eu ficaria bem puta. Nem todos aqueles chocolates e flores teriam feito a menor diferença.
Eu ri.
– Blu, é bom que você tenha dito "não" pra ele pelo menos uma vez. Ele provavelmente está achando que basta estalar os dedos e você vai, independentemente de qualquer outra coisa.

Sem a menor dúvida, era isso que ele estava pensando. Mas, mesmo assim, não consegui afastar o frio na barriga que acompanhou o convite dele.

Jace me queria lá.

Queria estar perto de mim.

— Se eu não estivesse aqui, estaria lá. Você sabe.

— Sei — ela me encarou com um olhar duro por alguns segundos. Toda vez que ela fazia isso, eu sabia que estava tramando alguma coisa. Me dava calafrios.

— O quê?

Ela pôs a mão na minha e apertou de leve.

— Você tem muito mais valor do que reconhece em si própria.

O fundo dos meus olhos ardeu, mas me recusei a chorar. Desde o começo da nossa amizade, eu senti que Fawn conseguia enxergar através de mim. Todas as pequenas rachaduras, o exterior de pedra, a fundação desmoronada da minha vida: ela sabia.

Ela amava todas as partes de mim que eu escondia do mundo.

Ela me amava quando eu não acreditava que isso fosse possível.

Ela nunca me fez questionar se eu merecia isso porque, para ela, me amar era tão fácil quanto respirar.

— Eu te amo, Fawn. — Eu não era exatamente uma sentimental, porém, depois de três copos de vinho e um coma alimentar, a meiguice jorrava de mim.

Ela deu um tapinha no meu joelho e sorriu.

— Ame mais a si mesma.

E com isso ela apertou o play e *Invocação do mal* voltou a passar, me deixando no canto do sofá dela com uma dúvida na cabeça.

Ame mais a si mesma.

Isso era pra ser um insulto? Eu me amava, não? Tomava banho, arrumava a cama, cortava as unhas, penteava o cabelo. Minha pele estava sempre limpa, minhas roupas, lavadas e passadas. Se eu não me amasse, não faria essas coisas.

E, apesar disso, todos os meus pertences pessoais pareciam retalhos de papel.

Ame mais a si mesma.

Como se eu não pensasse sobre todas as coisas que poderia mudar em mim: melhorar minha aparência, minha saúde, a pele do rosto. Isso era amor. Eu estava tentando consertar as partes quebradas. Eu me amava.

Ame mais a si mesma.

Eu tinha me afastado do Kyle, não tinha? Talvez ele tivesse ficado na minha vida bem mais tempo do que deveria, mas no fim eu acabei indo embora (quando não tive escolha). Fui embora.

Fui embora.

Eu me amava.

Eu me ama...

Eu me...

Eu me odiava.

Meu telefone tocou às 2h14.

Por sorte, eu não estava perto de Fawn, porque o volume estava no máximo.

Meus olhos se ajustaram ao ambiente escuro da sala de estar dela, o cobertor de plush roxo em cima de mim no sofá.

Toda vez que eu ficava para passar a noite, ela reservava um espaço só para mim. Dormir perto de uma pessoa nunca foi algo que me agradou, mesmo que essa pessoa fosse minha melhor amiga.

Estiquei o braço e peguei o celular na mesa de centro, verificando o identificador de chamadas: Jace Boland.

Me sentei imediatamente e atendi:

— Jace?
Ele estava ofegante, quando respondeu:
— Acabei de levar um soco na cara. Onde você está?
Meus olhos se arregalaram.
— Alguém te bateu? Você está bem?
— *Cala a porra da boca, eu estou falando!* — Primeiro, pensei que era comigo, mas depressa percebi que tinha alguém com ele. — Blu, onde você está? Posso ir te ver?
Antes que eu pudesse responder, ele repetiu meu nome.
— Blu? Você está aí?
Ele estava bêbado. Muito bêbado.
— Oi, oi, estou... "Merda, a Fawn não vai gostar nada disso" — pensei. — Estou na casa da minha amiga. Posso mandar o endereço.
— Manda, estou a caminho.
Enviei a mensagem imediatamente, pensando na melhor forma de agir para contar a Fawn o que tinha acabado de fazer.

2h27 — Jace Boland: Chego em 10.

Bom, não dava para continuar enrolando. Entrei na ponta dos pés no quarto da Fawn e a encontrei aconchegada a um travesseiro de corpo, com os olhos fechados como que com cola. Estava cem por cento apagada.

Mesmo quando saí do quarto e a porta fez um pouco mais de barulho do que eu tinha imaginado, ainda dava para ouvir um ressonar suave através da parede.

Decidi mandar uma mensagem de texto mesmo assim, para informar que Jace tinha se machucado e precisava de uns remendos. Fawn compreendia as coisas melhor do que qualquer um. Faria o mesmo, se estivesse no meu lugar.

Mas uma parte de mim ainda se sentia péssima, por chamá-lo para a casa de outra pessoa, uma casa que não era a minha.

Não tive tempo de mergulhar fundo nisso, porém, porque Jace mandou uma mensagem dizendo que estava encostando.

2h35 – Blu: Escreva quando estiver na porta.
8º andar, apt 803. Não toque nem bata!

Minhas mãos estavam suadas. Por que minhas mãos estavam suadas? Aquilo parecia íntimo, errado. Era como duas crianças brincando tarde da noite, se escondendo nas sombras para que os pais não vissem. Eu já tinha feito coisas idiotas como esta antes, mas nunca na casa da minha melhor amiga.

Apesar disso, uma parte de mim estava agitadíssima pela excitação de ver Jace. Por que ele tinha me ligado? Por que tinha me convidado para sair esta noite? Ele gostava de mim? Será?

O telefone vibrou na minha mão e, sem olhar, eu abri lentamente a porta para o receber.

– Puta merda – falei, pouco acima de um sussurro.

O cabelo castanho-claro dele estava desgrenhado acima da testa, um corte enorme no antebraço, ainda sangrando, e o olho direito já começava a inchar.

– Blu, eu...

– Psiu... – pus o indicador sobre o lábio e o puxei para dentro. – Fawn está dormindo.

– Quem?

– Deixa pra lá. – Felizmente o banheiro ficava a poucos passos da porta e bem longe do quarto da Fawn.

Jace agarrou a maçaneta para se apoiar, ao me seguir para dentro do pequeno espaço, desabando na borda da banheira.

Fechei e tranquei a porta e encostei no aparador para analisar os ferimentos dele à luz.

– Que diabos aconteceu?

Ele riu.

Ele riu, o sacana.

E sabe o pior?

Foi a coisa mais atraente que eu já vi.

Havia, em um cara todo lascado depois de uma briga, qualquer coisa que fazia uma garota se contorcer. Pode me chamar de louca, mas pergunte para qualquer uma, e ela vai concordar comigo. Eu sabia que não era hora de ter esses pensamentos bizarros, mas que se dane. Ele era gostoso demais.

– O meu amigo estava conversando com a ex de um cara, e ele não gostou muito disso – Jace começou, abanando a cabeça, rindo, como se não estivesse com a boca arrebentada. – Tentou bater no meu amigo e eu entrei no meio. Quando vi, estava caído num arbusto de espinhos.

Levantou o braço para mostrar o talho na pele, sangrando e tingindo a fantasia vermelha e azul de Homem-Aranha.

– Eu não sabia que você tinha tatuagens – ele falou, com voz pastosa.

Eu estava abraçando a cintura, escondendo o pequeno pedaço de pele entre o cós do pijama e a regata. Me sentia mais nua do que nunca.

– Deixa eu enfaixar o seu braço – ofereci, me abaixando sob a pia. Qualquer coisa para ignorar a conversa sobre o que as tatuagens significavam, quando eu as tinha feito e *por quê*.

Encontrei o kit de primeiros socorros de Fawn e vasculhei o conteúdo. O olhar de Jace era abrasador, e eu conseguia senti-lo nos ossos. Os olhos dele percorriam meu corpo avaliando falhas, localizando inseguranças. *Deus, por que eu tinha de estar de short bem esta noite? Ele vai ver tudo. Ele vai julgar tudo.*

– Cure-me – ele disse, entortando a cabeça para o lado. Um sorrisinho se formou nos cantos da boca, quando me aproximei e peguei o braço dele.

– O seu amigo está bem? – perguntei, enfaixando o punho.
– Por que está me perguntando sobre ele? Fui eu que me fodi.
Dei risada, porque era a coisa mais boba que ele poderia ter dito.
– Quanto você bebeu?
– O suficiente pra isto não doer.
– Talvez você seja mesmo o Homem-Aranha.
– Talvez você possa ser minha Mary Jane.

Parei por um segundo, percebendo quanto estávamos perto. Aquelas pernas compridas uma de cada lado de mim, meu corpo no meio delas. Ele irradiava calor, ou vai ver era eu. Talvez eu estivesse tão consciente da proximidade que sentia faíscas.

– Cure-me – ele repetiu baixo, os dedos tateando minha panturrilha.

Merda. Merda. Merda.

Aquilo não estava na minha cabeça. Estava acontecendo.

Fingi não notar e continuei enfaixando o braço dele. O sangue empapou a gaze, deixando cor de rosa a trama branca.

– Acho que o Homem-Aranha é mais do que capaz de curar a si mesmo – provoquei.

Os olhos verdes-azulados dele se moveram pelo meu rosto, quando ele disse:

– Às vezes é bom ser cuidado.

Um nó se formou em minha garganta.

– É, eu, então... – a pele dele estava quente. Não era só eu. – Estou fazendo o melhor que posso.

A mão dele deslizou mais para cima na minha perna, deslizou atrás do joelho, parou na coxa.

– Chega mais perto e faz um pouquinho mais.

Minha respiração falhou, quando ele delicadamente me puxou para baixo, meus joelhos tocando o piso frio de lajotas. Nossos olhos ficaram na mesma altura, o olhar dele penetrando o meu de um jeito indecifrável.

— Você está bêbado, Jace — falei, reprimindo a vontade de me inclinar na direção dele. Fiz o contrário. Eu já tinha estado naquela situação vezes demais.

— Onde você esteve, esta noite? — ele procurou alguma coisa nos meus olhos, como sempre, depois baixou o foco. — Onde está o bolo de vampiro com caninos de dildos?

Eu ri.

Ele sorriu.

Agora a mão dele estava na parte de baixo das minhas costas, mas ele não me puxou nem afastou. Ela só ficou pousada lá. Era para ficar bem ali.

— Eu não fiz nada no Halloween.

— Não?

— Não — pressionei os lábios. — Estava brincando.

— Não torne mentir para mim um hábito, linda.

Deus, toda vez que ele dizia isso, eu derretia. O que era ruim. Muito, muito ruim. Ele sabia o que estava fazendo, sabia que eu estava caída por ele. E, no entanto, eu deixava. Toda maldita vez, eu deixava.

Jace enfiava a faca em mim.

Eu a torcia.

De quem era a culpa?

— Por que você me escreveu?

Desta vez ele se reclinou e retirou a mão. Eu ansiava por ela. Me senti vazia, quando não estava mais lá. Queria o toque dele de novo.

Ele não olhou para mim, quando disse:

— Não sei.

"Ah, você está de brincadeira", pensei.

— Só isso?

— É, eu só... — daí ele se levantou e senti que meu coração se partia ao meio. — Só bebi e quis te ver, acho.

Acho.

Uma porra de um *acho*.

Meu rosto estava quente.

— Por que eu te dou atenção?

— O quê?

Aquilo era meu passado se repetindo, não era? Eu vi todos os sinais, mas decidi ignorar. Eu era conveniente.

Eu era uma conveniente de merda.

— Você sente pena de mim.

— Blu, Blu... Não, o quê? De onde veio isso?

Não pude evitar. Lágrimas começaram a cair. Me afastei.

— Por que você veio aqui esta noite? Responda sinceramente.

Ele não conseguiu dizer nada. Não tinha uma resposta. Ele foi porque não estava pensando com clareza e sabia que eu ia recebê-lo. Sabia que, por ele, eu quebraria qualquer regra que estivesse seguindo. Fawn estava certa. Sobre ele estalar os dedos e eu atender. Estalo maldito, maldito estalo.

Duas batidas fortes me fizeram dar um pulo. Fawn tinha acordado. *Merda*.

Rapidamente destranquei a porta e lá estava ela, me encarando por um momento e depois olhando para Jace.

— Por que você está no meu banheiro? O que está acontecendo?

— Ele já estava indo embora — falei apressada, arrastando Fawn para fora do caminho, de modo que Jace pudesse passar.

Passadas largas o levaram à porta, onde se virou para Fawn e pediu desculpas, depois me lançou um olhar.

— Que é? — rebati. Fui rude, sabia que tinha sido. Mas a raiva fervia em mim. Rejeição. Sofrimento. Eu não sabia de onde estavam vindo. Só sabia que estavam ali.

Ele deu um meio sorriso torto e sacudiu a cabeça. Girou a maçaneta e, antes de sair, disse:

– Pare de achar que sabe como eu me sinto. Só está se machucando. E ele foi embora.

Chorei no chão por quinze minutos, soltando soluços ridículos na frente de Fawn. A pior parte era que eu nem conseguia explicar por que estava chorando. Não sabia.

A única coisa de que tinha certeza era de que a pessoa a culpar, a que tinha girado a faca e deixado a lâmina fincada no meu coração... não era Jace.

Era eu mesma.

CAPÍTULO TRINTA E DOIS

Blu

QUARTO ANO DA GRADUAÇÃO
DÉCIMA SEMANA – PRESENTE

A primeira vez que me cortei foi três meses depois de meu pai morrer. Me espanta não ter começado antes.

Era tipo um bem-estar eufórico toda vez que eu levava uma lâmina até a carne e sentia algo que não fosse secura mental.

A segunda vez foi quando o meu primeiro namorado, Zac, jogou no meu olho o relógio de ouro que eu tinha dado de presente para ele. Eu havia abraçado outro menino. Tinha sido erro meu.

A terceira vez foi quando o Kyle ficou bêbado demais e se esqueceu do significado de consentimento.

E a mais recente e última vez foi um ano atrás, quando me dei conta de ter engordado dez quilos e não caber mais no meu jeans da Rag & Bone.

Percebi, depois de parar de me mutilar, que direcionar meu sofrimento para partes do corpo que não tinham feito nada errado era uma idiotice. Por que estragar minha pele tão bonita, quando meu coração já estava peludo e empedrado? Uma coisa feia já era suficiente.

Quando fiz dezoito anos, tatuei uma rosa no pulso para encobrir a dor que meu pai tinha deixado. Depois, borboletas nos antebraços, para marcar os pontos que destruí na sequência.

As palavras "Levante outra vez" estavam escritas do lado de dentro do meu bíceps, bem onde o Zac apertou com tanta força que deixou uma mancha. Ele perfurou um pedaço da minha alma naquele dia. Eu nunca me permitiria esquecer isso.

Depois que o Kyle me violentou, tatuei um coração para me lembrar de que ainda tinha um.

Daí veio o ganho de peso e eu fiz uma pequena incisão na parte de baixo da barriga, pouco acima do quadril. Talvez a gordura escorresse para fora de mim como mel, foi meu primeiro pensamento.

Não escorreu.

Então fiz uma tatuagem de abelha.

O resto das tatoos não tinha significado. Só as fiz para conseguir parar de ficar obcecada com as razões pelas quais comecei a pintar a pele.

Agora, Jace sabia que eu as tinha. Minha única esperança era que estivesse bêbado demais para se lembrar do que tinha visto. Talvez ele achasse que eram por razões estéticas, quer dizer, eu poderia mentir e dizer que era isso.

Desde o Halloween, porém, eu evitava o contato a todo custo. Faltei às aulas que tinha com ele, na semana passada, para colocar em dia os trabalhos acadêmicos, e só compareci ao seminário de terça, sobre mídia ambiental. Prestar atenção pela primeira vez em dois meses foi uma bênção, porque o conteúdo não era de fato nada ruim.

O professor Barnaby era um senhor bem decente, que pronunciava com clareza todas as sílabas e usava suspensórios coloridos. Hoje não foi diferente.

Me sentei perto das impressoras no fundo da sala e estava no Pinterest, pesquisando ideias de fotografias, quando mexeram na cadeira ao meu lado.

– Este assento está vago? – a voz perguntou.
Mesmo antes de decidir levantar a cabeça, revirei os olhos.
– Que frase impressionante.
– Foi uma pergunta sincera.
Meu interesse foi despertado porque o estranho misterioso ainda não tinha se sentado.

Fui recebida por um par de olhos verdes-folha, um homem alto de cabelo castanho, vestido com um sobretudo xadrez e por baixo uma camiseta com logo de uma universidade. Havia cachos debaixo do boné de beisebol e uma corrente pendia do pescoço.

– Senta – sorri e me perguntei por que nunca o tinha visto antes. *Ah, sim, porque fazia seis dias que minha cabeça estava vidrada no Jace Boland.*

– A propósito, meu nome é Vince – ele abriu o laptop, um Asus coberto de adesivos aleatórios, e se virou para mim. – Blu, certo?

– Parece que todo mundo me conhece antes que eu conheça as pessoas – estendi a mão para apertar a dele. – É, Blu Henderson.

O toque dele era macio.

– Com um nome como Blu, é meio difícil esquecer.

– E o cabelo – enrolei no dedo uma mecha cor de cobalto. – Não se esqueça do cabelo.

Ele pôs a mão no coração como se estivesse ferido. Me fez rir.

– Eu jamais poderia – ele disse. O sorriso era fofo, mas sem covinhas. Não como o do Jace. – Estou contente por finalmente ter a chance de conversar com você. Você sempre se senta sozinha.

– Bem, eu estava sentada sozinha antes de você chegar, então não tem nada de diferente, na verdade.

Ele se reclinou, tirou o boné e o virou para trás.

– Touché. Foi mal eu me sentar aqui?

– É um país livre, amor. Senta onde quiser.

– Amor… – ele sorriu. Eu sabia que ele ia gostar.

O professor Barnaby finalmente decidiu que estava pronto para dar aula e ligou a apresentação de PowerPoint.

– Muito bem, classe, quem vai fazer a apresentação hoje?

Uma menina levantou a mão, foi para a frente e acertou o projetor. Eu a observei tentando lhe atribuir um nome, pois fazia zero ideia de qual fosse.

– Ela tem cara de Abigail – cochichei para meu novo amigo.

– Não tem?

Ele estreitou os olhos como se estivesse observando através de uma lupa.

– Entendo. Mas o nome dela é Liz.

– Ela não tem cara de Liz.

– Eu tenho cara de Vince? – indagou, o que me obrigou a encarar o rosto dele.

Balancei a cabeça.

– Não, você tem cara de Caden ou Cory. Algo com C.

– Cona? – ele brincou.

Eu odiava essa palavra. Mas, quando ele falou, soou mais como um pré-adolescente que acaba de descobrir o dicionário de palavrões, então deixei passar.

– Eu tenho cara de Blu?

O olhar dele viajou da minha testa para as faces, depois para o cabelo.

– Acho que combina perfeitamente com você.

Pelo resto da aula, o Vince e eu jogamos uns joguinhos do Google e disputamos Paciência, atrás das telas dos laptops. Ele ganhou as primeiras rodadas, mas eu acabei me recuperando. Eu sempre me recuperava.

Uma parte de mim questionava quais seriam as motivações dele. Sabia que logo iria descobrir se queria dormir comigo ou se eu era apenas alguma coisa para ele olhar. Mas, por enquanto, curti a ideia de que alguém do sexo oposto pudesse de verdade gostar da minha companhia.

Quando a aula acabou e ele me acompanhou na saída, a primeira frase que saiu dos lábios dele foi:
— Quer comer alguma coisa amanhã?
— Tenho aula às quatro, mas posso te encontrar depois?
Sorriso radiante.
— Beleza. Me dá seu telefone, Blu?
Transferi o número sem hesitar um instante. Talvez Vince fosse uma boa distração. Tinha uma altura decente e um estilo bem básico, mas não horrível. Era meio que gatinho, de um jeito nerd, soft boy.

É, eu poderia aprender a gostar dele.

Ele poderia aprender a gostar de mim.

Todo mundo aprendia.

Todo mundo menos Jace.

CAPÍTULO TRINTA E TRÊS

Blu

QUARTO ANO DA GRADUAÇÃO
DÉCIMA SEMANA – PRESENTE

— Me fala a respeito: como ele é? — Carter perguntou, comprando dois mochas de chocolate branco para nós na barraca dos cafés.
— Não tem nada para falar, eu só conheci o cara ontem.
— Vince, certo? É esse o nome?
— Sim — revirei os olhos. — Finalmente alguém que você memoriza.
— Desculpa aí. Jace simplesmente não é um nome memorável, tipo Sam ou John, sabe como é?
O líquido quente queimou minha língua quase instantaneamente.
— Peça desculpas a todos os Sams e Johns do mundo.
— Farei isso! — ele andou no meu ritmo enquanto atravessávamos a praça. — Sua língua está bem?
Fiz uma careta.
— Por quê? Quer me beijar?
As feições dele se contorceram, também.
— Guarda isso pro Jace.

Por mais que eu estivesse brava com ele, lembranças da nossa noite de Halloween me voltaram à cabeça. Jace me segurando muito perto dele no banheiro, o olhar penetrante atravessando os muros que tanto eu tinha me esforçado para erguer. Tinha alguma coisa nele, desde o começo, que me deixava lúcida e enlouquecida ao mesmo tempo. E eu odiava isso.

Fawn se aproximou bem quando viramos a esquina para entrar no Market, arrastando atrás de si um cara de jaqueta de matelassê bege.

— Gente, desculpem meu atraso. Bryce estava fazendo a barba.

Ela me puxou para um abraço e acenou para o Carter, antes de nos apresentar para o novo namorado. Novo namorado?

— Oi, eu sou Bryce Beckworth — ele estendeu a mão, formal como eu. Este foi bem-educado, pensei. Só que eu não tinha sido; precisei aprender com a vida a arte das gentilezas.

— Blu — sorri e mudei a bebida de mão — Henderson.

Se eu não o estivesse observando diretamente no rosto, não teria reparado que congelou como uma merda de picolé.

— Algum problema? — Fawn perguntou, notando também.

— Hum — o rosto dele estava vermelho-vivo e definitivamente não era por causa do frio. — Uau, isto é realmente embaraçoso.

— Embaraçoso? — Carter perguntou.

— Embaraçoso? — Fawn repetiu.

— Estou meio confusa — murmurei.

Pelo jeito como estava me encarando, havia da parte dele, sem dúvida, algum reconhecimento. Porra, eu tinha ficado com ele em alguma festa... Ou em um bar? Quer dizer, ele era bem atraente, era uma possibilidade, decididamente. Se fosse o caso, era de fato embaraçoso.

— Blu, o que você falou?

— Falei... — olhei para Fawn, que estava dura de tensão ao lado dele. — Olha, se a gente alguma vez...

— Não, não. Merda, é, então, meu colega de quarto, meu *antigo* colega de quarto e melhor amigo é Jace — ele coçou a cabeça e olhou em volta como se alguém pudesse salvá-lo.

Por que ele estava olhando ao redor em busca de ajuda? Eu era quem sentia os joelhos prestes a dobrarem. Meus pulmões estavam travando. Aquilo não estava acontecendo.

— Jace — repeti, a língua seca. — Jace Boland é seu melhor amigo?

— Prazer em conhecê-la oficialmente, Blu — ele falou, reprimindo uma risada. — Que doideira. Mundo pequeno da porra.

— Como... — apertei o osso do nariz, encarando primeiro Carter e depois Fawn, e praguejei. Tipo, três vezes. — Como foi mesmo que vocês dois se conheceram?

— Eu te contei, foi pelo Hinge. — Fawn estava mortificada por mim. Dava para sentir. Mas, nas poucas vezes em que tinha mencionado Bryce, só disse que tinham tido alguns dates bons. Veja bem, fazia só uma semana e meia que estavam conversando, mas ele era um cavalheiro. Palavras *dela*.

— Me desculpem, eu estou tornando tudo isso muito estranho. Mas não é estranho, eu não ligo, só estou surpresa — menti.

Andei na direção da primeira barraquinha que vi, de cristais e uns ímãs. Não havia a menor chance de eu continuar de pé ali encarando uma extensão de Jace Boland, alguém próximo dele que provavelmente estava lhe mandando uma mensagem naquele mesmo segundo.

Mas calma... Isso queria dizer que Jace tinha me mencionado. Eu tinha suficiente importância para que ele falasse a meu respeito para o melhor amigo. Por que eu importava, se não tinha importância? Eu tinha.

Eu tinha importância para Jace Boland.

E isso ainda não era o bastante.

Meus olhos captaram uma barraca de quentão com opções de coquetel listadas no cardápio. As bebidas eram dez dólares mais caras do que deveriam, mas não liguei. Alguma coisa forte me chamava pelo nome, alguma coisa que pudesse suavizar meu desconforto e me botar nos eixos de novo.

– Alguém quer espresso martíni? Alguém? – olhei para o Carter, depois para Fawn e rapidamente analisei Bryce. Ele era um pouco mais baixo do que Jace e tinha cabelo preto. Os olhos eram azuis brilhantes, meio como os de Jace, só que não.

Jace. Jace. Jace. Deus, quando é que ele ia sair da minha cabeça? Quando eu ia parar de ser lembrada da existência dele?

– Vou querer cinco espressos martínis, por favor – bati o cartão no balcão torcendo, rezando, para que as bebidas fossem preparadas em dez segundos.

Era impossível, mas também era impossível que a minha melhor amiga estivesse saindo com o melhor amigo de Jace.

Mas... que... merda.

– *Mas que merda* – cochichei. Ninguém me ouviu. Cada um estava entretido com os próprios assuntos. Só para variar, foi uma bênção. Só para variar, eu queria ser invisível.

– Cinco? – indagou Carter, quando a bebida extra finalmente chegou. – Quem vai tomar o quinto?

Um olhar foi só do que ele precisou para entender. Uma troca silenciosa que permitiu ao meu melhor amigo entender quanto aquela situação estava prestes a ficar perigosa.

Se Fawn e Bryce dessem certo juntos, isso significaria que...

Jace Boland estaria por perto.

Não haveria como escapar disso, como escapar *dele*.

Jace Boland estava lá para ficar.

E cinco espressos martínis nunca bastariam para silenciar a guerra que se armava entre minha cabeça e meu coração.

CAPÍTULO TRINTA E QUATRO

Jace

QUARTO ANO DA GRADUAÇÃO
DÉCIMA SEMANA – PRESENTE

Blu andou até a sala com um cara.
Blu deu tchau para esse cara.
Blu sorriu para esse cara.
Quem era o cara, porra?
Ela entrou e olhou a sala, tentando esconder o fato de que estava me procurando. *Não sou idiota, Blu*, eu quis dizer. *Estou bem aqui.*
Estava usando um lenço cinza e um casaco preto, e as botas marrons de cano alto contrastavam com o desprezo evidente que ela exibia. Mentalmente, ordenei que ela se sentasse ao meu lado. Havia coisas a se dizer.
Depois que Bryce me contou que a menina com quem ele estava conversando era na verdade a melhor amiga de Blu, Fawn, as coisas se encaixaram. Fazia sentido, só que eu não estava escutando. Minha atenção estava sempre em Blu.
– Sobre o que vocês falaram? – perguntei. – Você mencionou meu nome?

Ele contou que tiveram uma conversa agradável, "cordial" seria a palavra certa. Depois que ele mencionou o fato de sermos amigos, percebeu que Blu não queria falar de nada que tivesse a ver conosco, ela e eu, fosse lá o que fosse que "nós" significasse.

Então ele mudou de assunto. Bryce clássico. Eu teria pressionado. Eu teria querido saber o que Blu estava pensando. Por outro lado, ele não se sentia como eu. Ninguém se sentia como eu me sentia.

Observei Blu sentar-se em uma carteira na primeira fila e pousar a mochila na cadeira ao lado. Não, não, aquilo não era suficiente.

– Blu – chamei. Foda-se o meu orgulho. – Vem cá.

Foi alto o bastante para que algumas pessoas virassem a cabeça, mas amigável o bastante para que não prestassem muita atenção.

Os grandes olhos castanhos dela se voltaram para mim, hesitantes, mas respeitando meu desejo. Pegou a mochila e o casaco e se aboletou ao meu lado.

– Oi – ela disse com indiferença. – O que foi?

Limpei a garganta e me endireitei.

– A gente não conversou. Eu quero conversar.

– Sobre o quê?

– Aqui não.

– Então, por que estou sentada com você?

Estreitei os olhos.

– Não sei, Blu. Por que você está sentada perto de mim?

– Você pediu – ela rebateu. – Posso me levantar agora mesmo.

Abri um braço e indiquei com a cabeça o pior lugar que ela poderia ter escolhido ao entrar. – Fica à vontade, linda.

Assim que Blu se levantou, percebi que não estava de brincadeira. Minha mão voou na frente dela e a envolveu delicadamente pela cintura.

Ela me encarou e voltou a se sentar.

– Gosto mais de você do meu lado – afirmei, surpreendendo a mim mesmo.

E nada mais verdadeiro foi dito.
– Você me confunde – ela disse, balançando a cabeça.
Justo.
– Eu me confundo.
– Nunca sei como você está se sentindo.
– Metade do tempo nem eu mesmo sei. Não fica interpretando, vai te irritar.
– Você já faz isso – ela revirou os olhos, mas havia um traço de divertimento em seu rosto.
– Bom! – sorri e apoiei as costas na cadeira, quando a professora Granger entrou.

Pelo resto da aula, minha atenção se alternou entre os slides do PowerPoint e o perfil de Blu. Dizer que eu não o havia apreciado antes era um eufemismo.

Quanto mais perto você chega de alguém, mais enxerga. Camadas de pele removidas para revelar algo encantador, algo fascinante. Eu nunca tinha olhado de verdade para Blu para além do que ela mostrava, mas, muitas vezes, os rostos que as pessoas usam não são realmente os delas, mas apenas o que elas querem que você veja.

Blu tinha um nariz arredondado, não exatamente batatinha, mas também não muito longe disso. As maçãs do rosto eram altas, como as ameixas naquela música de Natal idiota que as pessoas cantam.[6] Ela era bonita, pálida; imaginei-a bronzeada e não achei que funcionava. O cabelo azul era um contraste muito angelical, como raios de sol em uma tempestade.

Talvez eu fosse um quadro, mas ela podia ser um museu.

– O que você está olhando? – ela perguntou, me trazendo de volta à Terra.

---

[6] Jace provavelmente se refere a "The Night Before Christmas", um poema popular de Natal que contém o verso "While visions of sugar-plums danced in their heads" ("Enquanto visões de ameixas doces dançavam em suas cabeças"). [N.E.]

— O PowerPoint.
— O intervalo começou há dois minutos.
Ops.
— Eu estava olhando pra você.
As faces dela coraram. Eu gostava de a deixar nervosa.
— Estava me imaginando loira? – ela brincou, pondo uma mecha de cabelo atrás da orelha.
Sorri. Ela ficaria horrível loira.
— Não chegou nem perto.
— Então, por que estava me encarando?
Nenhuma parte de mim sabia explicar o fato de que, quando eu estava interessado em alguém, podia ficar observando a pessoa por horas. Mas não dava pra contar isso a Blu. Meus sentimentos eram confusos demais, dispersos demais. Aceitar minhas emoções era uma coisa; compartilhar era outra.

Minha mãe sempre falou que os relacionamentos nunca deveriam ser complicados, que as discussões e brigas eram parte do todo, mas nunca o retrato completo.

Blu e eu nunca estávamos estáveis. Ela me deixava confiante, ela me oferecia conforto, mas zoava minha cabeça. Bem quando eu pensava que as coisas estavam indo bem, não estavam. Quando eu achava que estávamos progredindo, dávamos dois passos para trás. E a triste verdade era que eu ainda sentia que não sabia nada sobre ela.

Nada, mas tudo, ao mesmo tempo.
— Você está fazendo de novo – ela disse. – Encarando.
Eu estava. Mas desta vez por uma razão diferente. Desta vez, não estava admirando sua beleza. Desta vez, estava pensando em formas de poupar seu coração.

CAPÍTULO TRINTA E CINCO

Blu

QUARTO ANO DA GRADUAÇÃO
DÉCIMA SEMANA – PRESENTE

– Então, sobre o que você queria falar? – perguntei, acompanhando as longas passadas de Jace pelo corredor afora.

– Só queria me desculpar pelo Halloween – ele começou, olhando para mim enquanto atravessávamos o prédio. – Eu não devia ter ligado, sinceramente. Estava bêbado demais para pensar com clareza.

Então nada daquilo tinha significado nada. O jeito como ele me segurou, o jeito como olhou para mim, as coisas que disse.

Fiquei calada, embora meu coração estivesse despedaçado... mais uma vez.

Ele parou e me fez parar junto. Nunca entendi como ele fazia isso, como sabia quando alguma coisa tinha me incomodado. Era como um sexto sentido.

– Eu me lembro de tudo, Blu. Eu sei o que te falei, antes de ir embora.

As palavras dele ribombavam no meu crânio.

– *Você só está se machucando* – eu repeti. – É.

Ele balançou a cabeça e tocou a franja do meu lenço. Um gesto discreto e íntimo ao mesmo tempo. Como se quisesse tocar uma parte de mim, mas não minha pele; só alguma coisa que se conectasse a mim, alguma coisa no meu corpo.

– Você gosta de mim, Blu?

O vento frio bateu na minha cara quando ele fez a pergunta. Poderia igualmente ter sido a mão dele.

– Não. – *Mentirosa.*

– Não diga isso.

– Eu não te conheço o suficiente.

Ele engoliu em seco.

– Porque, toda vez que tenta conhecer, você fica com medo. Tipo, você pensa que eu sou uma pessoa ruim, que vou te ferrar, ou te ferir, ou coisa assim. A gente não pode continuar desse jeito.

Dentro do peito, meu coração esmurrava. Senti o telefone vibrar no bolso, mas não ousei ver quem era.

– Não acho que você seja uma pessoa ruim. Nunca falei isso.

– Então, por que você não se abre comigo? A gente sempre vai passar tempo junto sem dizer realmente nada? Você não come e eu devo fingir que não percebo. Você esconde sua pele e eu nunca devo perguntar por que está sempre usando uma jaqueta?

Lágrimas queimavam meus olhos e acho que uma pode ter escorrido, porque a expressão dele se suavizou. Relaxou a mandíbula, deu um passo adiante. Seu polegar roçou minha face antes que eu conseguisse fazer qualquer movimento, e secou a tristeza que tinha aberto caminho até a superfície.

– Quando você estiver pronta para conversar, estou por aqui – ele ofereceu, mas os olhos estavam fixos em alguma coisa atrás de mim. – Acho que tem uma pessoa te esperando.

Virei imediatamente e vi Vince acenando de trás de um pilar da faculdade. *Merda.* Esqueci que a gente tinha planos. Ele até me lembrou, a caminho da classe, mas me deu branco. Toda vez que estava perto do Jace, me dava branco.

Agora, mais do que nunca, era a pior hora para me afastar. Mas agora, mais do que nunca, eu precisava ficar longe dele.

– É o cara que estava com você mais cedo – Jace afirmou, como um fato da Wikipedia.

– É, esse é o, *hum*, Vince, da minha turma de mídia ambiental.

Ele assentiu e repetiu o nome como se a língua estivesse cimentada:

– Vince. – A mandíbula estava contraída e tensa, quando ele apertou os lábios e se virou.

– Aonde você vai? – perguntei, sabendo muito bem que o caminho dele até o metrô era o trajeto que eu também ia percorrer.

Um leve vestígio de sorriso surgiu nos lábios dele, quando estancou, me encarou e depois indicou o Vince.

– Ele sabe quem eu sou?

Balancei a cabeça e franzi a testa. Por que raios ele conheceria Jace? Com que objetivo?

– Bem – Jace agitou os dedos, cumprimentando Vince, e depois me olhou fixamente –, tenho certeza de que vai descobrir depressinha.

E, com esse último comentário, Jace se afastou.

CAPÍTULO TRINTA E SEIS

Jace

QUARTO ANO DA GRADUAÇÃO
DÉCIMA PRIMEIRA SEMANA – PRESENTE

Depois de faltar à aula de quinta-feira, liguei para Blu na segunda seguinte.

Não sei o que me deu na quarta à noite, quando a vi com um cara, um cuzão vestido como Morris e Danny.

Tinha um corpo sarado. Era alto, cabelo maneiro. Parecia um sujeito decente.

Eu era melhor, não era? Blu queria a mim. Eu a conhecia. Ele não.

Uma parte de mim queria manter o que eu sabia sobre ela como um troféu pessoal. Conhecê-la era a única vantagem que eu tinha sobre aquele cara.

– Jace? – ela sempre atendia ao chamado dizendo meu nome. Eu achava uma delícia.

– Oi, e aí, tudo bem?

Ela ficou quieta uns instantes, provavelmente se perguntando por que diabos eu estava telefonando às 20h09 de uma noite aleatória durante a semana.

— Tudo, e aí?

A gente sempre fazia isso. Fingir que não tinha rolado nada, que nenhuma conversa tinha acontecido nos dias anteriores. Como se cada manhã fosse um novo começo e a gente não fosse afetado pelas circunstâncias de antes.

— Só queria saber como foi seu date.

— Não foi um date.

— Não? — me ajeitei melhor na cama. — É um cara bonitão, Blu.

Mas que merda, por que eu sempre fazia isso? Tipo, eu queria que ela dissesse "não", claro que eu queria. Queria ser o único que ela achava atraente. Tão pouco realista, tão ridiculamente ilusório.

— Certo...

Burro, burro, burro.

Quando abri a boca para me fazer de idiota um pouco mais, um aviso de "chamada em espera" fez vibrar o celular: Scott Boland.

— Blu, preciso desligar. Te vejo na facu.

Desliguei antes que ela conseguisse se despedir; não que houvesse muita coisa ainda por dizer, e atendi à chamada do meu irmão mais velho.

— Alô?

— Quer jantar na quarta? — ele sugeriu, em meio ao barulho distante de uma TV ligada.

Meu rosto se iluminou. Não, mais que isso: meu mundo se iluminou. Minha mãe deve ter contado que eu queria passar mais tempo com ele.

Semana passada, me sentei com ela e conversamos francamente. Meu pai já nem contava mais. A única coisa que ele fazia era voltar para casa, choramingar e reclamar de um aspecto qualquer da vida dele e repetir do começo. Por algum motivo, todos os problemas dele envolviam gritar com minha mãe e comigo, como se a gente fosse o saco de pancadas dele.

Meus irmãos eram o que eu tinha como figura paterna. Era um saco, um verdadeiro porre, que eu não pudesse passar com eles tanto tempo quanto queria. Mas eles não queriam passar tempo comigo. Essa era a pior parte.

Eu era novo demais.

Eu não conseguia entender as carreiras deles.

Eu não era boa companhia.

Eu era inconveniente.

Porra, como era doloroso, às vezes. Nunca quis implorar pelo afeto de ninguém, menos ainda pelo tempo dos meus irmãos. Só que não estava mais aguentando. A casa era silenciosa demais e minha mente, ruidosa demais. Minha mãe era o que eu tinha de mais próximo e, por um período, isso bastou.

Mas, quando nos sentamos para jantar, alguma coisa deu um clique na minha cabeça. Percebi como as coisas estavam solitárias, e não só para mim, mas para ela também. Talvez, se eu passasse mais tempo com os meus irmãos, mamãe e papai poderiam consertar o amor que haviam perdido. Talvez pudessem ter um tempo só para eles, sair e tal: eu não seria um fardo, uma parte do problema. Afinal, não fui planejado. Talvez eles realmente me vissem como uma espécie de estorvo.

Foi por aí que comecei, ao conversar com a minha mãe. Ela chorou. Eu segurei o choro. Nunca choro na frente de ninguém.

– Você não é um estorvo, Jace – ela arriscou, afagando minha face. – Lamento que você venha se sentindo tão para baixo.

Dei de ombros.

– O problema não é você, mãe. Não sei. Só sinto que Bax, Will e Scott não estão nem aí. E a gente é irmão, sabe? É duro estar sozinho o tempo todo. Ver meus amigos com os irmãos deles e não ter isso.

– Will e Bax estão sempre muito ocupados, amorzinho. Você sabe disso. Mas posso falar com o Scott.

Aquilo aqueceu meu coração, mas também me senti uma questão de caridade.

— Não quero que ele faça nada só porque eu falei que queria que ele fizesse.

— Tenho certeza de que ele vai adorar passar algum tempo com você — ela levantou da cadeira e foi levar o prato até a pia. — Se é que vale alguma coisa, Jace, fico contente que tenha conversado comigo a respeito.

Desde aquele papo, percebi o valor da comunicação. Talvez seja por isso que falei para Blu como eu me sentia. Havia tanta coisa que ela mantinha escondida, tantos segredos que queria enterrar. Se quisesse ter amizade comigo (tanto quanto eu queria ter com ela), a gente precisava ser aberto e sincero, mesmo que só um pouco. De que outro jeito eu ia conseguir conhecê-la?

— Jace? — a voz do Scott me trouxe de volta. — Quarta à noite parece bom?

— Sim, claro, totalmente — respondi à velocidade da luz, como se o convite fosse voar para longe e eu não pudesse apanhar de novo. — Estou ansioso.

A voz da Sabrina soou na linha.

— Oi, Jace!

— E aí, Sab? — sorri, sentindo-me um pouco mais incluído na vida do meu irmão, ao me dirigir à namorada dele.

— Te mando mensagem na quarta. Escolhe um lugar e me encontra no centro às oito?

— Combinado, até mais, Scott.

A ligação foi cortada e imediatamente liguei de volta para Blu. Ela atendeu ao segundo toque.

— Oi de novo.

— Ei — sorri. — Eu já te falei dos meus irmãos?

— Ãhn, é... Não, nunca.

A surpresa na voz dela me fez sorrir. Me senti no topo do mundo.

— Posso te contar sobre eles?

Ela escutou enquanto eu falei por mais de meia hora, me abrindo com uma pessoa que eu sabia que queria me ouvir. Mesmo que ela não vivenciasse as mesmas coisas que eu, senti que podia confiar nela. A maior parte de mim sabia que ela era uma pessoa bacana, a menor parte de mim sentia que ela se importava. Talvez um dia todas aquelas pequenas partes formariam uma coisa maior do que elas eram.

– Sinto muito que você se sinta assim – Blu disse. Havia sinceridade em sua voz.

– Minha mãe falou a mesma coisa.

– Pelo menos ele te convidou pra jantar, certo? Vai ser divertido.

– É, é, vai,

Seguiu-se certo tipo de silêncio, um silêncio que não era mais constrangedor nem ensurdecedor. Era reconfortante estar em contato sem dizer nada. A sensação era boa.

– Me conta alguma coisa sobre você.

Ela riu.

– Tipo o quê?

– Sei lá, eu sinto que não sei nada sobre você.

– Pelo contrário, eu diria que você sabe um monte de coisa.

– Mas você nunca teve a iniciativa de me contar nada.

Ela suspirou. Imaginei onde estaria, bem agora. O que estaria fazendo. Porque estaria dedicando tempo a conversar comigo, mas depois descartei essas amarras e me mantive presente na ligação.

– Me conta alguma coisa que te aconteceu. Uma coisa que tenha te machucado.

– Hum, isso... – fez uma pausa. – Isso é um pedido e tanto.

Não respondi de imediato. Sabia que ela acabaria cedendo. Eu já tinha falado bastante. A voz dela era tudo que eu queria ouvir.

Ela me contou a história de um namoro de cinco anos que teve, dos treze aos dezenove. Sobre como ele abusou dela fisicamente, como a esgotou mentalmente e sujou a ideia que até então ela fazia do amor.

No começo, não entendi como a conversa tinha ficado tão profunda em tão pouco tempo. Ouvi todas as histórias que ela me contou, sobre como ele jogou na cara dela um presente de aniversário (um relógio de ouro) que ela havia dado para ele, como ele a traiu tantas vezes que ela desistiu de contar e como virou as pessoas contra ela.

– Eu não entendo como tem uns caras que fazem isso com as meninas que estão namorando, as meninas que eles falam que amam. – Eu estava bravo e ferido por ela. Blu não merecia aquilo. Ninguém merece.

– Ele nunca me amou.

– Não, não mesmo – "Não tinha como amar", pensei. – Mas isso não tem nada a ver com você.

– Eu era parte do problema – suspirou. Ela tinha suspirado vezes demais ao longo daquela conversa. Eu queria arrancar fora a dor dela.

– Você ainda acha que é?

Ela ficou quieta, então fiz outra pergunta.

– É por isso que você não queria me contar nada? Você achou que eu ia te julgar?

Senti que ela assentia.

– É tipo isso, um pouco. Eu não queria assustar você.

Blu Henderson, a menina feroz que eu conheci dois meses antes, estava assustada. Tinha medo de deixar as pessoas se aproximarem. Não queria que ninguém a conhecesse por achar que elas iriam embora.

– Eu não vou machucar você – jurei.

Pela primeira vez, acreditei verdadeiramente naquilo.

Mas, às vezes, acreditar não basta.

E, algumas vezes, o tempo todo, eu queria ter sido um homem melhor e mantido minhas promessas.

CAPÍTULO TRINTA E SETE

Blu

QUARTO ANO DA GRADUAÇÃO
DÉCIMA PRIMEIRA SEMANA – PRESENTE

Passei dez minutos extras no banheiro, arrumando o cabelo.

Sinceramente, era um pouco embaraçoso tentar assim com tanto empenho impressionar alguém, mas eu precisava. Ele tinha de ver que eu era mais do que uma concha partida.

Desde a nossa conversa por telefone, eu me sentia estranha. Uma parte de mim ficava feliz que ele soubesse mais a meu respeito, mas a maior parte achava isso intolerável. Nunca imaginei que Jace saberia de qualquer coisa abaixo de um nível superficial, mas, quando ele perguntou, não consegui não contar.

Entrei na sala cinco minutos antes do início da aula e o vi sentado na segunda fila, como de hábito, mas mais bem-vestido... *Ops*. Totalmente *não* habitual.

– Vai a um evento? – arrisquei, deslizando para a cadeira ao lado dele.

Ele sorriu o sorriso mais radiante de todos. Até me alegrou.

– Vou encontrar meu irmão para jantar, hoje.

– Ah, é mesmo! É hoje. Aproveite.

– Vou aproveitar – disse, com um sorriso colado na cara. Senti que a alegria jorrava dele e fiquei feliz junto.

Meus olhos avaliaram o que estava vestindo e pararam imediatamente no relógio, no pulso esquerdo, com uma correia verde-sálvia. Ele sempre usava uma pulseira de prata, mas ela estava enfiada debaixo da manga da malha bege. Uma corrente prateada e dourada, muito polida, ao redor do pescoço; um pendente de coração preso nela.

– Minha mãe que me deu – ele contou, quando perguntei.

– Seus brincos também são outros.

Ele tateou os corações de tachinha nas orelhas e assentiu.

– É, acabei de ganhar também.

Tudo a respeito daquilo fazia meu coração vibrar. Naquele momento, percebi quanto a família era importante para Jace. Quis perguntar sobre tudo e saber de cada pormenor da vida dele.

Ver como tinha se arrumado para ir jantar com o irmão era a coisa mais fofa do mundo. Era precioso, saudável, perfeito. Senti que todas as partes brutas em mim derretiam, porque eu nunca tive chance de impressionar um membro da família: só homens. Ninguém mais se dava ao trabalho de me notar. Não havia ninguém mais por perto.

Uma onda de inveja inundou minhas veias, mas lentamente se dissipou, quando Jace cutucou meu braço.

– Sorria mais, Blu. Você tem um sorriso bonito.

Nunca na minha vida eu quis tanto abraçar alguém, apertá-lo e apagar as partes horríveis do passado dele. Se ele estava feliz, eu estava feliz. Quando ele ria, eu queria ser a pessoa que tinha provocado a risada.

Mas daí vieram as vozes.

Não, não, não, Blu. Não faça isso de novo. Não vá muito fundo com alguém que você mal conhece.

Queria calar aquelas vozes, mas elas continuavam voltando.

Ele só está dizendo essas coisas para obter uma reação.
Ele só está te elogiando porque está de bom humor.
Você não é especial, não se atreva a pensar que é.

Eu queria gritar, desligar minha cabeça, queimar os pensamentos que me deixavam ansiosa. Mas não conseguia. Eu entrava em espiral. Me preocupava constantemente. Nenhuma palavra consoladora do mundo conseguia acalmar meus nervos.

Olhei de esguelha para Jace, o oceano nos olhos dele que me empurravam para a praia, e me perguntei: estão me levando para a segurança ou me conduzindo para uma tempestade?

Uma coceira se formou entre meus dedos, pontadas que levavam ao pulso e ao antebraço. Este homem, sorrindo ao meu lado, poderia destruir meu coração a qualquer momento.

E eu permitiria.

Esse era o problema.

Para onde quer que os olhos dele me levassem, tempestade ou praia, eu os seguiria.

CAPÍTULO TRINTA E OITO

Jace

QUARTO ANO DA GRADUAÇÃO
DÉCIMA PRIMEIRA SEMANA – PRESENTE

O Scott me deixou escolher o restaurante e me decidi pelo Terroni.
— Está em um clima italiano esta noite, hein, Jace? — perguntou, selecionando um vinho tinto. — O Malbec, por favor.
A garçonete assentiu e se afastou, me deixando sozinho com o meu irmão. Que merda, foi estranho dizer isso.
— Já faz um tempo desde que jantamos juntos — falou, dobrando os punhos da camisa. Fiquei contente por ele também ter se arrumado. Me fez me sentir importante.
— Faz mesmo. Como vai a Sab?
— Bem, bem — ele se inclinou e cochichou, como se não quisesse que ninguém além de mim ouvisse as palavras seguintes. — Cá entre nós, estou pensando em pedi-la em casamento muito breve.
Meu queixo caiu.
— Ah, vai, você tá zoando.
— Zoando como bom? Ou zoando como ruim?

Eu estava pasmo.

— Zoando como bom, claro, tá brincando? Scott, isso é incrível, fico feliz por você.

Meu irmão relaxou na cadeira, quando o vinho chegou. A garçonete serviu dois copos, mas não consegui me concentrar em nada, além da felicidade dele.

Eu adorava a Sab. Fazia mais de quatro anos que eles estavam juntos, e ela sempre me tratou, e a todos ao redor dela, como ouro. Era um traço que eu admirava e muitas vezes me perguntei se era por isso que o Scott era sempre o mais gentil comigo.

Baxter e Will eram tipo vamo-que-vamo. Tinham um relacionamento depois do outro e nunca se estabeleciam. Com o estilo de vida que levavam, eu duvidava, inclusive, que eles quisessem. Mas havia algo de sereno em um compromisso sólido.

Ficadas não preenchiam, ao menos no meu caso. Entregar uma parte de si para alguém que não sabia nada sobre você não entrava na minha cabeça. Quer dizer, nenhuma garota sabia, na verdade. Nenhuma, a não ser...

— Alguma chance de casamento, do seu lado? — Scott perguntou. — Will me falou que você está saindo com alguém, mas esqueci o nome dela.

Dava para imaginar. Ele provavelmente contou que ela era uma louca por arte que fumava cigarros até o toco.

— O que você sabe sobre ela?

— Ah, então existe uma garota.

— Eu realmente não sei como explicar a relação — e era verdade. Blu e eu éramos amigos. Na melhor das hipóteses, eu queria salvá-la das coisas que ela se recusava a me contar quais eram. Eu gostava dela? Não saberia dizer. Gostava de passar tempo com ela? Ah, sim, muito. Mas sentimentos nunca são pretos ou brancos. Nunca ficam muito tempo. Eu era exigente e a última menina que me interessou não quis saber de mim. Não seria justo escolher Blu, se eu não estivesse cem por cento seguro.

— Está só se divertindo com ela, então?

Beberiquei o vinho e lambi o que ficou no lábio inferior.

— A gente não fez nada. E, de verdade, não sei se a vejo dessa forma, sinceramente.

Ele me observou com curiosidade, cotovelos na mesa, segurando o copo pela haste. Isso me fez me sentir bem, como se ele quisesse que eu continuasse, como se ele se importasse com o que eu tinha a dizer.

Na real, eu estava cansado de falar sobre Blu. Mas, se ele fazia a pergunta, eu queria responder. Fazia séculos que a gente não conversava desse jeito.

— Gosto de flertar com ela. Sei que ela gosta de mim, e me faz sentir bem comigo mesmo. — Pronunciar essas palavras me fez soar como um completo babaca, mas eu sempre podia ser honesto com os meus irmãos. Afinal, éramos uma família.

— Hum. Bem, você tem todo o tempo do mundo, Jace. Você é jovem.

E lá estava o comentário que eu temia. O insulto que todo mundo da minha família segurava acima da minha cabeça como uma merda de uma chupeta.

Você é jovem. Você tem tempo.

— Todos nós temos tempo, não? — falei, através dos dentes apertados.

— Jace.

A voz era distante. Continuei observando o vinho no meu copo. Não quis olhar para cima.

— Jace... — ele deu um toque na minha mão, exigindo minha atenção. — A mamãe me contou um pouco de como você anda se sentindo. Se tem qualquer coisa que você queira dizer, diga.

Era um momento oportuno para falar das minhas emoções. Quer dizer, eu tive a chance, ele a deu para mim. Mas, em vez disso, eu toquei o copo dele com o meu e mandei a mágoa embora.

– Não tenho nada para dizer. Só estou feliz de estar aqui. – Meu sorriso era uma mentira. Minha resposta era uma mentira. Mas como meu irmão reagiria, se eu falhasse em controlar minhas emoções?

Parece uma criança – ele diria. *Não para de choramingar.*

Assim, pelo resto do jantar, eu vivi no presente e ouvi as ideias do meu irmão sobre o pedido de casamento, o trabalho e os projetos de vida dele. Da mesma forma, ele me perguntou sobre meu rumo, os caminhos que pensava em trilhar e os lugares aonde queria ir.

Foi um sucesso, percebe? Fiz a coisa certa. Se eu tivesse me aberto, as coisas teriam sido estranhas. Ele me veria como fraco, sem dúvida. Mas eu era forte, agora. Consegui ter uma conversa séria com ele porque escondi o que precisava ser escondido.

Não havia espaço para insegurança, dúvida ou culpa. Eu era maduro demais para isso.

Eu era.

Scott tinha de acreditar nisso.

Do contrário, conseguiria enxergar através de mim.

CAPÍTULO TRINTA E NOVE

Blu

QUARTO ANO DA GRADUAÇÃO
DÉCIMA SEGUNDA SEMANA – PRESENTE

— Você acha que Carter vai ficar bravo, se não for convidado? – perguntei para Fawn, servindo canja em duas tigelas.

— Não, acho que ele vai ficar aliviado por não servir de vela – respondeu, lambendo a massa de brownie da espátula.

Fawn teve a brilhante ideia de marcar uma viagem a Winter's Lodge para esquiarmos, depois das provas finais, que por acaso caíam numa sexta-feira. Ela convidou a mim, Bryce e, obviamente, Jace.

— Você falou que estão todos se dando bem. Então, por que eu não convidaria? – foi o argumento dela. Foi o que bastou.

Parecia simples. A gente tinha se aberto bastante um para o outro na semana anterior. Ele parecia mais à vontade para me contar as coisas, o que me deixava contente. Mesmo assim, eu não conseguia me levar a entrar em detalhes sobre meu passado. Depois que contei a ele sobre Zac, meu primeiro relacionamento traumático, decidi dar um tempo na divulgação das partes sombrias da minha vida. Ele acabaria jogando isso contra mim? E será que eu podia confiar nele?

Ele nunca me pressionava para conhecer meu passado, e isso já era alguma coisa. Era como se houvesse fronteiras invisíveis, e ele nunca atravessava. Era quase como uma amizade. *Quase.*

— Você falou com Jace a respeito? — Fawn perguntou.

— Não, achei que Bryce falaria.

— E ele nem tocou no assunto?

Balancei a cabeça enquanto soprava a sopa.

— Nem.

— Liga para ele, vê se ele vai. Eu vou levar isto para o quarto — ela suspendeu a tigela — e conversar com Bryce.

Dei risada quando ela fechou a porta atrás de si, deixando-me com uma cozinha vazia e uma pia de pesadelo. Fawn adorava cozinhar, mas odiava limpar. Provavelmente a razão de ter me deixado sozinha para lavar a louça. Sacaninha.

Toda vez que surgia a chance de conversar com Jace, meu estômago dava pulos. A gente era amigo. Claro que eu podia ligar do nada, e não seria estranho. Mesmo assim, eu me pegava hiper-racionalizando tudo que dizia. Ele ia me julgar por falar muito rápido? Muito devagar? Por falar pouco? Falar demais?

Abri o FaceTime e decidi me arriscar; cliquei no nome dele. Nunca tinha conversado com ele pelo FaceTime antes, mas não seria muito diferente, certo? A gente já tinha se visto cara a cara montes de vezes. Não havia a menor chance de eu fazer merda...

Ele atendeu deitado, com uma regata justa, uma bandana vermelha prendendo o cabelo para trás e o maxilar parecendo uma rocha. Eu estava salivando. Eu estava. Eu...

Uau.

A covinha foi a primeira a aparecer, quando ele abriu um sorrisão.
— Oi, Blu.
— Estou interrompendo seu treino? — dava para ver que sim. O rosto dele estava vermelho, havia um halter no canto da tela e os músculos do ombro dele estavam praticamente saltando do celular.
— Não, não — ele se levantou do chão e arrumou a bandana. — Tá tudo bem. E aí, o que manda?
Devia ser ilegal ter uma aparência daquelas. Por que eu estava dizendo essa porra na minha cabeça? Eu tinha começado a relação sendo ousada, não precisava esconder aquilo.
— Você está me excitando, Jace, eu talvez precise desviar os olhos — peguei uma bucha e me virei para a torneira, apoiando o telefone no suporte do papel toalha.
Ele riu com o rosto todo, a risada que eu adorava ver.
— Faz tempo, desde que excitei você.
Ah, se você soubesse.
Enxaguei um pote enquanto falava.
— Eu só estava pensando se você vai para a pousada, no fim de semana?
— Ah, é, Bryce me falou — ele coçou o contorno bem marcado do queixo. — Você vai?
— Vou — assenti. — E seria legal não ser vela.
Ele riu.
— Fawn e Bryce parecem estar se divertindo juntos.
— E meu medo é que eles se divirtam muito sem mim, e que eu seja obrigada a andar sozinha no elevador da pista.
— Então é isso que eu sou para você? Um mero acompanhante de teleférico?
Revirei os olhos, separando a louça lavada da não lavada.
— Obviamente. Que outra utilidade eu tenho para a sua existência?

Assim que verbalizei as palavras, soube que havia provocado alguma coisa nele. E o que ele respondeu claramente não diferia muito do que tinha me ocorrido.

— Posso imaginar outras formas de ser útil.

— Corta essa — provoquei, querendo na verdade dizer *continua*.

— Hahaha, eu vou. Você não vai para a aula esta semana, certo?

— Não, acho que não há necessidade, eu...

A risada de Fawn desviou minha atenção para a porta fechada do quarto dela. Só fazia umas poucas semanas que eu a ouvia rir assim. Me deixava feliz. Talvez ela e Bryce fossem o começo de alguma coisa boa.

— Desculpa, é Fawn conversando com Bryce.

Ele levantou as sobrancelhas.

— Não consigo imaginar o que pode ser tão engraçado. Bryce tem um senso de humor atroz.

Nós dois rimos ao mesmo tempo e meus nervos se acalmaram.

— Mas, voltando, sim, vou pular as aulas esta semana. Preciso pôr os trabalhos em dia antes das provas, para poder relaxar na pousada.

— Vou fazer a mesma coisa — ele concordou. — Não tem por que ir, se você não vai estar lá.

Parei de lavar a louça e fiquei encarando a pia, incapaz de sustentar o olhar dele. Meu sorriso estava mais do que visível e não tentei disfarçar. Mesmo assim, olhar para ele, naquele momento, me pareceu íntimo demais.

— Por quem você vai às aulas? — repeti a pergunta que ele tinha me feito uma vez, meus olhos se suavizando quando ele respondeu "Você".

— Preciso desligar, Blu, mas fiquei contente de ter excitado você duas vezes nesta noite.

Ele encerrou a chamada abruptamente e meu telefone se iluminou com a chegada de uma notificação uns poucos segundos depois.

21h02 – Jace Boland: Imagine as coisas que eu poderia fazer pessoalmente.

Se minhas mãos não estivessem apoiadas na bancada, eu teria caído de joelhos. Ele nunca tinha dito uma coisa tão ousada antes, tão *Blu*. Levei um instante para entender do que ele estava falando, mas, quando captei, morri.

É louco aonde a dinâmica de um novo relacionamento pode te levar. Quando conheci Jace, não fazia a menor ideia de que ele acabaria morando na minha cabeça sem pagar aluguel. Se eu soubesse, talvez tivesse evitado totalmente a ligação.

Porém, olhando para os últimos três meses, vendo como o tempo passava rápido com ele por perto, não importava que nossas dores e consolos andassem de mãos dadas.

Desde que fossem interligados.

CAPÍTULO QUARENTA

Jace

QUARTO ANO DA GRADUAÇÃO
DÉCIMA TERCEIRA SEMANA – PRESENTE

— Você arruma mala como uma garota — resmunguei, enfiando o resto das minhas tralhas em uma sacola de lona.

Bryce tinha ido até a minha casa, já que viajaríamos todos juntos para Winter's Lodge. Em todo lugar para onde íamos, ele tinha um medo irracional de se esquecer de alguma coisa. Então a checagem tripla de seus pertences se tornou um procedimento padrão.

— Comprei um presente antecipado de aniversário para Fawn — falou, e deslizou os dedos pela malha e pela calça. — Só estou conferindo se eu trouxe.

— Quando é o aniversário dela?

— Daqui a duas semanas, em doze de dezembro.

Meus olhos se estreitaram.

— E por que você comprou um presente agora? Não acha que vão continuar juntos até lá?

Ele parou de remexer as coisas e me lançou um olhar mortal.

— Você às vezes é um escroto, cara.

– Foi uma pergunta sincera – e tinha sido. Mesmo.

Depois da Riley, aprendi minha lição: fazer o máximo por alguém nunca era o suficiente. Eu levava flores para ela em todos os encontros, o doce favorito quando ia à loja. Tudo, *tudo* que eu fazia, pensava nela. Mesmo assim, nunca preenchi um centímetro do que ela esperava. *Eu* nunca a satisfazia.

Você pode ser a melhor pessoa, ter as atitudes mais grandiosas, mas, se alguém nunca valorizou o amor que você demonstra, não ia valorizar nunca.

– Só não quero que você quebre a cara, sabe, se as coisas não derem certo.

Bryce deu uma risada, e eu sabia exatamente do que ele estava rindo. De todas as pessoas que dão conselhos sobre relacionamentos, eu era o pior. Eu nunca sabia o que queria, nunca nem comecei a entender como me sentia em relação a ninguém e, no entanto, lá estava eu, dando no amigo mais consistente que já tive um sermão sobre o que ele tinha comprado para uma garota.

– Eu conheço Fawn e não faz muito tempo que a gente conversa, mas sei que ela me faz muito feliz – ele fez uma pausa para dobrar e guardar uma camisa cinza. – Quis fazer um negócio bacana, só isso.

Engoli em seco e assenti, respeitoso.

– Fico contente que tudo esteja indo bem, de verdade.

Ele merecia. Algumas pessoas simplesmente merecem.

– Mas ainda me espanta que Blu seja a melhor amiga dela. Quer dizer, quais seriam as chances? – ele me jogou uma barra de proteína, mas deixei de lado.

– Coincidência louca – foi só o que tive a dizer. Porque era. Tudo em relação a Blu era.

Houve inúmeras ocasiões, ao longo da semana anterior, em que tentei negar uma conexão, qualquer coisa com Blu em geral. Mas, quanto mais eu combatia o vínculo, mais eu a queria.

Conexões não acontecem por acaso. Conheci várias meninas lindas, mais bonitas do que ela, mais bonitas do que a desgraçada da Riley, mas elas eram tão... Sem graça. Lamento informar, mas um rosto bonito só te leva até certo ponto. Aprendi isso do jeito difícil.

Isso era o que me deixava puto com a situação. Eu não queria sentir nada, não esperava sentir. Flertar com ela aconteceu naturalmente, como palavras que saíam da minha boca antes que eu percebesse o que estava dizendo.

Mandei uma mensagem arriscada, depois da nossa chamada pelo FaceTime. Ela reagiu dando um coração, e desde então não voltamos a conversar.

Isso me incomodou. Me incomodou absurdamente.

Ela queria dar a última palavra em todas as conversas, eu já tinha percebido. Provavelmente porque, por telefone, ela conseguia controlar o que estava sendo dito, sem deixar nada escapar por acidente. Frente a frente, eu era calculista. Ela era calculista por telefone.

– No que você está pensando? – Bryce perguntou.

Merda. Pura bobagem de merda.

– Em nada.

O celular dele tocou e tinha de ser Fawn. A voz dela, que se tornou familiar para mim ao longo das últimas semanas, falou cheia de doçura.

Eu tentava ignorar os telefonemas deles, mas às vezes era difícil. Depois de descobrir que ela e Blu eram amigas, uma parte de mim ficava ouvindo, para ver se ela estava lá, se falava alguma coisa sobre mim.

– Pegamos vocês em quinze – ele prometeu. – Até já – e desligou.

– O quê? Nada de "te amo, minha princesa"? – tirei um sarro básico, apanhando as chaves do Honda na escrivaninha.

Minha mãe foi bem maneira ao me deixar ficar com o carro no fim de semana. Talvez se sentisse realmente mal por mim. Vantagens de se abrir, suponho.

— Ao contrário de você, não abuso de termos carinhosos para seduzir garotas — ele fechou o zíper da sacola e chutou meu tornozelo. — *Lindo.*

Dei de ombros, peguei a sacola e examinei o quarto para ver se não tinha esquecido nada.

— Durante uma época você teve inveja de mim, caso não se lembre.

Ele bufou.

— Inveja e admiração são coisas diferentes, cara. Eu sempre desejei o melhor para você.

Inveja e admiração.

Coisas diferentes.

De algum jeito, nunca tinha me dado conta daquilo, nunca tinha registrado.

Eu admirava Morris? Danny? Max?

Ou estava sempre cobiçando o que eles tinham, com inveja das coisas que possuíam, quando eu não as possuía?

Isso fazia de mim um homem melhor, por ter me tornado o que eles eram? Ou pior?

Inveja e admiração.

Humpf.

Algo sobre o que refletir.

CAPÍTULO QUARENTA E UM

Blu

QUARTO ANO DA GRADUAÇÃO
DÉCIMA TERCEIRA SEMANA – PRESENTE

Eu nunca antes tinha visto Jace dirigir.

Que visão.

Talvez eu fosse do tipo que romantiza cada mínima coisa, mas Jace, de boné preto e camiseta térmica escura, os dedos longos e delgados ao redor do volante... Eu meio que derreti.

Winter's Lodge ficava a mais ou menos uma hora de viagem, longe o bastante para que uma conversa fosse necessária, mas perto o bastante para poder ser superficial.

Eu não queria nem uma coisa nem outra.

Eu queria que Jace provasse o que tinha escrito na mensagem.

Imagine as coisas que eu poderia fazer pessoalmente, ele tinha digitado.

Uma coisa que eu odiava nos caras era como eram gargantas. As propostas mais ousadas eram feitas por escrito, mas, cara a cara, nenhuma atitude era tomada.

Se Jace fosse assim...

Os dedos dele roçaram meu joelho, lenta e calculadamente, antes de tirar a mão.

– Você está quente o suficiente?

Fiquei vermelha e observei o perfil anguloso dele. Jace definitivamente não era só papo.

Fechei mais as pernas e abanei a cabeça.

– Poderia estar mais quente.

Ele captou minha insinuação quase imediatamente, me lançou um sorriso preguiçoso e aumentou o aquecimento do carro para o nível três.

– Este carro é seu, Jace? – perguntou Fawn, no banco de trás.

– Não, linda, é da mãe dele – Bryce respondeu no lugar dele.

– Linda? – Jace riu e entrou à esquerda. – Roubando minhas falas, agora?

Linda.

O jeito como Jace falava lembrava veludo macio. Só ele conseguia fazer uma palavra soar tão sedutora, tão tentadora.

Talvez fosse assim que Fawn visse Bryce. Afinal, quando você gosta de alguém, tudo que a pessoa faz se torna atraente. Nada te brocha, nada pode mudar o pedestal onde você a coloca.

Esse era o problema.

Esse era o *meu* problema.

Dei um golinho na água, e bem nessa hora Fawn me solta uma:

– Sabe, Jace, você e Blu ficariam bonitos juntos.

Meu rosto queimou de vergonha. Ele deu risada, o olhar fixo em mim por um momento, antes de virar para pegar a estrada. Não quis olhar para ele. Em vez disso, encarei Fawn pelo retrovisor, fuzilando com os olhos.

– Ah, é? – foi a resposta de Jace. Diplomática como sempre. – O que você acha, Blu? – A mão no meu joelho de novo, dando um apertão de leve antes de se recolher. – Você acha que a gente ia ficar bonito junto?

Para com isso, eu queria dizer. *Não começa uma coisa se não pretende ir até o fim.*

— Tinge seu cabelo de azul, daí a gente conversa. — Minha piada foi a única coisa capaz de me acalmar um pouco. Eu não sabia em que pé nós estávamos.

— Você quer combinar?

— Por que não? Podíamos ser como Os Smurfs.

— Não acho que eu ficaria bem de cabelo azul, linda.

Você ficaria bem de qualquer jeito.

— É, realmente, não ficaria.

Era uma vergonha, como eu era boa em mentir para ele; quanta coisa conseguia esconder para evitar o desespero. Cada parte de mim queria implorar por um fiapo de emoção, obter uma resposta segura que nunca me fizesse duvidar. Mas eu não tinha o direito de olhar para as coisas assim tão introspectivamente.

Jace não era meu.

E, se quisesse ser, seria.

— Posso tocar minha música? — perguntei, tirando o telefone do bolso.

— Claro — ele inclinou a cabeça para frente —, deixa só eu desligar o meu Bluetooth.

Quando ele destravou a tela, vi de passagem uma mensagem de texto ainda não respondida. De uma menina chamada Tara.

Eu não ia dizer nada, só esperar ele desligar o Bluetooth e conectar o meu, mas minha curiosidade levou a melhor. Abri a boca.

— Alguém te mandou uma mensagem — eu disse, com voz indiferente, mas minha cabeça estava zunindo de insegurança.

Ele pegou o telefone, desbloqueou e leu nome com uma cara séria, antes de devolver o aparelho ao suporte para copos.

— É só uma menina da facu. Respondo para ela depois.

Minhas unhas cravaram fundo a palma da mão.

– Qual menina?

– Áhn, ela tem cabelo castanho comprido. É a que senta perto da frente, na aula da Flower.

A vizinha.

A vizinha.

Meu pensamento corria como um maldito cavalo. Meu ciúme oscilando entre a sanidade e a insanidade. Por que ela estava mandando mensagem para ele? E por que *ele* estaria mandando mensagem para *ela*? Eu nunca tinha visto os dois conversando, nem uma vez. Nem uma única maldita vez. Quando isso tinha acontecido?

Pelo resto do caminho, não abri a boca. Não confiava em mim mesma para estar centrada e tranquila. Minha música alternativa continuou tocando, enquanto Bryce e Jace conversavam sobre a copa do mundo e sei lá que outras merdas que meninos discutem. Fawn via minha raiva pelo retrovisor. Não muito depois disso, ela me mandou uma mensagem.

> 12h11 – Fawny: Você está bem, gata?
>
> 12h12 – Blu: Lembra da menina que ficou olhando pro Jace na aula? Te falei dela, a típica vizinha gostosa?
>
> 12h12 – Fawny: Ah, não. Foi ela que mandou msg pra ele?
>
> 12h13 – Blu: Foi.
>
> 12h14 – Fawny: Putz, que chato. Conseguiu ler a msg?
>
> 12h14 – Blu: Nem. Tô tão p da vida agora, Fawn.

– Digita mais rápido – Jace cutucou meu joelho. Desta vez, me afastei. Ele provavelmente percebeu. Não dei a mínima.

– Está acontecendo alguma coisa?

– Só falando com a minha mãe – menti.

Eu não tinha contado nada relativo à minha família para Jace, então era uma boa resposta. Minha mãe provavelmente nem tinha meu número salvo. Ele não precisava saber disso.

Àquela altura, será que eu queria mesmo que ele descobrisse essas partes sobre mim? Se eu era tão insignificante, por que deveria me dar ao trabalho de provar meu status na vida dele? Por que ele haveria de ter a oportunidade de me conhecer?

Depois de mais meia hora de um silêncio desconfortável, chegamos a Winter's Lodge. Fios de lâmpadas pendiam dos arbustos bem aparados e cascateavam dos telhados como faixas soltas.

— Que lindo, né? — Fawn estava radiante e veio para o meu lado, enquanto os meninos tiravam a bagagem do porta-malas.

— É mesmo — Jace acrescentou. — Obrigado por nos convidar.

Ela descartou o comentário com um gesto e entrelaçou o braço no meu, me empurrando na direção da entrada.

— Nós vamos ao bar esta noite — ela disse e piscou.

Eu sabia qual era o raciocínio por trás do que ela havia dito. Eu sabia o que ela queria que eu fizesse.

— Tem um monte de menino bonito na pousada, Blu. Se Jace está trocando mensagem com outras garotas, paquere outros caras. É um jogo justo.

Mas aí é que está: eu não queria fazer joguinhos. Desta vez, só queria algo normal, alguma coisa fácil. Aos vinte e três anos, jogar não parecia mais apropriado. Mas aquela vozinha continuava voltando. A voz que me dizia que eu não era nada além de uma opção conveniente para Jace.

Depois de ver a mensagem da Tara no telefone dele, a única coisa que eu queria era deixar ele muito puto. Eu precisava saber que ele se importava.

Precisava saber que eu era desejável.

– Você trouxe algum vestido para mim?

Ela sorriu e concordou com movimentos rápidos de cabeça.

– Blu Henderson: pra você, só o melhor.

Olhei para trás e vi Jace no celular, provavelmente respondendo para a vizinha.

A fúria voltou. A corda arrebentou.

Se era assim que tinha que ser, então jogo em *modo ativado*.

CAPÍTULO QUARENTA E DOIS

Jace

QUARTO ANO DA GRADUAÇÃO
DÉCIMA TERCEIRA SEMANA – PRESENTE

Depois de desfazer as malas, as meninas passaram o resto do dia fora, enquanto Bryce e eu fomos fazer uma trilha.

O chalé da Fawn era moderno e refinado, com piso de cerejeira e janelas altas. Uma cozinha pequena ficava no canto, em tons de verde floresta para combinar com a sala.

Quando chegamos à questão sobre como dormir, descobri que havia dois quartos. Um para Fawn e Byce, eu presumi, e o outro para Blu e para mim.

— Você está mesmo forçando a barra com essa coisa de casal — falei para ele, colocando a calça e a camisa em cima da cama. Minha cama. Com Blu.

— Oi? Você quer dormir comigo? — ele provocou, afundando-se na namoradeira ao lado da janela.

— Nem por um cacete. Só não quero que ela se sinta desconfortável.

— Você pode ficar no sofá da sala.

Eu tinha pensado nisso no segundo em que descobri o número de quartos, mas eu era um homem egoísta. Nem que fosse para dormir no chão, eu queria ficar perto da Blu.

— Não.

— Tenho certeza de que ela vai ficar bem — Bryce me tranquilizou, desenhando uma carinha sorridente no vidro enregelado da janela. — Ela está muito a fim de você.

Até aí, eu também tinha chegado. Não sou idiota. A razão pela qual ela entrou no modo silencioso foi ter visto a mensagem de Tara. De minha parte, acho que fiz um bom trabalho de agir como se não fosse nada.

Porque não era nada.

Ela se sentou do meu lado na semana em que Blu faltou às aulas e pediu meu número para comparar notas, se fosse o caso. A mensagem dela era uma pergunta sobre o trabalho final, nada além disso.

Mas Blu não me parecia o tipo que se esqueceria de uma coisa dessas. Eu preferiria que sim, mas não era responsabilidade minha alterar a química cerebral dela.

— Em que pé vocês estão? — a voz de Bryce transbordava de curiosidade, como sempre.

Dei de ombros.

— Ela é uma menina incrível. Gosto de passar tempo com ela, mas não sei.

Essa era a verdade.

Eu nunca sabia.

— Mais do que eu gostar dela, acho que eu quero que ela goste de mim — minha confissão me congelou na mesma hora, mas as palavras tinham saído. — É envaidecedor.

Bryce parou de desenhar no vapor do vidro e se virou para me encarar.

— Você gosta da Blu porque ela te envaidece? Caraca, mano. Você está ouvindo o que está falando?

Alto e em bom som, e é por isso que eu fecho a porra da boca a maior parte do tempo.

Fizemos a trilha praticamente em silêncio. Sabia que Bryce estava desapontado com o que eu tinha dito, mas nunca fui um mentiroso. Outras pessoas eram. Quem eu me tornei, o que eu me tornei, levou anos para ser construído.

Anos de decepções.

Anos de vergonha.

Anos de nunca me sentir bom o suficiente.

Se Bryce não entendia por que elogios eram tão importantes para mim, então não era eu que ia desenhar para ele.

Foi só na cantina que ele voltou a falar, e disse:

— Você devia dizer para ela que não está interessado.

Irritação pura e dura borbulhava dentro de mim, quando pedi um frozen yogurt; nunca sorvete: laticínios me davam alergia e açúcar é veneno.

— Por que você se importa tanto? Vocês dois nem são amigos.

— Não — ele praticamente cuspiu. — Mas sou seu amigo, e me importo com quem meus amigos são e com a porra da moralidade deles.

— Você está questionando minha moral? Porque eu não sei se gosto de uma garota? Que porra é essa, um tipo de favor que você deve a Fawn, para dormir com ela?

Assim que as palavras saíram da minha boca, mordi a língua. Mas era tarde demais, porque Bryce saiu pisando duro, jogando na lixeira o pote de massa de cookie que tinha comprado.

Eu já tinha tido suficientes brigas com ele para saber que ele precisava de um tempo sozinho. Eu já tinha tido suficientes brigas para saber que era sempre eu que provocava.

Ele era tão equilibrado, tão calmo. Isso me incomodava. Eu queria uma reação. Queria que ele falasse alguma coisa, qualquer coisa que provasse que eu não era louco por me sentir como sempre me sentia.

Inútil. Amarrado a um desejo imperioso de provar que eu era digno daquilo.

E ao ver Bryce voltar sozinho para o chalé, as mãos nos bolsos e a cabeça baixa, percebi que não era digno daquilo.

Nem um pouco.

CAPÍTULO QUARENTA E TRÊS

Jace

QUARTO ANO DA GRADUAÇÃO
DÉCIMA TERCEIRA SEMANA – PRESENTE

Bryce e eu nos encontramos no bar às 20h30.
A gente precisava conversar; eu precisava me desculpar.
Ele tinha ido fazer outra trilha antes de voltar, e fiquei esperando no quarto dele como uma ex desesperada.
Ele não apareceu.
E, quando apareceu, foi direto para o chuveiro, e eu entendi a mensagem em alto e bom som.
Espaço, Jace, ele praticamente gritou. *Ainda preciso de espaço.*

Vesti uma camisa preta, abotoei os punhos e pus a calça. O brinco de cruz que eu sempre usava estava preso em uma orelha, uma pérola na outra, quando me dirigi ao restaurante.
O saguão era enorme, então, durante a primeira hora explorei alguns dos serviços oferecidos. Mas a culpa estava pesando demais, e só uma coisa poderia consertar.

Sozinho, fiquei sentado no bar por algumas horas, refletindo sobre a sequência de palavras que tinha dito, até que Bryce chegou e puxou uma cadeira para perto de mim.

– Onde estão as meninas? – perguntei. Eu não tinha me dado ao trabalho de mandar nem uma mensagem de texto para Blu, enquanto ela esteve fora durante o dia. Eu já estava me sentindo escroto o suficiente.

– Voltaram uma hora atrás. Provavelmente logo vão chegar aqui.

A voz dele estava seca, mas não hostil. Acenei para o bartender e pedi duas Cocas com rum.

– Sinto muito, por antes – e foi isso. Meu grande pedido de desculpas. Quando meu orgulho ia ceder? Quando eu ia realmente querer dizer as palavras que saíam da minha boca?

Ele não olhou para mim, e a mandíbula estava tensa quando me respondeu.

– Não sente, mas obrigado mesmo assim.

– Olha cara, eu sinto mesmo. Me sinto um merda. Eu não quis...

– Você está se sentindo um merda porque eu estou me sentindo um merda, Jace. Nada te afeta, a menos que afete o jeito como outras pessoas te enxergam.

Antes que eu pudesse reagir, ele virou o punho e consultou o relógio.

– Vamos pegar uma mesa. As meninas querem ter conversas reais, não ficar olhando para nós de lado no balcão, enquanto bebemos.

E se levantou, acenando para que uma garçonete nos colocasse em uma mesa perto da janela. Eram do tipo teto ao chão, com uma vista deslumbrante das montanhas cobertas de neve e dos teleféricos.

Não consegui desfrutar de nada daquilo.

Eu não merecia.

Mas sentei mesmo assim e admirei a paisagem. Porque, de certa forma, a vida era tão cínica quanto eu. A vida recompensava os maus comportamentos.

Talvez por isso tenha me tornado quem me tornei.

Porque gente bacana nunca chega muito longe.

Bem de vez em quando, eu era bacana até demais, e a vida nunca me recompensou.

Ela cuspiu na minha cara.

Blu entrou usando um vestido acinzentado, com saltos altos azuis brilhantes, não exatamente do tom do cabelo: um pouco mais vibrante.

Mal reparei em Fawn, mas não me culpei. Perto de Blu, qualquer um virava um borrão e sumia.

Não foram direto para a mesa; outra coisa chamou a atenção delas. *Outra pessoa.*

Meus olhos acompanharam as meninas, quando elas andaram na direção de dois homens de blazer e gel no cabelo.

Olhei para Bryce, que compartilhava do meu aborrecimento, a mandíbula tensa, o olhar penetrante. Ele não falou nada.

Os caras eram mais velhos do que eu, mais velhos do que Bryce. Um deles tinha barba fina; o outro, uma barba cheia. Eu tinha me barbeado. Ficava melhor assim. Mas Blu preferia barbados? Eu só podia me perguntar.

Ela começou a rir, um sorriso radiante, ao pousar delicadamente a mão no ombro dele, do cara vestido de cinza-chumbo. Fawn ficou na dela. Era a melhor decisão.

A Coca com rum estava fria na minha mão, mas eu derretia o vidro com a palma, ou ao menos era assim que eu sentia.

— Você conhece os tipos? — perguntei, sentindo um zumbido dominar o que sobrava do meu lado racional.

Não me importava se Bryce ainda estava bravo com o ocorrido. Meus pensamentos eram autocentrados. Por sorte, ele não parecia estar, ao notar os avanços sendo feitos em cima da mulher dele.

Em cima da *minha* mulher.

Esse sentimento não me assustava. Uma parte de mim queria chamar Blu de minha. Uma parte de mim queria dar um tempo e deixar que ela encontrasse abrigo em um homem mais adequado para ela.

Mas não nesta noite.

Nesta noite, ela estava comigo.

Calmamente, empurrei a cadeira para trás e dei um último gole na bebida, antes de rumar para o balcão. Bryce não fez objeção e me seguiu. Agiu certo.

Quando cheguei, vi os braços da Blu descobertos pela primeira vez. Várias tatuagens preenchiam a pele pálida, marcada em padrões irregulares, que a pintavam como a uma tela.

O vestido que estava usando cintilava à luz fraca do restaurante, um contraste com as ondas azuis que cascateavam pelo rosto.

Ela parecia uma estrela cadente.

Ela estava maravilhosa.

Ela era minha.

– Espero não estar interrompendo – balbuciei, deslizando a mão pelo pulso dela.

Foi a primeira vez que a toquei desde o Halloween, e a puxei para perto só para sentir seu afeto. Uma parte de mim se preocupou que ela se soltaria da minha pegada, mas a maior parte de mim sabia que ela não faria isso.

Ela gostava de estar nos meus braços. Quase tanto quanto eu gostava de tê-la ali.

A sala ao lado do bar do Winter's tinha uma vibe mais clubber, e conforme o luar entrava, passando o cume das montanhas, mais e mais pessoas se dirigiam à pista de dança iluminada.

– Dança comigo – cochichei no ouvido dela, mantendo a mão firme em sua pele.

– Este é o Derek – ela disse, me encarando sem expressão. – Fawn e eu o conhecemos na loja de suvenir, mais cedo.

Mal virei a cabeça para olhar para o sujeito, meus olhos ainda fixos nas faces rosadas dela, nos lábios carnudos.

– Derek – foi só o que respondi, como sinal de ter ouvido.

Fawn e Bryce já tinham se retirado para a nossa mesa. Blu permanecia, teimosa e imóvel.

– Já bebeu algo esta noite? – perguntou o babaca de blazer.

Minha leve embriaguez se intensificou.

– Bastante – encarei minha caça de cabelos azuis. – Mais que o suficiente.

– O que você está olhando? – ela praticamente rosnou.

Um sorriso se espalhou pela minha cara.

– Uma coisa que me pertence.

O rosto dela ficou corado e não desperdicei tempo ao repetir:

– Dança comigo.

– E se eu disser não?

Isto.

Isto era o que eu amava nela.

Ela empurrava e puxava. Tirava e dava.

Furor.

Aquele maldito furor.

Peguei a mão dela, entrelacei nossos dedos e a afastei da ameaça.

– Nunca é bom contar mentiras, linda.

Um aceno de cabeça bastou para que Bryce entendesse aonde eu a estava levando, o que eu queria fazer. Ele estava puto, sim, mas não ia continuar assim. Fora isso, ele era esperto o suficiente para perceber que eu era adulto, podia errar e fazer merda, mas nunca machucaria Blu. Não de propósito.

A pista de dança estava lotada de corpos suados e gente quase fundida, girando uns ao redor dos outros numa alegria entusiasmada. Minha embriaguez nunca chegou a um ponto que eu não conseguisse me controlar, e fiquei contente com isso. Desse jeito, podia aproveitar de cabeça limpa a companhia que tinha.

Consegui saborear o corpo da Blu quando o apertei firme e a puxei contra o peito, sentindo os braços nus nas minhas mãos.

– Como eu estou? – ela cavou um elogio, permitindo-se ondular comigo.

– Linda demais – respondi, encarando os lábios dela.

Ela abriu certo espaço entre nós, quando pôs um braço sobre meu ombro.

– Ainda não tomei nada.

– Quer uma bebida?

– Óbvio – ela riu. – A gente está em um bar.

Eu a levei para a mesa e fiz um esforço consciente de evitar os dois babacas empoleirados nas banquetas. Se é que estavam observando Blu, eu não dava a mínima. Ela estava olhando para mim. E isso era só o que importava.

– Dancinha um tanto curta, eu diria – Bryce brincou. Eu o encarei e ele me deu um olhar que dizia: *relaxa, estamos bem*.

Puxei uma cadeira para Blu e empurrei na direção dela o que restava da minha bebida.

– Estava muito cheio, não consegui ver o que queria ver.

Por uma fração de segundo, ela e eu éramos as duas únicas pessoas no lugar. Por uma fração de segundo, tudo era certo e descomplicado. Mas só por uma fração de segundo, porque nada bom dura para sempre. Eu sabia disso.

– O que é? – ela perguntou.

– Prova e descobre.

Ela estreitou os olhos.

– Vago, Jace. Vago.

— Se você quer conversar vagamente, seu Derek talvez tenha o papo que você está procurando.

O ciúme não era meu número. Mas era um número melhor do que o do blazer que o Derek estava usando.

Ela revirou os olhos.

— Não é *meu* Derek.

— Que pena — peguei o copo do Bryce e entornei o conteúdo de uma vez só, depois acenei para o bartender pedindo outra rodada.

— Eu não estava com sede mesmo — ele me encarou.

— Bom, porque o álcool é péssimo para o corpo. Faça escolhas melhores.

Ele não conseguiu evitar um sorriso, não conseguiu esconder o fato de me adorar. Bryce era jogo rápido. Sua irritação nunca durava.

Quando olhei para Blu, o canto dos lábios dela estava oculto atrás da borda do copo. Eu o baixei.

— Não esconde seu sorriso, linda.

Aquele tom avermelhado já conhecido surgiu no rosto dela.

— Você está animadinho, esta noite.

Conforme a noite avançou, percebi que estava. Conhecer Fawn foi bem legal e, considerando que ela estava saindo com o meu melhor amigo, era essencial que eu gostasse dela. Blu, bem, a mera presença dela já era promissora o suficiente. Ela não falou muito, mas riu bastante.

A risada dela era o único discurso que eu precisava ouvir.

O ciúme desvaneceu num esquecimento pacífico; meu mundo orbitava as três pessoas sentadas à mesa. Naquele momento, só eles importavam.

Depois de mais umas doses, passei a régua e ajudei Blu a se levantar.

— Vem comigo — insisti, pegando a mãozinha delicada.

— Não estou com vontade de dançar — ela resmungou, mas me acompanhou mesmo assim. — Para onde a gente está indo?

O pensamento me ocorreu no segundo em que ela entrou na sala, vestida como luz estelar, provocando reflexos como a lua.

– Tem uma paisagem tão linda quanto Blu que eu quero que você veja. – As palavras deslizaram da minha boca com facilidade. Com facilidade *demais*.

Ela deu uma risada brincalhona.

– Tá legal, doutor Seuss,[7] indique o caminho.

Enquanto a gente descia a escada imperial e andava pelos pisos acarpetados, minha mente meio embriagada começou a listar palavras que combinavam com Blu.

Autêntica.

Dica.

Voo.

Tonalidade.

---

[7] Trata-se de uma referência a Theodor Seuss Geisel, um famoso escritor e ilustrador norte-americano, conhecido por seus livros infantis repletos de rimas, humor, e com um estilo de escrita leve e criativo. [N.E.]

CAPÍTULO QUARENTA E QUATRO

Blu

QUARTO ANO DA GRADUAÇÃO
DÉCIMA TERCEIRA SEMANA – PRESENTE

Jace me levou para um terraço no rooftop, protegido por uma cúpula de vidro.

Dava para ver sem obstáculos as montanhas, o céu cor de ônix pintado de estrelas. A cúpula devia ser aquecida, porque não senti frio, ou talvez fosse o álcool. Mas quando Jace se aproximou da grade atrás da qual eu estava, o corpo a centímetro das minhas costas, percebi que era a proximidade dele que me mantinha aquecida.

– Como você descobriu este lugar? – eu me movi, dando lugar para ele ficar ao meu lado.

Ele se inclinou sobre a barra de metal e observou a ampla planície nevada, pontilhada de árvores sempre-vivas.

– Tive um tempo livre, mais cedo, peguei um mapa na recepção e me vi aqui.

– Quer dizer, você e Bryce?

O rosto dele endureceu.

— Não, vim sozinho.
— Mas vocês não passaram o dia juntos? Fazendo trilha?
O pomo-de-adão subiu e desceu, a mandíbula tensionou-se.
— A gente teve tipo uma briga.
Eu não queria me intrometer, mas... Ah, vá, quem eu estava enganando? *Eu queria muito, muito me intrometer!*
Como se enxergasse a curiosidade na minha cara, ele se virou para mim com olhos receptivos.
— Tá, tudo bem, pode perguntar.
— Só se você quiser falar a respeito.
Por sorte, ele queria, porque pigarreou e se aproximou. O cheiro da colônia emanava das roupas dele: cítrico e amadeirado.
— Na verdade, foi sobre você — ele começou, e isso multiplicou por dez o meu interesse. — Ele perguntou o que sinto por você e eu respondi que não sabia.
Como uma facada no coração, meu entusiasmo desapareceu tão rápido quanto tinha surgido. Não falei nada. Ele tinha mais a dizer. Mas, veja bem, eu não sabia se queria ouvir.
Aqueles olhos azuis-esverdeados cintilavam como neve, e se voltaram para mim com cautela.
— Eu não quero que você se machuque, Blu. Não quero que você faça suposições sobre como eu penso e definitivamente não quero que você pense demais sobre os meus sentimentos.
A frustração fervilhava nas minhas veias.
— Você não quer que eu faça suposições sobre seus sentimentos, mas está fazendo isso comigo neste instante.
— Como assim?
— Você pensa que eu gosto de você.
— E não gosta?
— Ah, meu Deus! — abanei a cabeça e mordi o lábio inferior. — Mesmo que eu gostasse, não fico interpretando o que você sente por mim.

– Era mentira, mas ele não precisava saber. – Eu sei que não tem nada entre a gente.

Ao ouvir isso, ele deu um passo adiante e endireitou os ombros.

– Ora, isso eu não disse.

Engoli com dificuldade, fazendo o melhor que podia para sustentar o olhar dele. Eu não ia voltar atrás. Não podia permitir que ele visse quanto aquilo me doía.

– Você falou que não sabia como se sente em relação a mim – cravei as unhas nas palmas das mãos –, então, como poderia haver alguma coisa entre nós?

– Porque você me confunde tanto que eu me questiono, pra começo de conversa, se tenho sentimentos – deu mais um passo à frente, forçando minhas costas a tocar a grade. – Você me confunde tanto que eu penso em você o dia inteiro, me pergunto onde você está e com quem está conversando.

Meu coração batia loucamente, quando ele pôs cada braço de um lado do meu corpo e se inclinou para baixo para me ouvir respirar. Os olhos percorreram meu rosto em busca de uma reação, querendo que eu cedesse.

– Você me confunde tanto – as pálpebras se fecharam um pouco, quando ele lambeu os lábios – que só esta noite eu já pensei em te beijar mais vezes do que gostaria de admitir.

Com gestos hesitantes, pousei minha mão trêmula no peito dele, e senti seus músculos tensos por baixo do algodão da camisa.

– Admita – cochichei, embora tenha saído mais como uma súplica.

Ele estava tão perto de mim agora, tão perto; absorvi o cheiro e o calor dele. Houve um ponto em que achei que Jace era alto demais para acomodar minha pouca estatura, mas neste momento...

A gente era perfeito. A gente se encaixava.

– E se eu admitir, o que acontece? – ele não se afastou do lugar e eu permaneci congelada no meu.

– Fala e descobre – provoquei.

O maxilar dele enrijeceu, enquanto seu olhar passava pelos meus olhos, meu nariz, e parava na boca; eu tinha posto batom vermelho-cereja só para ele reparar.

– Eu quero te beijar, Blu – confessou, com urgência na voz. – Eu preciso te beijar.

Qualquer comentário que eu pudesse fazer morreu na garganta, quando pus as mãos na nuca dele e pressionei os lábios dele aos meus.

Os braços dele me envolveram como asas de um anjo, isolando meu corpo entre o dele e a grade. Um arrepio pecaminoso percorreu meu corpo, quando ele beijou delicadamente meu maxilar, meu pescoço e atrás das orelhas.

– *Blu* – ele arfou, segurando a bainha do meu vestido e enfiando a outra mão no meu cabelo.

O jeito como falou meu nome soou desesperado, uma súplica para que eu enfiasse a língua na boca dele e sentisse o comprimento duro que estava pressionado em mim.

Os lábios dele exigiam os meus, consolidando o que eu sabia ser verdade:

A gente ansiava um pelo outro. Negar isso era inútil.

Naquele momento, nós nos sentimos unidos, emaranhados em uma teia de paixão. Toda a raiva e o sofrimento que senti, as alfinetadas e a provocação que tinha feito, se reduziram a nada além de uma lembrança distante.

Ele me escolheu.

Ele me beijou.

Ele me queria.

Isso era tudo que importava.

Ele se apartou devagar, mordiscando meu lábio inferior uma última vez, antes de afastar do meu rosto umas mechas bagunçadas de cabelo.

— Acho que este deveria ser nosso local de encontros durante o fim de semana — ele riu, me puxou da grade na direção do cimento frio.

Imediatamente me arrependi de não ter dado mais um beijo. Me arrependi de não ter ficado abraçada mais um pouco. Me arrependi de várias coisas, porque: e se aquela fosse a última vez que a gente se beijasse? E se aquilo fosse só um cenário inebriante para a nossa bebedeira?

E se...

Os dedos dele buscaram os meus, quando um grupo passou pela porta do rooftop e cruzou conosco, conversando e gritando uns com os outros.

Descemos a escada em silêncio, de mãos dadas, sorrisos estampados nas caras. Não havia necessidade de palavras, só toques e olhares, que juntavam todas as nossas emoções em uma única.

Antes de entrarmos no chalé, Jace me puxou para um abraço apertado, que acalmou minha onda de ansiedade de perder para sempre nosso momento compartilhado.

— Você me beijou — suspirei, como se verbalizar a palavra fosse um pedido por mais um.

Ele sorriu, roçou o polegar pelo meu rosto e pressionou a boca na minha, ouvindo o pedido silencioso pelo qual eu tinha esperado.

— E seu gosto é ainda melhor do que eu imaginei.

CAPÍTULO QUARENTA E CINCO

Blu

QUARTO ANO DA GRADUAÇÃO
DÉCIMA TERCEIRA SEMANA – PRESENTE

Fawn mandou uma mensagem dizendo que ela e Bryce estavam curtindo ficar só os dois, e que eu também deveria.

Respondi com o emoji de diabinho e desliguei o celular pelo resto da noite. Afinal, a única pessoa com quem eu queria conversar estava dentro dos limites das quatro paredes daquele quarto.

A questão sobre como a gente ia dormir pode ter me incomodado, antes; tudo estava me incomodando. Depois de Fawn e eu desfazermos as malas, fomos para a cidade mais próxima para cortar o cabelo e fazer a unha. Acabou que o salão tinha também um estúdio de maquiagem anexo, então aproveitamos a chance de embelezar cada parte de nós.

— Jace vai entrar em combustão quando te encontrar — ela me disse, empoleirada feito um filhote de passarinho na cadeira da cabeleireira.

Aquele era o objetivo. A mensagem da Tara tinha me deixado furiosa, e tínhamos o plano de o irritar muito. Eis que o universo me recompensou, porque, enquanto Fawn e eu estávamos perambulando pela loja de suvenir, um belo desconhecido (Derek) se aproximou, com olhos interrogativos.

A gente o convidou para o bar e falou que levasse um amigo, porque nós também íamos encontrar alguns. Prometi que ficaria com eles, mas já tinha quebrado tantas promessas antes que aquela, insignificante, significou muito pouco para mim.

Eu sabia que Jace ia me ver conversando com ele. Mas não estava preparada para o ciúme explícito que ele mostrou.

Ele se importava comigo.

A irritação dele confirmou isso.

A ideia de a Tara paquerar Jace se dissipou. Especialmente depois daquele beijo, um beijo de sonhos, que eu só conheci dormindo, vivenciado só na minha cabeça.

A luz do quarto estava fraca, e observei Jace desabotoando os punhos da camisa.

— Vou dormir no chão — ele disse, passando a mão no cabelo.

A mão que pouco antes estava na minha.

A decepção me inundou.

— Você quer dormir no chão?

Mesmo com a pouca iluminação, vi os olhos azuis dele piscarem.

— A cama é minha segunda escolha, Blu; seu conforto é a primeira. Eu...

Eu abri a boca para dizer alguma coisa, qualquer coisa, mas não saiu nenhuma palavra.

Vieram memórias do Kyle, que me tocava contra minha vontade, quando bebia demais, e do Zac quase me dando um murro no rosto, quando ficara irritado. Do Tyler, um ficante péssimo, que criticava minha aparência e só me comia no escuro.

Nenhum desses homens, desses *meninos*, era o Jace.

De onde veio minha autoconfiança, não faço a menor ideia. Fazia tempo demais que eu era uma garota mentirosa e enganadora, que usava e abusava de arrogância e máscaras para evitar a vulnerabilidade.

Engoli em seco, encarando Jace intensamente, enquanto baixava do ombro uma alça do vestido, depois a outra, até que se formou uma poça de tecido ao redor dos meus pés.

Nunca na vida eu tinha me sentido à vontade nua na frente de alguém, nem namorados de anos nem ficantes de meses. Mas o modo como Jace olhou para mim, nua, desprotegida e disposta, ah, eu poderia ter engarrafado esse olhar e guardado para sempre.

Por vários segundos ele não se moveu, lançando minha cabeça num rodamoinho espiralado.

Eu tinha ido longe demais?

Ele estava vendo minhas estrias?

Ele não estava com tesão?

Ah, puta merda, que idiota. *Que idiota da porra eu sou.*

Meu rosto estava queimando, quando dei um passo para trás e cobri os seios com um braço, mas ele disse uma palavra: uma palavra que estancou meus movimentos na mesma hora.

– Não.

Os passos fizeram ranger o chão, quando ele se aproximou; meus olhos ainda grudados no chão, os seios cobertos pelo braço.

Vi a ponta dos sapatos dele deslizar sob meu vestido prateado, quando ele tomou meu queixo, pedindo atenção.

Seu olhar fez minhas costas se arrepiarem e minhas entranhas derreterem. Com toda delicadeza, ele removeu meu braço e massageou meu punho, deixando-me exposta a seus olhos.

Embora ele não tenha olhado para baixo imediatamente, quando endireitou meus antebraços e os segurou para que eu inspecionasse.

– O que significam? – perguntou, escolhendo as palavras com cuidado.

Ele sabia. Ele sabia que havia cicatrizes por baixo da tinta preta. Foi por isso que perguntou. Ele sabia.

— Me conta — a voz era gentil confiável. Naquela hora, eu teria despejado em cima dele vinte e três anos de segredos.

— Meu pai morreu quando eu tinha treze anos — comecei, sentindo as lágrimas queimarem, sem nenhuma emoção associada.

Era por mim que eu estava lamentando. Pela minha tristeza.

— Ele era alcoólatra e a minha mãe... Ãhn, é também. Não falo muito com ela. — Minha garganta começou a doer de repente, mas continuei.

Dava uma sensação boa, contar para uma pessoa que não sabia de nada. Como um alívio. Um alívio do meu sofrimento permanente.

— Eu pensava... — *Merda*. — Eu pensava que não existia cura para a perda de um pai ou uma mãe, um que você achasse que conhecia. Eu queria sentir alguma coisa, então eu...

Ele beijou meu rosto, exatamente onde uma lágrima tinha caído, e me puxou para perto.

— Você não precisa verbalizar.

Foi só então que eu me dei conta de como estava estilhaçada, quando o líquido salgado chegou à minha boca e eu murmurei:

— Elas ficam debaixo das tatuagens. As lembranças de eu querer sentir alguma coisa diferente de tristeza.

Minha boca foi envolvida pela dele e, com um único movimento ágil, eu estava em seu colo e ele se sentou no edredom macio.

Meu corpo tremia. Minha mente latejava. Minha carne, a pele que eu vestia, estava coberta de marcas que me representavam.

Uma concha partida.

Um passado defeituoso.

A abominável e imprudente Beatrice Louise Henderson.

Minha ansiedade, meu pânico e meu sofrimento, eles se tornaram um só e me cobriram de vergonha. O choro não parou, a tempestade de emoções não amainou e eu continuei, um corpo sem vida nos braços de Jace Boland.

Passaram-se minutos, talvez horas. Eu me senti mais leve, mais livre; talvez tenha perdido peso, enquanto chorava. Era minha torcida. Mas a expressão do Jace era firme como rocha. Ele não afrouxou o abraço, os olhos acompanhando cada um dos meus tremores, cada inspiração e expiração.

Quando voltei à realidade, tomei consciência, dolorosamente, do fato de estar nua, exceto pela roupa de baixo, aconchegada entre os braços dele, enquanto ele continuava calado.

– Desculpa – murmurei em seu ombro. – Me desculpe por ter descarregado isso em cima de você. Lamento muito.

– Blu... – pude sentir a tensão e a hesitação, enquanto ele se esticava para pegar a colcha na ponta da cama e a enrolar em mim. – Dorme – ele disse, me pondo deitada com cuidado e arrumando o lençol em volta. – Vou estar no sofá, se precisar de mim.

O que...

O que...

O quê!

– Jace, Jace... Não, não. Eu, eu... me desculpe, eu não queria... – minha respiração estava entrecortada, sangrando como uma ferida aberta. – Jace, por favor, não me deixe.

– Não estou te deixando, Blu – ele beijou minha testa, mas pareceu forçado. – Só acho que você precisa de espaço.

– Espaço? – meus ossos doíam, meu cérebro gritava. – Eu acabo de me abrir pra você e você acha que eu preciso de espaço? Justo agora? Eu, neste estado de merda?

Ele foi para a porta bem quando Fawn chegou.

– O que está acontecendo? Blu? – ela foi na minha direção num instante, e logo Bryce preencheu o vão da porta.

As mãos macias dela acarinharam meu rosto, forçando meu rosto em sua direção.

— Blu, dorme comigo no meu quarto esta noite.

Espaço.

Espaço.

Espaço.

Foi só isso que todo mundo me deu.

Foi só isso que todo mundo soube me dar.

Uma desculpa para ir embora, uma desculpa para fugir.

Ninguém ficava.

Ninguém se importava.

Qualquer gota de amor que eu tivesse dentro de mim secou, mas era justificado. Como alguém poderia amar uma alma fraturada? Uma menina triste, que não conseguia controlar a carnificina de emoções que havia nela?

— Jace, vamos — as palavras de Bryce soaram distantes. Não me atrevi a desviar os olhos do rosto meigo da Fawn. Era a única coisa que me mantinha à tona.

Ouvi dois conjuntos de passos saírem do quarto e a porta ser fechada.

Foi quando desabei nos braços da Fawn.

Foi quando permiti que ela consolasse meu coração ferido.

Foi quando percebi que o consolo que achei que ia sentir com Jace era uma ilusão, um truque da minha cabeça, que se ligava ao potencial das pessoas mais do que a quem elas realmente eram.

O Carter tinha razão.

Fawn tinha razão.

Eu não sabia nada sobre Jace Boland, a não ser a verdade que eu conhecia sobre todas as outras pessoas.

Que elas sempre iam embora.

CAPÍTULO QUARENTA E SEIS

Jace

QUARTO ANO DA GRADUAÇÃO
DÉCIMA SÉTIMA SEMANA – PRESENTE

Não tive notícias da Blu desde o Winter's Lodge.

Depois que Bryce conversou com Fawn, ela disse que o melhor para mim seria partir na manhã seguinte. Ela e Blu voltaram de carona. Não sei como. Não consegui perguntar.

Ela estava segura, Bryce me contou. Estava se sentindo melhor desde aquela noite. Era só isso que me importava.

O Natal veio e passou, a primeira neve e umas noites monótonas.

Nada conseguia expulsar de mim a culpa, o absoluto tormento que eu sentia dia sim, outro também, desde que Blu tinha se aberto comigo.

Havia debaixo daquelas tatuagens cicatrizes sobre as quais eu poderia ter perguntado; que eu poderia ter cuidado.

Havia coisas que eu queria saber sobre o pai dela, a mãe dela, a infância dela.

Havia coisas que eu deveria ter feito.

Coisas que eu não fiz.

O Baxter me comprou uma câmera, na esperança de que eu me juntasse à empresa de fotografia dele, e mudasse de ideia sobre ser modelo.

Nem toquei no equipamento.

O Will me comprou um perfume novo, Dior Sauvage, e me orientou a passar quando fosse a um date.

Nunca fui a nenhum.

E o Scott me convidou para passar o fim de semana na casa dele, quando a Sab foi visitar os pais, na Flórida. Era o único irmão que percebia que eu precisava de alguém.

Foi o único presente de Natal que gostei de ganhar.

A gente estava no sofá dele vendo um filme de terror idiota, quando ele perguntou:

— As aulas recomeçam na próxima semana?

Só concordei com a cabeça, olhando para os efeitos especiais medíocres do sangue.

— Animado para se formar? É seu último semestre de faculdade pra sempre.

Mas que maravilha.

E depois o quê?

O que eu ia fazer da vida?

Quem eu ia ser?

Eu tinha machucado um monte de gente, tinha sido destruído e desprezado. Não estava à altura do único sonho que já tinha perseguido na vida, não era bom o bastante para ser procurado e não conseguia nem ajudar a minha amiga. Nem sequer podia mandar uma mensagem de texto pra ela, porque tinha sido um covarde e um cuzão egocêntrico.

Eu só tinha perdido.

Com tudo em que tinha me metido...

Só perdi.

— Jace? — a voz do Scott soou tensa, mas eu não merecia a preocupação dele.

— Foi mal — foi só o que consegui responder.

Foi mal.

As palavras giravam na minha cabeça sem parar.

Blu se arrependeu de ter se aberto comigo, se arrependeu de ter me sobrecarregado, quando a única coisa que eu via, quando olhava fundo naqueles olhos castanhos, era uma menina que queria ser amada.

Eu não conseguia amá-la.

Eu não sabia amar a mim mesmo.

— Ela está melhor sem mim — falei em voz alta. Precisei. Mesmo que o Scott não tivesse a menor ideia do que era que eu estava falando.

Mas só que ele tinha e, mais surpreendentemente ainda, ele perguntou:

— O que aconteceu em Winter's Lodge?

Meus muros desabaram. Não sentia mais necessidade de mentir para ele.

— Eu pedi que ela se abrisse e, quando ela desabafou, não soube como lidar com aquilo.

O Scott não sabia quem era o "ela" a quem eu estava me referindo, não sabia o nome, não sabia nada. Mesmo assim, ele fez uma tentativa.

— Quer falar sobre isso?

Eu quis.

Eu quis pra cacete.

Assim, passei os trinta minutos seguintes detalhando os acontecimentos daquela noite, menos uns poucos pormenores íntimos que não precisavam de destaque.

Ele ficou me encarando um tempão, como se me avaliasse. Daí, finalmente, falou:

— Você se importa com ela, mas não sabe como demonstrar.

Assenti e engoli a derrota em seco.

– Eu pensei que tinha tudo sob controle. Achei – *sou um idiota de merda* –, achei que, se eu a abraçasse ou beijasse, ela ficaria bem. E ela só desmoronou mais ainda, e eu não quis que ela se agarrasse a mim, quando eu sabia que não conseguiria...

Fiz uma pausa para recuperar o fôlego e enterrei a cara nas mãos.

– Que eu não conseguiria ser o que ela precisava que eu fosse.

Ou que ela quisesse que eu fosse.

Não o que ela merecia.

– Jace, se você está nesse nível de confusão, sai fora. Para de ficar voltando, de machucar essa pobre menina e ferrar tudo outra vez.

– Você está dizendo que eu ferrei tudo.

O maxilar dele tensionou.

– Você mesmo disse.

Eu não podia nem ficar ofendido por alguém reconhecer minha falha. Sinceramente, o que eu esperava? Que o Scott fosse me apoiar, quando nem eu mesmo apoiava minhas próprias atitudes?

Eu estava errado.

Jace, meu cérebro martelava, *você está errado.*

Mas aquela única ideia, a ideia de não falar mais com Blu, de a evitar porque eu não era o cara certo para ela... Me fazia sofrer.

Por algum motivo, eu tinha me acostumado à companhia dela, à perseguição dela. Eu a queria por perto. Ansiava por aquela atenção. Fazia me sentir importante, desejado...

Amável.

As palavras da Mel latejavam no meu crânio: *Vocês dois são muito semelhantes, mas não querem admitir. Talvez vocês gravitem um na órbita do outro, como tonalidades intermediárias.*

Isso era possível? Ela poderia ser uma tonalidade de mim? Eu era uma tonalidade da Blu?

A gente se complementava? Ou se afastava?

A segunda opção. Tinha de ser a segunda.

Só que, mesmo assim, eu não conseguia abrir mão. Não conseguia abrir mão dela.

— Há quanto tempo você conhece essa menina? — perguntou o Scott.

— Há uns quatro meses — parecia ao mesmo tempo uma eternidade e uns segundos.

— Não é muito tempo, Jace — ele se reclinou e me analisou com olhos apertados. — Alguma vez eu já te contei da Delilah?

Franzi as sobrancelhas e sacudi a cabeça. Tinha muita coisa que eu não sabia sobre os meus irmãos, muita coisa que eles não tinham me contado.

Provavelmente porque eu era muito novo e ingênuo, produto das crenças do Will.

— A Delilah e eu nos conhecemos quando eu tinha mais ou menos a sua idade. Eu estava andando no centro da cidade depois de ter saído, e a gente se cruzou — ele deu risada. — Cara, achei que ela era a coisa mais linda que eu já tinha visto. A gente se conectou de cara, trocava mensagens todo dia, saía sempre. Como se cada um existisse por causa do outro, sabe? Esse tipo de conexão. E, com o passar dos dias, percebi que a gente só se conhecia fazia dois meses, quando senti essa urgência de fazer dela minha esposa.

Abri a boca para interromper, mas ele não deixou.

— O que eu estou dizendo, Jace, é que às vezes você conhece uma pessoa e não compreende o tipo de vínculo que os dois têm. Às vezes você se apaixona pelas razões erradas e às vezes pelas certas. Neste caso, acho que você viu uma menina que precisava ser salva... E quis consertar o coração partido dela para não precisar remendar o seu. Não posso falar por ela, mas você é meu irmão. E, se quer saber a verdade, acho que vocês têm paixão, mas não estabilidade. E essa paixão sempre acaba tão rápido quanto começou.

Encarei o Scott por um longo tempo, como se fixar os olhos nele fosse a única coisa que me mantinha centrado e vivo.

Ele estava certo. Tudo que tinha dito estava certo.

Quando conheci Blu no início do semestre, não soube como me sentir. E agora, meses mais tarde, continuava empacado na mesma situação. A única coisa da qual eu tinha certeza era de estar errado. De a ter machucado. De ter agido com base em um instinto antigo de vencer e ganhar, em lugar de ser uma pessoa decente. Se eu não abrisse mão dela, se eu não cortasse os vínculos entre nós, o que ia ser dela? O que ia ser de mim?

O carma não é algo cruel, mas é como um espelho: reflete os erros que cometi, aqueles que derramei em cima da Blu. Eu a tinha induzido a acreditar que havia alguma coisa.

Eu até a tinha beijado, merda!

Por que eu a tinha beijado?

Porque estava com um tesão da porra.

Eu estava com um tesão da porra e ela estava fantástica, e a parte primitiva de mim queria enfiar a mão na cara daquele babaca do Derek, antes que ele estivesse a centímetros dela.

Eu odiava imaginar a proximidade dos dois, não tinha estômago para isso. Eu odiava o que tinha acontecido a ela no passado e odiava o fato de ser zoado demais para ser quem poderia curá-la.

Ela merecia coisas boas, alguém bom, e eu não podia ser isso. Não conseguia.

Mas o jeito como ela fazia eu me sentir... O modo como me animava, me cobria das atenções que Riley nunca me dera, nem Morris, Danny ou Connor. Meus próprios irmãos faziam eu me sentir patético.

Meus próprios irmãos, porra.

Blu era a única que me enxergava. Que me enxergava e se importava. Eu não podia desistir disso. Ela era importante demais. A presença dela, pelo menos.

– No que você está pensando?
Levantei o queixo.
– Que vou consertar um erro.
Ele deu um tapinha no meu ombro e apertou o play no filme de novo, abençoadamente ignorante do fato de eu ter mentido na cara dele.
Eu menti para o meu irmão que, pela primeira vez, tentou me apoiar.
Isso foi tudo que eu quis durante anos, e eu menti para ele.
Porque o carma viria ajustar contas depois, disso eu sabia...
Quer eu abrisse mão dela ou não, ela sempre seria a minha Blu.

CAPÍTULO QUARENTA E SETE

Blu

QUARTO ANO DA GRADUAÇÃO
DÉCIMA OITAVA SEMANA – PRESENTE

Um mês sem contato.

Um mês de conserto.

Pensei que ficaria mais machucada, pensei que, quando o visse na vez seguinte, o meu coração ia saltar do peito.

Foi constrangedor o que aconteceu entre nós. Constrangedor no absoluto último grau.

Despejar meus segredos, a história da minha vida, para alguém que não estava nem aí. Deus, que idiota eu fui.

Mas, durante os dias no Winter's Lodge, aprendi três coisas importantes:

O tempo cura tudo.

O que você acha que as pessoas pensam sobre você é na verdade o que você pensa de si.

Um homem não é todos os homens.

Nesse último item eu ainda estava trabalhando, mas, devagar e sempre, eu chegaria aonde precisava estar.

Jace estava na segunda fileira, quando entrei, o cabelo recém-cortado, um brinco novo em lugar da cruz que ele sempre usava.

Lembranças daquela noite me voltaram à memória: eu de pé, nua, despida de todas as minhas defesas, e o discurso dele sobre me deixar sozinha. Aquela expressão de pura culpa, quando me ouviu falar e percebeu que não conseguia me ajudar.

Ninguém podia.

Mas ninguém tinha importância.

De Natal, Fawn me deu uma polaroid e alguns filmes. *Tente retomar velhos hobbies*, ela disse, e me arrastou para mercados ao ar livre e eventos festivos.

Tirei mais de cem fotos durante o feriado, das quais amei sete. Aquilo primeiro me desanimou, pensei que não era boa nem para segurar uma câmera. Mas sete era melhor do que seis, e seis era melhor do que nenhuma.

Compramos umas luzinhas com prendedores e penduramos as polaroides na minha parede, para me recordar que eu tinha boas lembranças às quais voltar, e momentos pelos quais ansiar.

Todos os dias depois daquele, eu me comprometi a tirar uma foto por dia. Comprei uma câmera descartável que cabia na bolsa.

Era surreal ver a vida através de lentes diferentes: cafeterias se tornavam românticas, parques pareciam mágicos, bairros minúsculos carregavam mais mistérios do que eu jamais poderia ter imaginado.

Tudo porque comecei a amar a vida de novo.

Amar a vida não era a mesma coisa que amar a mim mesma, veja bem. Mas comecei a perceber que o afastamento do Jace me fazia sentir melhor em relação a mim, não pior.

A pressão que eu sentia de ser a menina que ele esperava era esmagadora e inatingível. Eu tinha destruído cada parte de mim, tentando me encaixar naquele molde bonito e perfeito. Perdi de vista quem eu era, para que ele olhasse na minha direção por um segundo, porque aquele um segundo era meu vício. E ele ficou olhando enquanto eu tinha uma overdose.

Parei do lado dele, algo que eu sabia que ele não esperava, e sorri.

— Como foi seu feriado?

Como se nada... tivesse... acontecido.

Eu consigo. Estou firme. Estou melhor sem ele.

Ele piscou depressa várias vezes, como se em absoluta incredulidade. Isso eu tinha previsto, mas as palavras que saíram da boca dele me jogaram numa espiral.

— Teoricamente você deveria me odiar — ele disse, pouco acima de um sussurro.

Não.

Merda. Não, não, não.

Não posso sentir nada. Não posso.

— Você não me odeia — ele afirmou como se fosse uma pergunta.

Odeio sim!, eu quis gritar. *Você me destruiu!*

— Eu não odeio você.

Eu odiava a mim mesma.

— Blu...

Virei na direção da professora Granger, que entrou gingando, com uma aura de alegria.

— Com sorte todos vocês tiveram tempo de ler os textos do Marshall McLuhan durante o feriado...

Uma série de gemidos e suspiros encheu a classe, quando ela começou a falar, substituindo a tensão que pairava entre Jace e mim.

O olhar penetrante dele se fixou na lateral do meu rosto durante o seminário todo, mas eu não podia encará-lo. Por sorte, ela decidiu não fazer intervalo e compensar encerrando a exposição mais cedo, o que me permitiu deslizar pela porta e disparar para fora.

Mas Jace me alcançou e chamou meu nome.
– Blu.
Eu estou ferrada, se me virar.
Eu me virei.
– O quê? – perguntei com aspereza, armada. *Lá se vai minha tentativa de cura.*
Tinha uma expressão triste, quase magoada. Por que ele estava magoado? O que *eu* tinha feito para ele?
– Nem consigo te explicar quanto lamento – ele abanou a cabeça e me puxou da multidão, que saía do prédio.
– Tantas vezes pensei em te escrever, mas não tinha absolutamente nenhum jeito de eu transmitir o que precisava ser dito pessoalmente. Por favor – ele pediu –, por favor, me escuta.
Precisei dar tudo de mim para responder:
– Bom, eu estou aqui, não estou?
Um sorriso discretíssimo se formou nos cantos da boca, tão de leve que eu não teria visto, se não houvesse passado os últimos quatro meses prestando atenção a todos os mínimos gestos dele.
– Sim, você está.
– Anda logo com isso, Jace – Isso não era eu. Eu não era cruel. Ele era. Eu precisava me lembrar disso.
Ele engoliu em seco antes de falar, com contenção e suavemente.
– Eu não sou bom com sentimentos, não sei manobrar esse barco e lamento que você tenha sido atingida. Eu me importo – ele esticou a mão na minha direção, mas me afastei. – Eu me importo com você, Blu. Eu me importo com a sua vida e o seu passado, e com tudo que você enfrentou. Eu quero escutar a respeito, eu quero ser seu amigo. Eu quero...
Houve uma hesitação, mas minha reação foi permanecer imóvel. Nenhuma parte de mim queria demonstrar mais nenhum sentimento, mesmo que ele demonstrasse.

– O que você quer, Jace?

O pomo-de-adão dele subiu e desceu.

– Quero fazer as coisas direito, desta vez. Você e eu.

Você e eu.

Ele queria nós.

Ele queria isto.

Merda. Merda. Merda.

Eu tinha passado meses pensando naquele momento, imaginando minha reação, se ele finalmente me desse o que eu queria.

O último mês longe dele permitiu que meu coração descansasse. Por que eu estava pronta a feri-lo outra vez? Por que eu queria?

Quando ele esticou o braço para pegar minha mão, eu permiti. Que merda, eu permiti. Como uma menina viva que pede o próprio caixão, ele me *matava* de todos os jeitos agradáveis.

Os olhos eram tão gentis, calorosos e prontos a perdoar; um oceano tranquilo cercado por lâminas pontudas de grama. Era isso que Jace Boland era.

Um homem delicado com bordas afiadas, alguém que tinha um bom coração, mas precisava que alguém o ensinasse a usar.

Poderia ser eu essa pessoa?

Eu já não tinha sofrido o suficiente?

Minha cabeça gritava para mim, alertando que eu deveria me afastar, por mais que doesse. Não voltar nem que ele me chamasse. Correr, correr e escapar das correntes de amar alguém incapaz de amar a si mesmo.

Eu sabia de tudo isso.

Eu optei por ignorar isso.

Eu optei por despedaçar meu coração.

Minha mão escalou a malha dele e envolveu a base da nuca, enquanto o puxava para baixo para que me ouvisse dizer "Você e eu".

E eu o beijei.

CAPÍTULO QUARENTA E OITO

Jace

QUARTO ANO DA GRADUAÇÃO
DÉCIMA OITAVA ATÉ VIGÉSIMA QUARTA SEMANAS – PRESENTE

E foi assim que começou.

Blu e eu aproveitamos todas as chances que tivemos para ficar de amasso em classes vazias e nos provocando durante as aulas expositivas.

Na semana passada mesmo, a gente estava assistindo a um documentário e ela colocou a mão na minha perna, e foi subindo devagarinho até que eu não aguentei mais e apertei os dedos dela.

– Comporte-se, linda – eu cochichei, do jeito que ela gostava. – Temos plateia.

Tinha um banheiro de cabine única, para onde íamos depressa depois da aula da professora Granger, e dele fizemos nosso playground particular. Era sujo, nojento e sempre fedia a rum.

Se um aluno bêbado estivesse se divertindo ali, a gente também estava.

As semanas passaram, meus sentimentos por ela viraram um frenesi de paixão sensual e eu não conseguia manter as mãos longe dela. O alerta do Scott sobre nos envolvermos demais um com o outro de repente pareceu uma profecia.

Quando falei para Blu que queria fazer as coisas direito, eu não sabia bem o que queria dizer. No começo, minha ideia era sermos apenas amigos. Mas no instante em que ela pressionou os lábios nos meus, foi game over.

Ela era boa demais, doce demais, interessada demais.

Eu precisava disso, dela e do afeto.

Talvez a gente tenha se usado, talvez a gente tenha se ajudado. Semântica. Dava no mesmo.

Ela foi o conserto do qual eu precisava para parar de me preocupar com o que meus irmãos estavam fazendo, que rumo eu estava tomando ou quem tinha e quem não tinha reparado em mim.

Eu era a intensidade pela qual ela ansiava, a vibe que ela buscava, o homem que a desafiava e conquistava.

Mas eu nunca vi as coisas desse jeito.

A gente se encaixava perfeitamente, quando precisava. Tudo estava certo.

Até que deixou de estar.

Blu foi à minha casa para a última das últimas semanas de estudo, e eu a apresentei para a minha mãe. Meu pai não estava. Ele nunca estava. E também não teria dado a mínima, caso estivesse.

– Oi, querida – minha mãe falou, como se não tivesse passado os últimos meses chorando pela ausência do meu pai.

Blu estendeu a mão e sorriu.

– Que prazer em conhecê-la.

E foi isso. Uma troca cordial. Eu a levei para o meu quarto pouco depois e comecei a tirar sua roupa.

– Nunca vou me cansar disso – ela falou entre beijos, baixando o zíper da minha calça e me empurrando para a cama.

O sutiã saiu em questão de segundos e meus dedos mergulharam fundo nela, desejando seus gemidos.

– Cacete – a respiração dela era entrecortada e sonora. Tampei sua boca.

Meu pau foi o seguinte a entrar, devagar e com delicadeza, preenchendo-a toda de uma vez. Ela mexia o quadril contra o meu, meus dedos molhados dela dentro de sua boca.

— Adoro quando você faz isso — falei, aumentando o ritmo.

Ficamos uma bagunça emaranhada de suor e sexo, até que me soltei sobre ela e rapidamente peguei um lenço de papel para a limpar e secar.

Ela começou a falar, mas eu a calei circulando o polegar pelo clitóris dela, enquanto ela se contorcia sob meu toque.

Não havia sensação melhor do que essa, vê-la ceder a mim, desmontar sob minha mão. Eu fazia aquilo. Eu era bom o bastante. Ninguém podia tirar isso de mim.

Após alguns minutos, ela meio cochichou, meio gemeu:

— Vou gozar.

Ajoelhei debaixo dela e pus a boca entre suas pernas, lambendo e sugando aquele ponto até que ela gozou na minha língua.

Ela me beijou, sentindo o próprio gosto, e soltou um suspiro satisfeito.

— Você é bom demais.

Eu a trouxe para meu peito, aconcheguei-a no meu corpo e deslizei para baixo do lençol.

— Estamos bem saudáveis, agora — provoquei, desenhando corações invisíveis em seu ombro nu. — Quem teria imaginado?

Ela riu, doce.

— Eu que não.

Ficamos em silêncio por uns instantes, mas não foi desconfortável. Apenas a apreciação compartilhada da menina que eu tinha nos braços e do homem que ela desejava.

— Como chegamos a isto? — ela perguntou.

— Não sei dizer — e era verdade. Não fazia ideia, mas estava contente.

— Você acha que a gente foi rápido demais?

Desviei os olhos do teto para o rosto dela.

— Às vezes, sim.

Ela apertou os lábios.

— Então eu não vou dizer o que ia dizer.

— Ah, mas você não pode falar isso e não me contar.

— Não quero.

— E eu não queria posar com um smoking xadrez para o Baxter, mas é preciso fazer ajustes.

Ela riu, virou-se de frente para mim e cutucou minha face.

— Venha comigo para Paris.

Primeiro, eu quis dar risada. Quer dizer, é claro que ela só podia estar brincando. Havia me contado algumas semanas antes que queria ir morar na França por um ano ou dois e viajar, mas eu tive a impressão de que queria fazer isso sozinha.

Não comigo.

— Quando? — engoli em seco e forcei um sorriso.

— Depois que a gente se formar. Eu quero... — ela fez uma pausa, os olhos castanhos mergulhados nos meus. — Eu quero ir com você.

As palavras do Scott.

Elas tinham um significado diferente, agora.

Intenso demais, exagerado demais, os sinos de advertência soavam como sirenes na minha cabeça.

— A gente vai se formar em pouco mais de um mês, e achei que seria uma viagem divertida. Não sei, eu não...

Foi quando ela percebeu, quando nem meu maior esforço conseguiu esconder o que minha cabeça estava pensando.

Ela imediatamente deu um pulo e se levantou, recolhendo às pressas a camisa, a calça, cada maldito item; *puta merda*.

— Blu, para — estiquei o braço, mas não soube o que fazer com a minha mão. — Blu.

— *Blu* o quê, Jace? O que você quer dizer?

Meu cérebro doía, na tentativa de encontrar as palavras certas. Mas qualquer palavra era melhor do que nenhuma, no momento.

– Você perguntou se eu achava que a gente tinha ido rápido demais – minha mandíbula tensionou, quando apertei os dentes. – Isto, *isto* é rápido demais para mim. Uma viagem? Para o outro lado do mundo? Você falou que queria morar lá...

– Esquece o que eu falei.

Não sei como, mas as roupas estavam vestidas em um minuto e ela já estava disparando para a porta.

Não tive nem tempo de tomar fôlego, e ela já se virou para mim com lágrimas nos olhos, dizendo:

– É só uma farra, isso entre a gente. Não é de verdade. Eu não... – ela apertou o osso do nariz. – Não posso mais me dar ao luxo de me apaixonar por uma coisa temporária, Jace. A gente acabou. Seja isto o que for, terminamos por aqui.

E assim a observei partir, porque isso era o que eu deveria ter feito no instante em que a machuquei. De novo, de novo e de novo eu machucava essa garota. Quanto ela estava envolvida comigo? E com a gente? E quanto eu estava envolvido?

Ainda tínhamos mais algumas semanas juntos. O que ela ia fazer, me evitar? Não ia conseguir. A gente ia conversar e resolver tudo. Em poucos dias, estaríamos bem.

Minha cabeça se ajustou à suave depressão do travesseiro quando relaxei, percebendo que Blu só precisava pôr a raiva para fora, e que era outra discussão sem sentido, que não precisava de resolução, mas de tempo.

Bateram à porta.

– Blu?

Mas foi minha mãe quem entrou.

– Espera um pouco, mãe, preciso me vestir.

Provavelmente teria sido estranho se minha mãe não tivesse tido comigo "aquela conversa" quando eu mal era um pré-adolescente, mas ela e eu éramos tão próximos. Ela respeitava minha privacidade e eu respeitava a dela, mesmo sabendo que a "privacidade" dela era de fato solidão, e que não era privacidade que ela queria, absolutamente, e sim a atenção do meu pai.

Vesti uma calça e uma camiseta e abri a porta para que entrasse.

– Por que aquela moça estava chorando? – ela perguntou, cruzando os braços. Muito maternal dela fazer isso, foi um gesto bacana.

– Ela está um pouco emotiva, no momento.

– Por quê? O que aconteceu?

– Não seja enxerida, mãe. Já cuidei do assunto – e foi isso.

Eu com o console do PS5 na mão, o novo Call of Duty inicializando, mas ela estava numa curiosidade implacável.

– Vocês estão namorando?

– Não – respondi com indiferença.

– São ficantes ou coisa assim?

– *Mãe* – era um alerta. – Já cuidei do assunto.

Ela bufou, deslizando dedos trêmulos pelos cachos loiros.

– Você já disse isso.

Então eu não respondi, pelo menos não por alguns minutos, enquanto ela permanecia junto à porta, observando minha alma.

– Mais alguma coisa, mãe? Ou posso jogar?

– Não quero você machucando ninguém, Jace. Eu te criei melhor do que isso.

Ao ouvir isso, dei pause e joguei o controle atrás de mim.

– Eu não estou machucando ninguém. Ela está machucando a si mesma ao fazer perguntas ridículas.

– Que tipo de pergunta?

Puta... merda.

– Ela espera muito mais de mim, eu acho... – dizer isso em voz alta foi doido, considerando que eu tinha passado as últimas semanas grudado nela. – Acho que simplesmente não estamos na mesma página.

Ela entortou a cabeça e me olhou com desconfiança. Eu não tinha a menor ideia sobre o que ela achava que ia encontrar, mas deixei que me observasse. Cada um sabe de si.

– Ela sabe disso?

– Claramente não – minha voz saiu tensa, mas ri ainda assim. Eu não entendia como as garotas funcionavam, com o que ficavam bravas, com o que se importavam.

Quanto mais eu pensava no assunto, mais notava como a obsessão louca que tantas vezes eu sentia com ela desaparecia no instante em que ela ia embora. Talvez fosse porque eu sabia que a veria de novo, sabia que ela estaria lá.

Provavelmente era uma coisa boa que ela tivesse partido. Não era a única que precisava de tempo para pensar.

Eu sabia que gostava dela, gostava. Quando ela finalmente se abriu comigo sobre os traumas do passado, minhas juntas ficaram brancas de fúria. A merda que ela passou, as pessoas na vida dela... Foda, muito foda.

Apesar disso, uma parte de mim sempre sentia como se ela estivesse escondendo alguma coisa, como se não confiasse totalmente em mim. Aquilo me incomodava.

Talvez eu também não confiasse totalmente nela.

Estava tão concentrado nesses pensamentos que não percebi que minha mãe já tinha saído do quarto provavelmente p da vida por eu não ter dado informações suficientes sobre o motivo de a Blu ter fugido. Justificável, suponho. Mas eu não devia nada a ninguém.

Foi por cortesia que mandei uma mensagem de texto para Blu, apesar de a situação estar além do meu nível de compreensão.

18h31 – Jace: Espero que vc esteja bem. Ligue
qd tiver vontade. Te vejo na quarta.

Sinceramente, eu não esperava uma resposta, mas, quando o nome dela apareceu na tela do meu telefone, alguns segundos mais tarde, não fiquei surpreso.

18h32 – Blu Henderson: Eu não vou.
E falei sério. A gente terminou.

O cara bacana que há dentro de mim queria perguntar por quê, queria varrer para longe o estresse e a ansiedade que ela claramente estava sentindo. Mas a maior parte de mim sabia quanto aquela conversa era ridícula.

Eu compreendia o que era gostar de alguém, que diabos, gostar muito de alguém fazia você fazer coisas loucas, às vezes. Mas a vontade dela de que eu fosse junto para Paris? Ah, dá um tempo. Ela não podia estar falando sério. Ela provavelmente nem queria, de verdade.

Meu palpite: foi depois do sexo, ela estava naquela vibe que sempre ficava, e se sentiu emotiva. Em poucos dias, ela reconheceria o que tinha me pedido e iria, por si mesma, ficar em paz com a minha reação.

Enquanto isso...

Morris e Bryce entraram no Call of Duty, trazendo minha atenção de volta para o jogo.

– Onde você estava, Boland? – ele falou meu nome como falava no ensino médio.

No passado, era uma bronca, agora era uma saudação a um igual. Estávamos do mesmo lado do campo, ele e eu. Ninguém era melhor do que o outro.

Eu definitivamente era. Mas ele não precisava saber disso.

– Minha mãe estava aqui enchendo o saco. Foi mal, galera. – Minha voz viajou pelo microfone, enquanto eu punha uma cobertura camuflada na arma.

Pude praticamente ver o Morris revirando os olhos, quando ele soltou:
– Mulheres.
Paris.
Porra, Paris.
Abanei a cabeça.
– Nem me fale.

CAPÍTULO QUARENTA E NOVE

Blu

QUARTO ANO DA GRADUAÇÃO
VIGÉSIMA SÉTIMA SEMANA – PRESENTE

— É sério que você faltou às duas últimas semanas de aula? — Carter tomava uma Belgian Moon, os olhos arregalados.
— É.
— Por um cara, Blu. Você faltou porque não queria ver um cara.
Respondi com cansaço.
— Por um cara.
Daria no mesmo se ele tivesse afagado meu cabelo e me dado uma chupeta.
— Você está agindo como uma criança.
— As mentes mais inteligentes desabrocham mais tarde — brinquei, e cravei os dentes no palito de pão torrado.
Pedir comida em bares nunca foi típico de mim. Sinceramente, era meio constrangedor. A ideia de as pessoas me observarem enquanto eu como, investigando o modo como dou as mordidas e me julgando por isso... Desprezível. Abominável.

Nos quatorze dias anteriores, porém, eu devo ter consumido umas oitocentas calorias por dia. Perdi tanto peso que até a minha mãe perguntou se havia algum problema.

Se você soubesse, eu quis dizer.

— Não — eu disse.

Carter pigarreou.

— O que houve com aquele cara? Vince? Talvez você devesse começar a conversar com ele de novo, sabe, desviar os pensamentos de toda essa merda do Jace.

Ah, o Vince. Depois de um encontro totalmente sem graça, deduzi que ele só tinha me usado como entretenimento dentro da classe.

Pensei que ele estivesse interessado. Talvez estivesse. Mas interesse não bastava para ter alguma coisa firme.

Escolhas é que eram necessárias para isso.

Trabalho duro, força de vontade e as porras das escolhas.

Tantos casamentos fracassavam por causa de más escolhas. Era mais fácil ir embora do que resolver as coisas.

Às vezes eu me perguntava se eu seria a pessoa a partir ou a pessoa a tentar. Às vezes, eu era essas duas pessoas; às vezes, nenhuma delas.

— Esfriou — escondi a boca atrás de um guardanapo, ao abocanhar uma porção de carboidratos. Foi uma mordida grande, uma que gritava que eu estava inchada além do imaginável, mas não queria mostrar.

— Por que você não dá uma chance à terapia?

Congelei no meio da mordida.

— Talvez você descubra a causa por trás de todo esse — ele usou os dedos para fazer aspas no ar — "esfriamento".

Meus dedos derrubaram o palito de pão.

— E que porra um terapeuta vai me dizer, Carter? Eu poderia literalmente me sentar na frente da merda de um espelho, procurar no Google perguntas que terapeutas fazem e fazê-las para mim mesma.

– Eu estou na terapia.

– E olha no que deu.

Os olhos dele se estreitaram.

– Devagar aí, Blu. Eu só estou tentando ajudar.

Meu rosto estava pegando fogo. Inspirei profundamente.

Exala. Inspira.

Exala. Inspira.

– Desculpa – eu estava constantemente me desculpando com as pessoas de quem gostava.

Quando elas conseguiriam enxergar através disso?

Quando iriam decidir que já tinham aguentado o suficiente?

Ele recostou na cadeira e passou os dedos pelos cabelos loiros.

Carter era mais ou menos bonito, de um jeito que eu nunca admitiria em voz alta. Corria maratonas beneficentes todos os anos, tinha um emprego bem remunerado em marketing, no centro da cidade, e, mais importante de tudo: era leal.

Leal a mim.

Mesmo quando eu era uma escrota com ele.

Estiquei o braço e peguei a mão dele.

– Eu não te mereço.

Ele suspirou e afagou meus dedos delicadamente.

– Pelo contrário, eu acho que sou exatamente do que você precisa e mais.

– Então, por que não me convida para sair?

Ele quase engasgou com a cerveja.

– Uau.

Eu sabia que a pergunta era meio do além, mas quis ouvir a resposta mesmo assim.

— Por quê? — insisti. — A gente se conhece há muito tempo. Somos ótimos amigos. Eu te acho atraente, você me acha atraente — a última parte era uma suposição, com a qual eu torcia que ele concordasse.

— Blu — ele riu, pouco à vontade. — Não começa.

— Eu quero começar.

— E é exatamente por isso que você precisa conversar com alguém.

— Porque eu não sou normal? — meus dedos escorregaram no suor da palma, enquanto eu cutucava a pele, arranhava a carne. — Porque eu preciso de ajuda?

— Caramba, Blu! — se a gente estivesse sozinho, teria sido um grito ou algo assim. Mas foi um aviso.

Ele já tinha aguentado o suficiente.

Eu o tinha afastado.

— Você vai embora?

— Continua falando desse jeito, e perigas eu ir.

Lágrimas ardiam nos meus olhos.

— Não acredito que você falou isso.

— Eu estaria te esperando bem na esquina, e você sabe disso. Mas por Deus, Blu — o pomo-de-adão subiu e desceu enquanto ele lutava com as palavras, mas eu soube, mesmo antes de ele abrir a boca, que não seria capaz de conter a tristeza em mim. — Seu pai morreu quando você tinha treze anos. Sua mãe mal te olha na cara e, quando olha, é porque você não limpou a droga da bagunça que *ela* fez. Você esteve nas piores relações com as piores pessoas, que te trataram feito lixo desde o primeiro dia, e você ficou...

"Você ficou e aguentou, por uns merdas de uns caras que nunca te mereceram, que te despedaçaram, e você ficou porque uma parte de você quer sentir que fez alguma coisa direito. Que você conseguiu fazer alguma coisa funcionar. Que você tentou. Porque, se nenhuma redenção viesse em resultado da sua entrega, seria sinal de que você se ferrou por nada.

"Você quer um relacionamento com sua única parente viva, mas ela é uma alcoólatra como seu pai e uma parte de você quer manter distância, porque, caso se aproximasse demais, você a perderia tal como perdeu seu pai."

– Carter... – minha garganta estava seca. Fechei os olhos para suavizar as pontadas.

– E você persegue esses caras, esses caras indisponíveis, porque uma parte de você espera que eles lhe atribuam valor, e daí, só daí, você se sente digna e valiosa.

Enterrei o rosto nas mãos, empurrando o prato de comida, agradecendo aos deuses lá em cima por sermos uma de três mesas ocupadas no restaurante inteiro.

Carter retirou uma das minhas mãos e a pousou na dele.

– Mostre-me suas emoções, por favor. Mostre-me a você real. Eu não acho que você a mostra o bastante.

E assim eu fiz.

Chorei sustentando o olhar do Carter.

Chorei deixando que as palavras dele descessem pelo meu corpo e tocassem as partes da minha alma que precisavam desesperadamente de ar.

Chorei, me permiti chorar, sabendo que chorar era uma solução e não um sinal de fraqueza.

Eu tinha sido fraca por tempo demais.

Eu nunca conseguiria ir em frente se continuasse presa no passado.

Após dez minutos de silêncio, Carter roçou o polegar pelo meu rosto e me entregou um guardanapo marrom amassado. As lágrimas tinham secado no meu rosto.

– Quem precisa de um terapeuta, tendo você – ri e assoei o nariz.

Ele revirou os olhos.

– Eu não tenho formação.

Puxei de volta o prato de palitos de pão, não me importando se alguém me visse comer, e esmaguei a cobertura crocante.

– Acho que seria um bom caminho profissional para você. E eu serei a paciente zero.

Ele abanou a cabeça, aproximou o copo do meu para brindar e disse:

– Come seus palitinhos.

CAPÍTULO CINQUENTA

Jace

QUARTO ANO DA GRADUAÇÃO
VIGÉSIMA OITAVA SEMANA – PRESENTE

Ela se sentou do lado oposto da sala.
Ela não se sentou comigo.
Ela me viu a encarando, tinha que ter visto. Eu a encarei de um jeito bem óbvio.
Daí o seminário acabou.
Ela foi embora.
Só os olhos dela deram tchau.
Ah, Blu.
O que foi que eu fiz?

CAPÍTULO CINQUENTA E UM

Blu

QUARTO ANO DA GRADUAÇÃO
VIGÉSIMA NONA SEMANA – PRESENTE

Uma última aula para o fim do ano.

Uma última aula durante a qual eu precisava fingir que Jace não existia.

Precisava fingir que ele não estava dentro de mim.

Precisava fingir que o toque dele não permanecia na minha pele, dias depois de ele ter me abraçado.

Precisava fingir que ele não significava nada...

Quando ele significava *tudo*.

Não houve contato por semanas.

Que pareciam meses.

A presença dele foi esmagadora.

Assim que a professora Flowers anunciou que a aula tinha acabado, os vinte e tantos colegas que nunca conheci gritaram de alegria.

Era um sentimento que eu muitas vezes invejava, dado que nunca o vivenciava do jeito que sabia que deveria.

Uma moça jovem, agora livre de responsabilidades, com a herança deixada pelo pai falecido totalmente creditada em sua conta bancária; e, no entanto, *nada*.
Eu finalmente ia para Paris.
Nada.
Eu não precisava me preocupar com a facu.
Nada.
Jace e eu nunca mais íamos nos ver de novo.
Tudo.
Saí da sala cento e dezesseis me despedindo silenciosamente do prédio onde nunca mais botaria os pés, quando alguém agarrou meu braço.
Soube que era ele mesmo antes de me virar.
Eu já tinha ansiado pelo prazer daquele aperto vezes demais.
– Isto está ficando um tanto dramático, não acha? – as palavras dele saíram cortantes e frias, mas os subtons eram vulneráveis e desesperados; uma última tentativa de consertar os danos.
Reuni toda a minha coragem e disse:
– Eu falei que a gente tinha terminado.
– A gente terminou milhões de vezes e você nunca me evitou por semanas, desse jeito.
Os olhos irradiavam sinceridade, um apelo silencioso para que eu tomasse a iniciativa. Mas eu estava cansada de tomar a iniciativa. Estava cansada de fazer tudo, de dizer tudo.
Era exaustivo perseguir alguém que, desde o começo, nunca te quis.
Era ainda mais exaustivo fingir que havia uma chance de você conseguir mudar a cabeça da pessoa.
– Sinceramente, Jace… – quanto eu estava caindo na real?
Que se dane.
– Você me ferrou – comecei, dando vazão ao sofrimento que vinha sentindo fazia meses. – Você me ferrou. E, apesar disso, você voltou todas as vezes. Por quê? Por que você insiste em fazer isso comigo?

A resposta dele pode ter sido a coisa mais verdadeira que ele já falou, e isso me apavorou.

Com um só fôlego, ele estilhaçou minha alma.

– Você deixou.

Acho que ele não se deu conta do impacto de suas palavras, até que eu me afastei e me recusei a virar para trás, me recusei a voltar a falar com ele para sempre.

Você deixou.

Eu já estava chorando quando cheguei ao banheiro, trancando a porta para o caso de ele achar que minha necessidade de espaço não era evidente o bastante.

O piso do banheiro estava coberto de pedaços de papel higiênico, aplicadores de tampão e pontos molhados de substância não identificável, mas eu desmoronei assim mesmo e chorei.

Ele podia estar do lado de lá da porta ou a trinta horas de distância, no meio de uma floresta desolada, que eu não teria me importado.

Você deixou.

Eu permiti que ele me machucasse.

Eu permiti que ele pensasse que havia uma chance.

Você deixou.

Era tudo culpa minha.

O modo como vinha me sentindo durante todo o semestre era minha culpa.

A gente terminou mais rápido do que começou. Mal tivemos tempo de explorar o que poderíamos ter nos tornado.

Você deixou.

Era tudo por minha causa.

Eu deveria pedir desculpas.

O celular vibrou no meu bolso: Jace Boland.

– Não, não, não – murmurei entre soluços, e atirei o telefone na parede da cabine. – Não, porra! Chega disso.

Mas engatinhei até o aparelho, uma grande rachadura atravessando o protetor de tela, e atendi mesmo assim.

— Me deixa em paz — cuspi, agarrando o cabelo e formando uma bola. — Eu não quero falar com você.

Ele suspirou.

— Você deixou cair a carteirinha do ônibus.

É claro que sim.

É claro que sim, merda.

Encerrei a chamada, me ergui do chão e abri a porta. Para surpresa de zero pessoa, ele estava apoiado na parede lateral com meu cartão de transporte na mão.

A mandíbula se contraiu, enquanto ele virava meu cartão entre os dedos, os olhos baixos.

Estendi a mão aberta, sacudindo um pouco para tirar restos de rímel.

— Minha carteirinha, por favor.

Ele entregou lentamente, a grande estatura curvada.

— Eu prestei atenção, sabe? — ele cochichou, incapaz de me olhar nos olhos.

— Oi?

Aí sim ele levantou a cabeça, com o profundo mar azul nadando em suas íris.

— Eu prestei atenção em tudo.

Meu coração latejava contra as grades que eu tinha posto ao redor dele.

— O que você quer dizer?

— Você nunca comia nada, e no começo eu não pensei muito a respeito. Você mantinha os braços cobertos, eu viajei que você talvez fosse anêmica ou coisa assim. Mas, depois de um tempo, saquei. Eu fui além da sua persona.

Senti necessidade de me esconder dele mais uma vez, de construir um muro entre nós, mas sabia... Eu sabia que ele romperia a barreira.

Ele já tinha feito isso.

– Eu enxerguei você – ele disse, apontando para o meu peito. – A verdadeira você. A você que você não mostra para ninguém, e senti que tinha conquistado alguma coisa.

Ele sorriu, como se soubesse que suas palavras eram facas em chamas.

Eu não falei.

Não consegui falar.

– Em vez de tentar ser seu amigo, Blu, eu tentei ser outra coisa, uma coisa *a mais*. Não sei – ele balançou a cabeça –, não sei se te amar direito teria mudado a trajetória da nossa amizade, mas lamento não ter conseguido ser melhor.

– Me amar? – as palavras escaparam da minha boca antes que o cérebro conseguisse registrar o que Jace estava falando. Todas as outras frases eram balela, insignificantes, em face daquela única palavra.

Amor.

As faces dele ficaram vermelhas. O pomo-de-adão subiu e desceu. Eu quis gritar.

– Eu não sei que nome dar, eu...

– Você não sabe uma porção de coisas – lambi os lábios, meus olhos arregalados de esperança.

Esperança.

A coisa que me matava.

A coisa que me custava tudo.

Ele passou os dedos pelo cabelo, me observando com cautela, como se o olhar dele pudesse me aconchegar através dos destroços.

– Tenho certeza de que uma parte de mim te ama ou gosta de você. Eu já te conheço há tempo suficiente.

– Você acha que o amor é determinado pelo tanto de tempo?

– *Não*, merda. Blu, eu não sou bom com essas coisas.

– E se... – engoli em seco e dei um passo à frente. – E se eu te amasse de volta?

– Blu...

Mais um passo na direção da esperança.

– E se a gente pudesse dar certo?

Ele agarrou meus ombros, detendo meus movimentos. Uma mão fria acarinhou meu rosto, o polegar roçando o canto da minha boca.

Soube na hora que ele estava prestes a me rejeitar pela quinquagésima vez. E, mesmo assim, eu fiquei onde estava, porque o toque dele derretia o gelo por baixo da minha pele, e o substituía por lava fervente e raios de sol derretidos.

Meu consolo e meu sofrimento.

– Tem tantos caras aí...

Não diga isso.

– Tantos caras que vão tratar direito de você, que vão merecer você.

Ele falava como se estivesse a centenas de quilômetros de distância, e não afagando minha face e me mantendo imóvel.

Não consegui segurar as lágrimas. Elas vinham com a mesma facilidade da respiração.

– Por que... – meus dedos encontraram os dele, depois agarraram seu punho. – Por que não poderia ser você?

Em seus olhos, vi tristeza, arrependimento, culpa. Foi nesse ponto que eu soube: mesmo que ele ficasse, mesmo que tentasse me amar, não seria capaz.

Jace era incapaz de amar.

Jace só sabia como girar aquela faca em chamas à qual se agarrava com tanta força.

Que era a defesa dele.

E para ele estava tudo bem me deixar ir embora.

– Não posso ser essa pessoa para você, Blu. – Ele confessou, apertando meus dedos. – Posso tentar quanto for, não consigo. Quero ser seu amigo, quero te ajudar e...

– Me ajudar? – recuei um passo. – Você me beijou, você me *fodeu* e quer ser meu *amigo*?

Ele arregalou os olhos. Deu um passo adiante, mas desta vez eu dei dois para trás.

– Eu gosto de você...

– Por favor, pela porra do amor de Deus, se controla, Jace – meu coração estava disparado, mas eu o sentia. O fogo. A raiva. A dor.

Todas as minhas emoções se juntaram e me levaram a perceber que, em uma semana, eu estaria formada.

Em uma semana, este tormento estaria acabado.

Eu não precisava mais me submeter a Jace ou a este sofrimento, que eu não parecia capaz de suprimir.

Ao suplicar por um homem que não podia ser o que eu precisava, eu rebaixava meu valor, meu autorrespeito.

Durante toda a minha vida, foi fácil para as pessoas fazerem isso comigo.

Minha mãe.

Zac.

Kyle.

Tyler.

Jace.

Jace. Jace. Jace.

Eu mesma.

Eu tinha feito isso a cada minuto de todos os dias.

Em algum momento, aquilo precisava parar.

Daí a calma tomou conta. A raiva diminuiu o bastante para dar firmeza ao que eu queria dizer.

– Quer saber o que eu acho?

Ele não respondeu, mas eu falei ainda assim.

– Acho que você mente para si mesmo sobre quem você é, Jace.

Os olhos dele, antes evasivos, agora me encaravam com uma melancolia que eu não conseguia decifrar.

Uma parte do meu coração se partiu a cada palavra. Mas ele vinha partindo o meu há tempo demais.

— Um dia você é o misterioso Jace Boland, no outro você está cagando para quem está te vendo. Um dia você está feliz, um dia você é mais orgulhoso do que seria bom pra você mesmo, no outro você é agressivo e indiferente — enxuguei uma lágrima. — Em algum ponto no meio desses dias, eu me apaixonei por você. E acho que você esperava que eu te amasse, mesmo nunca tendo me mostrado, nem uma só vez, as partes de você que eu poderia amar. Você nunca se mostrou.

O queixo dele tremia, quando ele abriu a boca para falar, mas nenhum som saiu. Ele só ficou me encarando, congelado no lugar, empacado e incapaz de dar um passo. De certa forma, uma metáfora.

Movi os pés na direção dele, um passo por vez, provando que eu era capaz de dar um salto: eu era capaz de evoluir.

— Você não faz ideia de como eu me esforcei para que você me visse como uma pessoa diferente daquelas que se atiram em cima de você. Eu queria ser aquela por quem você se apaixonaria, mas, em vez disso, fui eu que me apaixonei por você.

Uma lágrima escorreu, mas eu a exibi com orgulho. Às vezes, o melhor é mostrar à pessoa que ela te causou.

Às vezes, as pessoas aprendem por métodos visuais.

— Eu me apaixonei por você — repeti, embora ele parecesse estar olhando através de mim. — Fiquei caidinha por você, continuei caindo, e você nem mesmo ofereceu a mão. Você não soube lidar com isso.

Ficamos nos encarando por um tempo, apesar de o silêncio parecer som mais do que suficiente. Havia conversas mudas em andamento entre nós, só que eu não conseguia decifrar as palavras. Talvez não houvesse nenhuma. Talvez isso fosse o suficiente.

Me virei para ir embora, mas ele pegou minha mão. Fiquei chocada ao descobrir que não era a única que tinha chorado.

– Eu prometi te amar, Blu.

A mão dele deslizou até meus dedos, mas não pude sentir. Percebi que nunca tinha sentido de verdade.

– Você prometeu me amar – afirmei, como se fosse a coisa mais ridícula que eu já tivesse ouvido.

E era.

Ele pareceu acreditar, quando assentiu e disse:

– Quando você me contou sobre o seu pai, suas cicatrizes, *tudo*, eu prometi te amar e te proteger. Prometi a mim mesmo que nunca iria te machucar desse jeito.

Naquele momento, tive pena dele. Tive pena pela tristeza que ele escondia atrás dos olhos. Ele falou que me conhecia, que enxergava dentro de mim e talvez, talvez, enxergasse mesmo. Não era uma competição, mas, para Jace, sempre era.

Ele havia me contado sobre os amigos do Ensino Médio, Morris, Danny, Connor e os outros. Ao contar histórias sobre eles, percebi que não estava me contando para se lembrar, mas para provar a si mesmo que pertencia às histórias que contava.

Isto não era diferente.

Eu te percebo, Blu, ele disse. *Sinto como se eu tivesse ganhado alguma coisa.*

Meus dedos se libertaram dos dele, enquanto suas palavras abriam um buraco no meu crânio.

Eu era um prêmio a ser ganho.

Carter falou que eu pensava no Jace da mesma forma.

Ele estava enganado.

Durante meses, eu questionei se era boa o bastante para ele. Deixei que minha paixão, minha curiosidade e meu ego preenchessem as inseguranças da minha cabeça. Funcionou por um tempo, até que eu percebi que todos os momentos românticos, cada beijo, cada transa, tinham sido projeções do que eu queria de Jace, não quem ele realmente era.

Mas eu?

Eu não era melhor do que um urso de pelúcia gigante, na prateleira mais alta de uma barraca de feira.

Cada passo na direção da saída era a vitória de que eu precisava. Um passo para longe dele. Um passo rumo à minha nova vida.

Doeu como nada que eu já tivesse vivenciado.

Me queimou mais do que a maioria dos rompimentos.

Eu não sabia explicar por que, o que havia nele.

Sofri a perda dele ainda antes que ele tivesse partido.

Todas as minhas partes impulsivas, que haviam me dominado por anos e anos, suplicaram que eu desse meia-volta, corresse para os braços dele e dissecasse o que ele entendia por amor.

Em lugar disso, pus os dedos na maçaneta fria e sustentei o olhar dele uma última vez.

– Promessas nunca significaram muita coisa pra você, Jace.

CAPÍTULO CINQUENTA E DOIS

Jace

QUARTO ANO DA GRADUAÇÃO
VIGÉSIMA NONA SEMANA – PRESENTE

Eu estava sentado ao lado do Baxter no estúdio dele, tirando o esmalte que ele tinha me pedido para usar para a sessão de fotos.

– Fica bonito – ele disse, ao passar carregando o tripé para o centro da sala. – Não sei por que você sempre tira.

– E eu não sei por que você insiste em que eu ponha – estiquei os dedos. – Sempre ficam uns resíduos pretos.

Ele riu com vontade.

– Beleza exige sacrifícios.

Resmunguei qualquer coisa inaudível e espiei a papelada sobre a mesa ao meu lado. Uma longa lista de nomes preenchia as páginas, todos eles relacionados a potenciais compradores das fotos do Baxter.

Peguei as anotações e procurei pessoas que conhecia. Mel tinha uma porção de amigos envolvidos com manequins e modelos; às vezes, ela pintava o retrato deles e vendia para Carson, proprietário da Galeria de Arte Prix e amigo da família dela.

A galeria aonde Blu e eu tínhamos ido.

Abanei a cabeça para afastar o pensamento, recordando aquela noite como se tivesse sido ontem.

Tantos meses atrás, quando eu nem a tinha tocado ainda, mas havia sentido sua pele com toda a inocência, ao deslizar o dedo.

Na época, fiz isso por reflexo. Até hoje, eu me pergunto qual era minha intenção. Talvez eu sempre tivesse gostado dela, talvez não tenha gostado nunca. Seja como for, eu pensava nessas lembranças sentindo um carinho triste.

As coisas mudaram (e pioraram) depois de Winter's Lodge. Era como se todos os sentimentos delicados que eu tinha, aqueles intocados pelo desejo e pelo tesão, tivessem se dissolvido no vento, e eu tivesse sido deixado com essa obsessão crescente de sentir sua pele, mas nada abaixo.

Acho que eu me odiava por isso, porque não tinha razão para voltar para ela. O que a gente teve... Foi realmente assim tão profundo? Seria "amor" uma palavra simples demais para ser lançada como eu lancei, apenas por sentir que ela queria escutar? Mas e se essa palavrinha de quatro letras pudesse magicamente apagar todas as partes ruins de nós?

Não parecia que era o fim, apesar de as últimas palavras dela terem aberto uma ferida tão profunda que passei dias pensando nelas. Bryce e Fawn estavam numa pior, provavelmente porque Blu tinha feito para a amiga um relato detalhado da nossa situação.

Eu imaginei a conversa assim: "Como você pode continuar amiga dele?" e Bryce me defendendo com: "Eles não estavam juntos, linda".

Ele sempre roubava minhas falas. Mesmo que não fosse bom com elas.

Mas até minha autoconfiança tinha sumido. Minhas piadas tinham sumido. *Ela* tinha sumido.

Tudo que Blu falou estava certo; triste, mas certo. Conversei com Scott a respeito, esperando que ele ficasse do meu lado, mas foi errado da minha parte supor que meus irmãos fariam isso.

Ele simplesmente concordou. Assim, no final, eu era o sacana vivo e ativo que tinha destruído uma garota que já estava destruída.

E não tinha nenhum direito de lamentar.

Isso não é uma merda? Pelo menos um pouco? Que eu não pudesse sofrer porque ela estava sofrendo, porque eu tinha provocado o sofrimento dela?

As pessoas esqueciam que eu também era um ser humano com sentimentos? Que eu tinha *algo* com essa menina, *algo* além de uma amizade?

– Tira as patas dos meus contatos – Baxter arrancou o papel da minha mão. Eu não tinha percebido que continuava segurando.

– Desculpa – murmurei. – Teve sorte na venda das impressões?

Ele deslizou duas mãos tensas pelo rosto, bagunçando as sobrancelhas peludas.

– Infelizmente, não. Mas continuo tentando. Não posso desistir.

Eu admirava a ética de trabalho dele, mas sabia, pela minha mãe (porque o Baxter mesmo nunca teria se dado ao trabalho de me contar) que ele estava numa fase difícil, que já durava meses.

– Por que você não tenta algo diferente?

Ele estreitou os olhos. Detestava acatar sugestões, mas eu sabia que ele estava desesperado por alguma mudança.

– O que quer dizer?

Limpei a garganta e olhei para as fotografias cinzentas espalhadas por todas as paredes.

– Seus cliques são todos de pessoas sentadas contra paredes brancas vazias.

– Que observação perspicaz – dava para sentir o desinteresse dele crescendo a cada segundo. – E daí?

– Daí que são bons, mas você nunca fica meio que cansado de fotografar a mesma coisa?

– Você é meu modelo, Jace. Basicamente, não é para ter uma opinião.

— Ai, caraca! – eu ri, porque era tão ridículo. Eu era modelo, moleque, uma porra de um estranho. Não um irmão, não, jamais um irmão dos meus próprios carne e sangue. Tudo menos isso.

Tudo menos a porra disso.

— Que foi? – ele perguntou, cortante e irritado.

Eu tinha todo o direito de estar desse jeito. Ele não.

— Suas fotos são monótonas pra cacete, Baxter. São monótonas pra cacete, e estou de saco cheio de você me tratar como se eu não pudesse dizer porra nenhuma, sendo que eu só quero te ajudar.

Ele me encarou com olhos azuis penetrantes, escuros como os do meu pai, e soltou o tripé como se pesasse toneladas.

— O que foi que você disse?

Já chega. Finalmente, eu tinha aguentado o bastante.

— Você me trata feito criança – cuspi. – Você me trata como uma merda de uma criança e não escuta ninguém a não ser o Will, porque ele trabalha no mercado financeiro, mas tem um diploma em administração, Bax! Essa é a diferença entre vocês dois. Eu sei que você ama arte e fazer essas coisas, mas você não entende porra nenhuma de divulgação nem de como contatar gente que poderia te ajudar, não só comprar suas fotos.

— Ah, e você entende disso tudo? – ele deu uma risada sarcástica. Isso fez meu sangue ferver. – Você não tem nem uma porra de um carro, mora com a mamãe, tem vinte e um anos e não tem emprego, não tem namorada e não tem um puto de um rumo na vida!

Ao ouvir isso eu me levantei, a raiva explodindo como brasas selvagens em meu peito.

— E você é tão orgulhoso que não ouve ninguém além de si mesmo? Não percebe que está fracassando, ao fazer sempre a maldita mesma coisa, todo dia, sem obter resultado?

– Fracassando – ele desdenhou, e eu soube que as palavras seguintes dele iriam me ferir. – Você nem conseguiu jogar profissionalmente, porque ficou choramingando a perda da sua ex-namorada, Jace.

Eis que eu tinha razão.

A única coisa que ele sabia que ia me matar, ia fraturar cada pedaço da minha autoconfiança: ele sabia. E usou contra mim.

Chutei a cadeira para trás e avancei na direção dele. Estávamos nos encarando, quando falei "Vai se foder" e saí do estúdio.

A caminhada para casa foi cansativa, apesar de curta. Meus ossos pareciam quebrados, meu corpo estava moído e eu só queria um segundo de paz. Cada pensamento berrava no meu cérebro e se recolhia aos refúgios confortáveis do antigo Jace. Jace que não conseguia nada, que não tinha nada...

Que não era nada.

Não conseguia manter uma namorada? *Confere.*

Não era bom o bastante para uma carreira no futebol? *Que porra de carreira?*

Não era bom o bastante...

Não era bom o bastante...

EU NUNCA VOU SER BOM O BASTANTE.

Minha mãe estava na cozinha com meu pai, discutiam a merda do relacionamento deles como se fossem crianças de escola. Eu não poderia me importar menos.

– Oi, amorzinho, como foi...

Ignorei minha mãe e subi a escada, batendo a porta antes de enterrar a cara no travesseiro. Se eu chorasse, o líquido seria absorvido pela fronha de algodão. Se eu gritasse, ninguém me ouviria. Ninguém se importaria.

De modo que berrei e pensei em tudo, todo mundo que era melhor do que eu, todo mundo que eu tinha decepcionado, todo mundo que tinha me decepcionado.

Pensei no Scott tentando me ajudar, sentindo que ele me devia isso.
Ele não me devia.
Pensei em Riley me traindo, sentindo que eu merecia isso.
Eu merecia.
Daí Blu...
Blu. Blu. Blu.
Minha Blu, a quem eu tinha ferido, que eu havia despedaçado e estilhaçado, e era eu, *eu*, que merecia isso. Não ela. Minha Blu...
Deus, minha pobre Blu.
Após dez minutos sufocando meus gritos, me virei e encarei o telefone, incapaz de desbloquear porque, se eu fizesse isso, Blu seria a primeira pessoa para quem eu ligaria.
Eu não podia fazer isso com ela.
Mesmo assim, não conseguia parar de olhar para a tela do iPhone, desejando poder mandar uma mensagem telepática para ela, desejando que não existisse prova dos meus sentimentos, que uma bolha particular existia ao redor das minhas conversas com ela, só com ela.
Só Blu.
Só eu e Blu.
Os únicos dois que tinham importância.
Uma tonalidade de mim.

CAPÍTULO CINQUENTA E TRÊS

Blu

FORMATURA – PRESENTE

— Só estou falando que sinto sua falta — Fawn fazia cachos no cabelo, encarando-me pelo espelho do banheiro. — A gente mal sai mais.

Bufei em diversão fingida.

— E por que você acha que isso está acontecendo?

Ela pousou o secador no balcão e se virou para mim.

— Você não pode me culpar por sair com o meu namorado.

— Eu não te culpo, apenas odeio o fato de seu namorado ser também o melhor amigo do Jace.

— Mas o que isso tem a ver com nós duas?

Ela não estava mesmo entendendo?

— Eu não quero me vincular a ninguém que tenha relação com Jace Boland.

O calor irradiava de seu corpo.

— EU NÃO TENHO RELAÇÃO COM ELE — ela praticamente berrou. — A gente mal conversa!

Isso, eu sabia que era verdade. Bryce fazia questão de ter separadamente noites de *date* com Fawn e noites entre rapazes com Jace. Veja bem, não sei por que alguém associaria essas coisas, mas acho que Jace gostava de apresentar garotas para Bryce. Provavelmente mais um dos jogos de ego que ele gostava de jogar. Não me surpreenderia.

– Blu, quando você e Jace estavam transando por aí, eu nunca falei nada, porque você parecia feliz. Um pouco obcecada, mas feliz.

Ah, sim, o curto período durante o qual a gente transava em salas de aula vazias, se pegava nos banheiros do campus e se bolinava mutuamente durante seminários.

A primeira vez que Jace e eu fizemos sexo foi na casa dele, quando pai e mãe estavam fora (ele me falou que o pai estava sempre fora, então, sem preocupações). Estava chovendo, naquele dia, da primeira vez que fui lá, e ficamos sentados na cama dele olhando para fora da janela.

Me lembro de ter dito: "Eu poderia ficar vendo isso o dia todo". A chuva sempre me acalmou.

Ele já estava olhando para mim, mão no meu joelho, quando respondeu: "Eu também".

Se eu já não estivesse enamorada por seu maxilar quadrado, pelos olhos azuis-esverdeados e rosto bonito, teria achado esse comentário meio constrangedor. Mas, no segundo em que os lábios dele tocaram os meus, soube que estava perdida.

Transamos duas vezes em duas horas. Na hora, foi uma euforia. Agora, eu me sentia suja. Mesmo assim, se ele me beijasse, não sei se eu seria capaz de dizer "não". Não sei se eu queria dizer "não". Porque ele dentro de mim parecia a coisa mais íntima do mundo. Nenhum toque, nenhum beijo, nenhum olhar, depois disso, era nem de longe o suficiente.

Nem ele dentro de mim era o suficiente.

Eu ansiava pela proximidade dele, pela atenção, pelo afeto. Todos os outros caras foram apagados da minha cabeça, uma folha em branco substituída por Jace.

Jace. Jace. Jace.

Ele era tudo que eu enxergava.

Fawn estalou os dedos, chamando minha atenção.

– Alôôô?

Peguei a chapinha de novo e eliminei o frizz.

– Acho que nunca fui feliz com Jace.

– Não foi?

– Não – sacudi a cabeça. – Minha felicidade era doentia. Não acho que isso seja felicidade. Tipo, eu negligenciei todo mundo, menos Jace. Não que tivesse muita gente para eu negligenciar.

Quem eu tinha, tirando Fawn e Carter?

Minha mãe estava feliz por me entregar o dinheiro do meu pai, porque ela recebeu cinco vezes mais do que eu. Minha mãe desprezou minha riqueza porque, de repente, ela era mais rica. E o dinheiro nem era dela. Será que não percebia isso? Não percebia que o marido tinha precisado morrer para abastecer o estoque de álcool dela?

A coisa que a matava fazia-a sentir-se viva.

Ela e eu tínhamos isso em comum.

Só que minha garrafa de uísque era o retrato de um homem de um metro e noventa que tinha partido meu coração ao meio.

Fawn afagou meu ombro.

– Eu deveria ter estado mais presente.

Passamos uns minutos em silêncio. Tanto ela quanto eu tínhamos coisas para pensar, ambas sabíamos disso.

– Você vai pra Paris na próxima terça – ela declarou, evitando meus olhos.

Assenti.

– É.

– Você está animada?

No início do quarto ano, a ideia de caminhar nos paralelepípedos em frente à Torre Eiffel, inalando o aroma de croissants parisienses e fazer compras em butiques caríssimas eram o combustível da minha alegria. Agora, não era tanto uma excitação, era mais uma fuga.

Eu não ia a Paris por diversão.

Eu ia para fugir.

Acho que uma parte de mim sempre quis se abrigar em algum lugar no exterior, só que agora eu tinha razões diferentes para me esconder.

– Estou, mas vou sentir saudade de você. – E ia mesmo. Mas Fawn tinha estudado fora antes de abandonar a Universidade de York para se dedicar à carreira de redatora freelance. Fazia seis meses que estávamos separadas e o FaceTime era nossa boia salva-vidas. Podíamos fazer assim de novo.

Ela me puxou para um abraço, envolvendo-me firmemente.

– Espero que lá você encontre o que está procurando.

– Eu também – sussurrei no cabelo dela.

Eu também.

A cerimônia foi um saco monumental.

As pessoas aplaudiram, gritaram, riram. Era pessoal, para elas, aquela ocasião que, para mim, parecia um borrão.

Sentei com Fawn e a família dela, já que minha mãe estava "trabalhando". Conveniente, aquilo, como era sempre tão produtiva toda vez que eu precisava dela.

Talvez eu não precisasse que ela visse minha formatura.

Mas eu queria que sim.

Carter apareceu pouco depois de termos chegado; ele avisou no trabalho que estava doente, para que eu tivesse companhia.

Isso era o que minha mãe deveria ter feito.

Isso foi o que ela não fez.

Fawn pegou minha mão e ajeitou a aba do meu capelo.

– A gente conseguiu, Blu. A gente conseguiu.

Ela se virou, mas eu continuei olhando para ela, os olhos castanhos brilhando à luz, as unhas feitas nas mãos que aplaudiam todo mundo, especialmente as pessoas que ela não conhecia.

Eu sempre a invejei, mas talvez não em um sentido ruim. Não, minha inveja vinha de um mundo de adoração, de amor.

Ela era incrivelmente gentil, de modos tão delicados e tão talentosa. Os pais tinham dinheiro, mas ela sempre batalhou pelo sucesso. Uma redatora talentosa e uma amiga melhor ainda...

A única tábua de salvação que tinha me mantido à tona.

Carter se sentou à minha esquerda e cutucou meu ombro.

– Parabéns, Blu.

Eu me inclinei e lhe dei um beijo no rosto, então ele se virou e fez o mesmo com Fawn. Nenhuma palavra poderia descrever como eu me sentia, sentada entre duas pessoas que gostavam de mim. As duas únicas pessoas de quem nunca duvidei.

Era uma coisa tranquilizadora. A sensação de não sentir. Saber que a pessoa ao seu lado te ama com falhas e tudo. Nunca precisei fingir ser amável, não com eles: eu só era.

Em meio à multidão do auditório, pelo canto do olho, reconheci a mãe do Jace. Eu não esperava nada menos que isso, dado que o universo adorava me apavorar com a presença dele e com a presença daqueles ao redor dele.

Ao lado dela havia um homem mais velho, até onde eu conseguia ver. Provavelmente o pai. E à direita do pai outros três homens, os irmãos do Jace.

Eu me lembro de ele contar como queria ter uma relação mais próxima com eles. Uma parte de mim queria ir até ele e dizer: "Eles estão aqui por você".

Mas não era meu lugar, ficar feliz por ele.

Era meu lugar ficar feliz por mim.

Então, quando chamaram meu nome para subir ao palco e receber meu diploma, imitei os sentimentos de todo mundo à minha volta.

Eu consegui.

Eu deveria estar orgulhosa.

Beatrice Henderson, turma de 2022, diplomada Bacharel em Comunicação.

O auditório explodiu de alegria, não porque as pessoas soubessem quem eu era, mas por ser a coisa adequada a se fazer.

Em certo momento, talvez aquilo tivesse sido importante para mim. Mas as pessoas importantes estavam sentadas ao meu lado, dando tapinhas nas minhas costas antes que eu fosse para o palco, acenando para uma luz forte que fazia a plateia se fundir na escuridão. Peguei meu canudo com o reitor e apertei a mão dele.

Eu terminei.

Eu consegui.

Eu deveria estar orgulhosa.

Eu...

Os olhos de Jace encontraram os meus. Ele estava numa fileira de formandos que eu não tinha visto antes, com quem nunca tinha conversado. Ele jamais tinha ouvido meu nome de verdade, eu não havia contado. Isso explicava o choque na cara dele.

"Meu nome de verdade não é Blu, retardado", eu queria dizer. Mas, em vez disso, sorri.

Porque hoje, apenas hoje, eu era Beatrice Henderson, o nome que meu pai me deu. O nome com o qual me deixou.

Ocupei meu lugar ao lado de um menino de cabelos dourados, cumprimentei com um aceno cordial de cabeça e saí do campo de visão de Jace. Nas profundezas da multidão, fingi que todo mundo tinha sumido.

As únicas duas luzes que permaneciam eram Fawn e Carter. Minha mãe não quis estar lá, então não merecia estar. Mas, de algum lugar, de algum lugar muito distante, meu pai veio me aplaudir.

Em algum lugar, ele estava orgulhoso por terem chamado Beatrice em lugar de Blu.

Em algum lugar, ele estava vivo, forte e feliz.

E eu queria ficar também.

Depois da cerimônia, os formados lotaram o palco e se abraçaram. Fawn me abraçou, depois Bryce.

Eu sabia que Jace não estava muito atrás, então, quando ele emergiu de um bando de amigos amontoados, eu estava preparada.

– Feliz formatura – ele sorriu, mas não me olhou nos olhos.

Comentários sarcásticos tentaram pôr a cabeça para fora, mas era um dia feliz para a maioria das pessoas... Por que não poderia ser um dia feliz para mim?

– Idem para você – falei. Forcei a ternura. Tentei.

– Quando você parte para a França?

Gritos e assovios ecoaram pelo salão, então puxei Jace para um lugar mais calmo, perto de um armário de troféus.

– Na terça.

O maxilar tensionou, aqueles olhos inseguros mudando do chão para o meu rosto.

– Você deve estar animada. Eu sempre quis ir.

Tive vontade de berrar com ele, reiterar o fato de que tínhamos terminado pela exata razão de eu o convidar a ir junto e ele recusar o convite.

Em vez disso, joguei o jogo. Estava exausta dele. *Ele* tinha *me* cansado.

– Você nunca me contou isso.

Ele deu de ombros.

– Tem várias coisas que eu não te contei.

E, agora, a gente nunca teria a oportunidade?

— Por que você escolheu justamente Paris? — perguntou.
— Francamente, acho que é a atmos...
— Atmosfera — ele completou, ao mesmo tempo que eu.

A gente fazia aquilo toda hora, concluir as frases um do outro. Era estranho. A gente era estranho.

Se eu pensasse muito naquilo, começaria a fazer interpretações. Qualquer coisa é um sinal, se você procura o bastante. Eu não podia mais fazer isso comigo. Meu coração já tinha aguentado demais.

— Você já pensou no que quer fazer, depois disso tudo? — indiquei com a mão os formandos felizes e as serpentinas douradas.

Ele tirou o capelo e contornou com o dedo os cantos retos.

— Não faço ideia.
— Vai descobrir.
— É — ele riu sarcasticamente. — Certeza.

O barulho diminuiu, conforme as pessoas foram saindo do salão, deixando-me a sós com Jace em uma bolha particular.

— Quais são seus interesses?

Ele se apoiou no armário de troféus.

— Futebol. Sempre foi futebol. Acho que nunca tive tempo de pensar quem eu era, sem ele, mesmo tendo anos para decidir — ele abanou a cabeça. — É que eu nunca me senti pressionado pelo tempo, sabe? Que a minha vida tinha de começar em algum lugar, depois de eu ter fracassado.

— Você não fracassou.
— Você não me viu jogar.
— Eu teria gostado. — Meu rosto estava queimando, mas era um desejo sincero. Inocente. Se a gente tivesse tido tempo, quem sabe a gente teria sido normal.

Quem sabe.

O canto da boca dele se torceu num sorriso discreto.

— Eu teria gostado disso.

– É estranho – comentei –, sinto como se a gente nunca tivesse conversado sobre coisas normais, quando a gente estava... – *Junto? Saindo? Algo? Nada?* Não soube como rotular aquilo, como rotular nós dois. Sempre mergulhamos de cabeça.

Risada suave.

– A gente estava ocupado demais discutindo, ou pulando um nos braços do outro, para conversar sobre qualquer coisa.

– A gente agiu mal – admiti em voz alta, antes de conseguir capturar minhas palavras de volta e enfiar em uma rede.

O olhar dele abrandou, quando ele murmurou:

– Mas pelo menos a gente agiu.

Fawn e Bryce se aproximaram de mãos dadas, felizes e sorridentes. Um agradável contraste em relação a mim e a Jace. Pela nossa cara, parecia que algo tinha morrido na nossa frente.

E tinha.

Talvez ele estivesse sentindo também.

– Meus pais vão nos levar para um brunch de comemoração, amiga – disse, alegre. Ignorou a existência do Jace, como sempre. A amiga mais pura que eu jamais poderia ter desejado.

Só que eu não queria ignorá-lo. Não com o momento que acabávamos de compartilhar. Mas, se eu não ignorasse, andaria de novo e de novo naquele mesmo carrossel, até que restos de mim seria tudo que sobraria.

Este era um novo capítulo.

Prometi isso a mim mesma.

Então peguei a mão da Fawn, dei um tchau rápido para Bryce e o abracei forte.

– Se cuida.

– Você também, Blu. Divirta-se, em Paris – ele sorriu carinhosamente. – Tire muitas fotos.

Assenti, com medo do último momento que eu sabia que teria com Jace. O último momento em que veria aqueles olhos azulados brilhantes, o maxilar forte, as covinhas fundas. Ouvir a risada dele, aquela risada que preenchia meu peito com uma coisa que não fosse solidão.

Mas tinha chegado a hora de dar adeus a todos os atributos dele, a todo o seu ser.

Chega de ligações altas horas da noite.

Chega de brigas.

Chega de beijos, transas, nada...

Chega de voltar atrás.

Chega de tonalidade.

Chega de tonalidade.

Eu estava com lágrimas nos olhos quando me virei para Jace pela derradeira vez, e me recusei a ver se minha tristeza espelhava a dele.

– Estamos nos despedindo? – perguntei baixinho, olhando para o piso de lajotas cinza, coberto de glitter.

Como último toque, os dedos dele levantaram meu queixo, forçando-me a ver que ele estava arrasado, arrasado como eu.

A voz falhou, quando ele disse:

– Quem sabe da próxima vez.

Ele se virou antes que eu pudesse responder e passou pelas portas de saída sem olhar para trás. Bryce me lançou um olhar de desculpas e foi atrás dele, enquanto meus olhos continuavam grudados no ponto à minha frente, onde ele tinha estado, antes de dar o golpe final no meu coração.

Eu não chorei.

Me senti sem ar.

Mas não chorei.

Eu já tinha chorado demais na vida para chorar de novo, para chorar de novo por alguém que nem se despedia direito de mim, depois de tudo que a gente tinha vivido.

– Ele não merece – Fawn insistiu, passando as unhas no meu ombro.

— Não — suspirei. — Não merece.

Enquanto íamos encontrar a família dela, olhei para trás, para a porta por onde ele tinha saído, e o imaginei parado ali, acenando para mim.

Não conseguia saber qual conclusão era pior.

Aquela em que ele não se importava, ou aquela em que ele se importava demais.

De qualquer jeito, ele não merecia.

Ele não merece.

Ele não merece.

Ele não merece.

Mas sabe quem merecia?

Eu.

Eu merecia.

Eu merecia.

Eu mereço.

E talvez isso fosse exatamente o que eu ia descobrir em Paris. Talvez essa fosse a certeza que eu tinha procurado.

Que, deste dia em diante, ninguém ia tirar de mim o meu valor de novo.

Você tem valor, Blu Henderson.

Com amor, Beatrice.

PARTE DOIS
OS ANOS POSTERIORES

"A melancolia parece eterna."

VIRGINIA WOOLF

AOS VINTE E CINCO ANOS

Blu

PRESENTE

— Obrigada por vir hoje, Beatrice — minha psicóloga falou, apertando minha mão.

Um ano.

Eu passei um ano fora.

Cinco meses em Paris, quatro na Itália, três em Dublin.

Meu estilo estava diferente, meu cabelo, mais longo (ainda de um azul profundo: isso nunca mudaria), minha pronúncia em francês aprimorada e meu italiano... bem, um processo em andamento.

Passei meu vigésimo quarto aniversário em um Airbnb em Roma, com Fawn no FaceTime e minha nova amiga, Claire (que conheci em Paris), tomando vinho ao meu lado.

Ela era o tipo de garota que, antes, me intimidava: cabelos loiros sedosos, olhos verdes incríveis e lábios rosados, cheios. O tipo de Jace, pensei no começo. A mulher que ele perseguiria.

Mas a lembrança de Jace se tornou coisa do passado, conforme os meses transcorriam e a Claire me mostrava cidades e ruas, jardins floridos e museus.

Eu a conheci ao chegar a Paris, um mapa em uma mão, uma baguete na outra. Pois é, eu era *essa* garota.

Ela me lembrava um pouco a Fawn, porque, quando me viu pela primeira vez, deu risada e disse: "Você é turista, não vou falar francês".

Os dedos longos de unhas bem-feitas se moveram na minha direção, mas, antes que eu pudesse retribuir o cumprimento, ela já tinha tirado o pão de sob meu braço e jogado em uma lixeira.

– Vamos providenciar comida de verdade pra você, *oui*?

Decidi na mesma hora que poderia fazer uma piada. Que seríamos amigas. Que aquela viagem solo era a melhor ideia que eu poderia ter tido.

– Pensei que você não fosse falar francês.

– A-há! Então você entende o idioma – ela provocou. – Eu estava te testando.

– Para quê?

Os olhos brilharam de animação, quando ela respondeu:

– Por diversão.

Aprendi uma porção de coisas sobre a Claire em nossas viagens. Primeiro, ela era incansável e não aceitava "não" como resposta. Segundo, preferia ser chamada de "éclair", *comme le dessert* (como o doce), me informou. Terceiro, ela vivia da riqueza dos pais (tipo eu, só que ninguém precisou morrer pra que ela recebesse uma herança).

Esse era o fator determinante da minha amizade com ela e da minha amizade com Fawn. A Claire era divertida, exatamente o que queria que eu pensasse dela, mas Fawn era sensata. E me dizia as coisas na lata. A Claire nunca queria tocar nos meus pontos sensíveis, apenas nos que levavam a festas e bebedeiras.

Depois da Itália, me despedi dela e parti para Dublin. Eu sabia que seria a última parada que queria explorar, antes de voltar para casa.

Paris foi um sonho, mas foi só isso para mim. Pensei que encontraria um propósito, lá, alguma coisa equivalente a um "Achados e Perdidos".

Em lugar disso, encontrei quatro quilos e meio de croissants de chocolate, homens franceses bonitos que sabiam o que fazer na cama e muitos, muitíssimos turistas.

Pensei que o ganho de peso iria me incomodar, já que passei os últimos vinte e tantos anos da vida obcecada com a minha aparência, mas alguma coisa sobre estar em um lugar no exterior, onde ninguém me conhecia, foi... libertador.

Acho que foi isso que Paris me ensinou.

Que eu era livre.

Foi na Itália que conheci um casal, Hunter e Marley Lane. No dia seguinte ao meu aniversário, eu estava com uma ressaca forte demais para funcionar direito e atravessei a rua até um café chamado Tazza.

Não foi meu melhor momento, mas andei preguiçosamente até a mesa deles e perguntei o que a moça bonita estava tomando, porque meu italiano era terrível e eu não queria fazer papel de boba.

– Ah, na verdade a gente é dos Estados Unidos – ela riu. O sorriso era radiante como o de Fawn. – De Nebraska.

– Oh! – minha boca formou mesmo um "O", quando girei nos calcanhares e me preparei para partir. – Desculpem.

– Não, não – ela disse, gentilmente. – Fique. – Virou-se para o acompanhante, um homem bonito de cabelos claros e olhos azuis. – Eu não vou conseguir comer tudo que você pediu, Hunt.

– Seu nome é Hunt[8]? – indaguei. A curiosidade genuína sempre levava a melhor sobre mim. – Mas que nome muito show.

– É Hunter, na verdade – estendeu a mão para apertar a minha. – E você é?

Eu o cumprimentei com firmeza, sentindo a palma calosa contra a minha.

---

[8] Caçada. (N.T.)

— Blu.

— Blu? Ora, isso sim é um nome muito show — sorriu.

Assim, decidi ficar e bater papo com um casal aleatório, que nunca tinha visto antes. Para surpresa de ninguém, foi uma das conversas mais interessantes que já tive.

A Marley e eu tínhamos muito em comum, mais até do que me dei conta. Era uma menina urbana que bem literalmente tinha adaptado seu estilo de vida ao campo, depois de perder tudo. Não entrou muito em detalhes sobre a vida da família, mas eu soube que era ruim.

Me identifiquei.

Me senti à vontade o bastante para me abrir com eles sobre algumas das minhas experiências, mas eles não forçaram a barra. Na verdade, eu era o gato curioso que pedia para saber tudo sobre aquele belo casal. Havia algo de precioso nos olhares trocados entre duas pessoas que combinavam tão bem.

Eu ansiava por alguém que me olhasse daquele jeito.

— Então, o que te traz à Itália, Blu? — perguntou Marley, bebericando o chá quente.

Eu tinha sido tão honesta até aquele ponto. Por que não despejar tudo?

— Eu só precisava escapar da minha antiga vida.

Ela brindou no meu copo de água e olhou para o Hunter.

— Ela parece eu, quando nós nos conhecemos.

Ele deu uma risada rouca e áspera, que combinava perfeitamente com ele. Juro que certas risadas foram criadas só para determinadas pessoas. Aquela me fez sorrir.

— Mas eu consegui que você ficasse, amor — e piscou para ela, fazendo minhas entranhas borbulharem de inveja.

Isto.

Isto era normal.

Isto era amor.

Tudo que eu tinha tido com todos aqueles homens... Aqueles *meninos*... Aquilo não era amor.

Talvez esta seja minha busca, pensei na hora. Encontrar isto. Talvez minha viagem solo fosse sobre me apaixonar por mim mesma, pelo mundo e pelas pessoas nele... Talvez fosse meu destino.

Em Dublin, eu me sentei todos os dias perto da água, com a câmera da Fawn. As paisagens eram lindas; a vegetação, incomparável. Tudo era uma pintura perfeita, que eu queria absorver.

Quando eu finalmente voltasse para casa, alugaria um apartamento de um dormitório e começaria a procurar trabalho, daria início à parte dura da vida, que eu sabia que não poderia evitar. Mas, por enquanto, eu pensava em como ia decorar a sala de estar, cobrindo as paredes com as fotos das minhas viagens.

Isso era uma forma de amor, não? Amar tanto o entorno a ponto de querer engarrafar e manter aquelas recordações para sempre?

Um dia, estava sentada num bloco de cimento, tirando fotos do pôr do sol acima das ondas, quando um homem chegou e se sentou bem do meu lado.

Isto foi uma das coisas que descobri com as viagens: qualquer um podia se aproximar, sem nenhuma razão, simplesmente porque queriam começar uma conversa com alguém interessante.

Acho que muita gente me achava intrigante, pois não me faltaram contatos, enquanto estive fora.

Era bom ser notada.

Este homem, Jeremy Hysac, trabalhava em um bar em Riverside. Falou uma coisa meio brega, tipo "Nunca te vi por aqui antes", apesar de Dublin ter uma população de, sei lá, quinhentas mil pessoas.

Seja como for, a gente começou a conversar e ele quis ver minhas fotos. Falou que um amigo trabalhava numa empresa que estava procurando um redator de turismo. Fawn teria agarrado a chance, mas eu não era redatora.

— Só tiro foto — expliquei, um pouco desapontada por não saber fazer mais. A sensação de inutilidade começou lentamente a voltar.

No começo, achei que ele não tinha me ouvido, seus olhos grudados na tela da minha câmera, enquanto ele percorria as imagens que eu tinha feito durante os meses de viagem.

— São incríveis — ele enfim falou, com um sotaque fofucho.

Corei. Ele reconhecia meu talento.

— Sério?

Ele assentiu múltiplas vezes.

— Olha, fica com este cartão. Ele pode ter uma vaga pra você.

Li o nome pontilhado em vermelho sobre um quadrado branco: Hamish Cartwright. Na parte de baixo, um endereço em Chicago.

— Ele trabalha nos Estados Unidos? — perguntei. — E é *seu* amigo?

— Sim — ele riu como se houvesse formigas escalando o meu nariz.

— Por quê?

— Não sei, Jeremy — devolvi o cartão —, estou duvidando um pouco da seriedade dessa proposta.

Ele revirou os olhos.

— Pesquise Cartwright Blogs, da Vakehale Press.

Inseri todas essas informações no Google e cliquei no primeiro site que apareceu; arregalei os olhos.

— A Vakehale Press é uma divisão do *Chicago-Sun Times*? Ele trabalha para um jornal?

Continuei clicando e clicando e clicando, até encontrar o rosto de um homem de quase quarenta anos, o cargo abaixo da imagem: Hamish Cartwright, editor sênior da Cartwright Blogs.

— Não tem marmelada aqui, meu bem — Jeremy falou, acendendo um cigarro. — Fuma?

Neguei com a cabeça e agitei a mão para afastar a fumaça, enquanto procurava loucamente artigos e colunas que ele tinha escrito.

O foco principal parecia ser avaliar resorts e "Lugares para conhecer antes de morrer". Ele mesmo viajava, mas nunca fazia as fotos. O Jeremy contou que as imagens que ilustravam os textos eram do Google, mas o amigo dele queria tornar as reportagens mais pessoais.

– É aí que você entra – acrescentou.

– Não tenho experiência com fotografia profissional. Não sei nem por onde começar.

Ele deu um tapinha no meu joelho e apagou com a bota o cigarro só meio fumado.

– Assim que começar, você estará um passo mais perto do lugar certo.

E daí ele foi embora. Sem um aceno. Sem um tchau. Apenas o cartão de visitas do amigo apoiado ao meu lado no bloco de cimento e um cigarro ainda fumegante no chão, abaixo do meu sapato.

Esse foi o momento em que percebi que, durante toda a viagem, eu tinha estado à espera, *antecipando*, que alguma coisa ruim ocorresse. Mas todas as pessoas que conheci, os episódios que aconteceram… Me faziam lembrar de toda a gentileza que existe no mundo.

A gentileza para além do tormento da minha cabeça.

E essa gentileza me trouxe a este momento aqui.

Sentada em frente à doutora Hemline, vomitando todos os segredos da minha vida para uma desconhecida aleatória, porque eu queria me curar.

Eu queria ser gentil. Eu queria ser a pessoa que alguém conhecia em uma viagem solo e da qual nunca se esqueceria. Para fazer aquilo, eu precisava fazer isto. Pela minha sanidade. Pela minha autodescoberta. Por mim.

– Por que você está aqui hoje, Beatrice? – perguntou, pegando um bloco de anotações.

Quando voltei para casa, dois meses atrás, fiquei pulando do apartamento da Fawn para o do Carter. Minha mãe vendeu a casa e se escondeu sabe Deus onde. Só mandava mensagens de texto em datas comemorativas, para me informar que estava bem.

Não importava se eu estava. Só que ela estava.

Talvez, do jeito dela, fosse assim que demonstrava amor. Eu precisava aceitar isso. Era o melhor que ela podia fazer.

Uma coisa que eu precisava aprender era ficar em paz com o que não sabia. Em algumas situações, eu nunca teria um encerramento, e precisava aceitar isso. Às vezes, é melhor que você mesmo feche, antes que a ferida aberta se infeccione.

Fawn e Bryce tinham terminado quatro meses depois de eu sair da cidade. Parece que foi um rompimento mutuamente acordado, pois eles queriam coisas diferentes.

— Ainda tenho muito amor por ele — ela explicou. — Mas ao menos agora você não precisa se preocupar com encontrar Jace por acaso.

Jace.

Era a primeira vez que ouvia o nome, em voz alta, desde a formatura.

Uma parte de mim queria saber tudo sobre sua vida, mas a maior parte de mim não queria ter nada a ver com aquilo.

De modo que não abordei essa parte, apenas consolei o coração doído dela.

Me senti à vontade o bastante para ficar com Fawn quando voltei, agora que ela estava solteira, mas apenas por umas poucas semanas, antes de sentir que precisava do meu próprio espaço, minha própria casa para a qual voltar.

Enquanto estava procurando apartamento, Carter me deixou acampar no quarto extra dele, e visitou lugares em potencial comigo, quando teve tempo.

Por fim, encontrei um estúdio digno perto da universidade, e fiz a mudança toda uma semana e três dias depois.

Após eu ter arrumado as coisas e relaxado, Fawn sugeriu uma noite de meninas. Fui super a favor, pois tinha passado semanas num ritmo vamo-que-vamo, em busca de um lugar para morar.

Mas é claro que a vida não ia me dar descanso.

O primeiro bar a que fomos estava um saco, então sentamos na calçada e pensamos no próximo destino.

— Quer tentar o Deaks? — ela sugeriu.

Era um bar esportivo e eu sabia que tinha um jogo grande acontecendo, então talvez não tivesse onde sentar, mas falei "dane-se" e fomos.

Talvez não devêssemos ter ido.

Talvez eu não estivesse sentada diante da doutora Stacy Hemline, se não tivéssemos.

Jace, Bryce e um desconhecido que eu nunca tinha visto antes estavam sentados na curva do balcão, bem perto da entrada.

Ele me viu antes que eu o visse. É claro. Mais uma das piadinhas da vida, suponho.

— Ah, pelo amor de... — comecei a dizer, mas Bryce me interrompeu, ao se aproximar gingando com uma cerveja em mãos, claramente de porre.

— Fawny? — ele disse, boquiaberto como se ela fosse uma deusa encarnada. — *Aaahhmeudeeeeus*, Fawn!

Ele a abraçou como se não tivessem rompido dez meses antes, e ficou chocado por ela não retribuir o afeto.

— Oi, Bryce — ela respondeu, dando-lhe respeitosos tapinhas nas costas. — Bom te ver.

— Faz tempo demais! — Ele enxugou a boca com as costas da mão e arquejou: — Blu? Blu Henderson? Meus olhos estão me enganando?

— Estão — falei, e fui para trás da Fawn. — Sim, estão te enganando.

— Vem cá! — ela gesticulou para que eu parasse de me esconder. — Me dá um abraço.

Mas uma mão o puxou para trás bem quando ele deu um passo para a frente. Uma mão que reconheci só pelos anéis.

— Cai fora, brô — Jace disse, apertando o ombro do Bryce.

Notei o olhar cortante dele, quando o outro homem, que eu não conhecia, se aproximou do nosso grupo.

— Outra rodada? A Jane está perguntando.

— Agora não, Morris — Jace respondeu a ele.

Morris.

O cara com quem Jace fez o ensino médio. O que era do time de futebol. De quem ele sentia inveja.

Deus, não. Todas aquelas lembranças, eu não as queria mais. Eu não queria me lembrar de nenhuma conversa que tivemos no ano anterior, mal queria me lembrar do Jace.

Mas lá estava ele. Um truquezinho bobo que a vida estava fazendo de novo, ao exibir bem na minha cara o homem por quem eu tanto tinha lutado, e lutado tanto para esquecer.

O ar ao nosso redor se alterou quando olhei aqueles olhos azul-esverdeados pela primeira vez em mais de um ano, aquele rosto anguloso, talhado, aqueles lábios que cuspiam promessas não cumpridas.

Fawn estalou os dedos e pôs o braço nos ombros do Bryce.

— Vamos pegar uma água?

Ela olhou para mim enquanto o conduzia ao balcão onde o Morris estava sentado, e pude ouvir Bryce dizendo:

— Você sempre cuidou tão bem de mim, Fawny...

E assim, do nada, fui transportada de volta para todas as lembranças, todos os sentimentos e cada circunstância em que tinha me sentido presa na teia de Jace Boland.

Ele ajeitou a corrente no pescoço, antes de diminuir a distância entre nós. Mesmo assim, deixou certo espaço livre. Era o melhor a fazer, ambos sabíamos.

— Oi, Jace. — Um ano depois e ainda era eu quem dava o primeiro passo. *Típico.*

O pomo-de-adão subiu e desceu, a mandíbula tensionou.

— Você é... — ele sacudiu a cabeça, procurando as palavras certas. Eu conhecia aqueles maneirismos bem até demais.

Pareceu o momento perfeito para fazer uma piada, aliviar o peso que oprimia meu peito desde que tinha chegado.

— Vistosa — sorri. — Deslumbrante, radiante...

— Você é minha — ele cochichou, me interrompendo.

As palavras morreram na minha boca, o sorriso no rosto varrido para o nada. Eu quase quis corrigir o erro dele e rir histericamente, mas por outro lado isso significaria que eu estava entrando no jogo. Significaria que eu teria tornado o comentário dele inexistente.

E eu queria que existisse.

Eu me lembrava de como era, ser dele.

— Minha — ele repetiu, como se lesse meus pensamentos.

Estaria tão de porre quanto Bryce?

— Quanto você bebeu? — provoquei, embora minhas faces continuassem vermelhas.

A expressão dele era inescrutável, despida de qualquer felicidade. Ele parecia estar sofrendo, quase *ferido*. Senti uma vontade súbita de aliviar a dor dele, fosse o que fosse que fazer isso incluísse.

— É — ele assentiu algumas vezes, piscando como se não acreditasse que eu estava bem ali. — É, é isso.

— *O que* é isso? — ri e curvei os lábios em um sorriso genuíno. — Perguntei quanto você bebeu.

— O suficiente para isso ser um pouco real demais.

– O que é real demais?

– Jace! – Bryce gritou, do lado oposto do bar. – Jace, você está perdendo o segundo tempo!

Me virei na direção dele, mas Jace agarrou minha mão, ignorando Bryce, e apertou delicadamente meus dedos.

– Vamos dar uma volta.

Era início de julho, a brisa noturna nos meus cabelos azuis. A Claire tinha me convencido a deixar em camadas, em Paris, e desde então era o corte que eu usava. Cada vez que o vento soprava, eu torcia para que as mechas onduladas não furassem meus olhos.

– Está com frio? – perguntou, os olhos percorrendo minha regata.

Enquanto morei em Dublin, fiz mais sete tatuagens, o que deixou meus dois braços quase fechados. Em outras palavras, as cicatrizes eram totalmente invisíveis. Às vezes, *às vezes*, eu quase esquecia que estavam lá. Era bom.

Esfreguei os bíceps, meus dedos passando pela pele esticada onde antes havia os cortes. Só que estavam completamente escondidos, agora. Ninguém precisava saber da existência deles, além de mim.

Jace sabia, mas talvez estivesse bêbado demais para se lembrar.

– Está abafado, então não – respondi com um meio sorriso. – Como você está?

Ele continuou me observando como se eu fosse uma criatura no zoológico ou a coisa mais majestosa a andar sobre a Terra. Tinha de ser a primeira opção. Ele sempre havia me visto como um fardo.

– Você está diferente – comentou. – Não sei o que é, mas você parece... Desculpa, eu fico te encarando. Foi mal.

– Está tudo bem. – Não estava. Eu não queria que ele olhasse para mim, que dissecasse de novo quem eu tinha me tornado. Foi assim que ele havia me escancarado e arrancado meu coração. Ao enxergar através de mim. – Quer dizer – continuei –, faz mais de um ano. Espero ter mudado, nem que só um pouco.

– Paris te fez bem – disse, me olhando intensamente.

Merda.

Ele que se dane.

Que se dane a camiseta preta idiota, que realçava os músculos magros, o jeans azul-marinho, o boné cinza.

Que se dane a aparência dele, o jeito de falar, a porra do sorriso e da voz e dos olhos e do andar.

Eu odiava aquilo tudo.

Odiava porque não queria admitir que amava cada mínima parte daquilo tudo. Odiava que fosse tão fácil me envolver de novo. Que ele pudesse puxar uma cordinha e eu voltasse correndo.

Odiava que, um ano depois, eu afundasse nos meus antigos sentimentos com um simples olhar de Jace Boland, como se eu nunca tivesse ido embora.

– Como foi? – perguntou. – A viagem.

Limpei a garganta e abri uma distância entre nossos passos.

– Boa, bem boa. Na verdade, só fiquei em Paris por cinco meses, depois me mudei para a Itália e Dublin.

– Ah, vá! Sério? Me conta.

Então eu contei, livre e abertamente. Foi como um sopro de ar fresco, uma sensação de normalidade entre nós. Ele fez perguntas com verdadeiro interesse, os olhos arregalados e brilhantes. Ele... Ele se importava.

Ele se importava.

Esse era o maldito problema.

A risada dele foi ouvida a duas quadras de distância, quando contei que fui expulsa do Louvre por tirar fotos de um quadro do Van Gogh.

– Foi um erro inocente – me defendi, pondo a mão machucada sobre o coração. – Como eu ia saber que não podia fotografar uma foto?

– Uma pintura não é uma foto, Blu – ele enxugou o olho lacrimejante, ainda roncando de rir. – É arte.

– E uma foto não pode ser arte?

– Uma pintura e uma foto são diferentes.

– Ah, nem começa – desafiei. – Não foi você que me disse que a beleza está por todo lado, se você souber procurar?

O olhar dele se suavizou.

– Você ainda se lembra disso?

Decidi ignorar o comentário. Sabia que levaria a algo mais profundo, e estava gostando demais da conversa à toa, para variar.

– Bem, pessoalmente, acho que minha foto da pintura do Van Gogh é linda – brinquei, cruzando os braços. – Pode até ser melhor do que o original.

– Então, quer dizer que você está fazendo fotos?

– Toneladas – assenti, e peguei a câmera digital na bolsa. – Quer ver?

O sorriso dele se alargou.

– Muito.

Atravessamos o parque e nos sentamos num banco de piquenique. Eu não fazia de ideia se estávamos perto ou longe do Deaks, mas nem liguei. Estar com Jace preenchia um buraco dentro de mim; começava a pensar que isso nunca mudaria.

Vários minutos passaram enquanto ele via as imagens, comentava a paisagem das planícies de Dublin, as ruas de Paris e as diversas comidas que provei durante a viagem.

Rimos de selfies constrangedoras (felizmente, havia poucas) e ele me provocou, dizendo:

– Por que você não usa o celular como uma pessoa comum?

– Por que eu usaria o celular, quando tinha uma câmera de verdade?

A mão dele tocou meu joelho, enviando por um instante uma onda de prazer pela minha espinha.

— Blu típica, teimosa.

— Acho que saí bem bonita — sorri, permitindo que um tiquinho de nada de autoconfiança se revelasse.

Ele parou de pressionar o botão que avançava as imagens e me olhou de esguelha.

— Você é sempre bonita, linda.

Linda.

Linda.

LINDA.

Deus, eu podia ouvir isso em qualquer idioma, em todos os sotaques, mas o jeito como a palavra rolava pela língua do Jace era incomparável a qualquer outra coisa.

Ele era o dono daquela palavra, me lembro de pensar no ano anterior. *E continuava sendo.*

O telefone dele tocou, o identificador de chamadas anunciou "Bryce" em voz alta, mas ele não moveu um músculo, os olhos grudados nos meus.

— Você não vai atender?

— Absolutamente não — ele rebateu, sério. — Não, tendo você aqui na minha frente.

— Tem algo a esconder?

Ele fez que não e baixou a cabeça.

— Não do tipo que você imagina.

Empurrei o ombro dele, de brincadeira.

— Sempre tão misterioso, você.

Mas, antes que eu pudesse recolher o braço, ele agarrou minha mão e pousou na dele.

Fiquei congelada, incapaz de me mexer, quando ele, com o polegar, desenhou círculos na palma da minha mão, deslizou os dedos pelos meus e soltou um profundo suspiro.

— Por favor, segura minha mão — ele sussurrou, quase sem fôlego. Minha voz, trêmula. Meu pulso, enlouquecido.

— Por quê?

Uma fungada discreta escapou do nariz dele, quando entrelaçou nossos dedos e pousou a mão esquerda sobre as nossas duas já unidas.

— Porque — ele começou, mas a voz falhou. Ele não olhava para mim. Meu corpo quis fazer um movimento, mas sucumbiu à paralisia. Eu não sabia o que dizer, não sabia o que estava acontecendo. Mas as emoções dele, fossem quais fossem, se derramaram sobre mim e me impediram de respirar.

— Porque, se você tocar em mim, eu vou ficar bem. Vou saber que você ainda está aí. Que... — ele se virou para mim, os olhos vermelhos e vidrados. — Que, um ano depois, você ainda sente amor por mim.

Eu o encarei, meu coração batendo forte no peito, implorando que eu remendasse o dele. De todas as coisas que ele poderia ter dito, todas as emoções que poderia ter sentido... Isto, isto eu não teria conseguido prever.

Me lembrei de Blu Henderson, a concha partida de menina que eu era, mais de um ano atrás, chorando no quarto exatamente pelo menino que, no momento, segurava minha mão.

Me lembrei dela chorando nos braços da Fawn porque Jace não conseguia me abraçar; não conseguia me abraçar porque era ele que provocava meu sofrimento.

Houve momentos de mágoa extrema que me atormentaram enquanto eu viajava, momentos que me encontravam até no sono. Promessas que ele fez de nunca me machucar, mas que me sangraram até o último instante.

Ele não se despediu.

Ele não me contatou.

Ele me abandonou, e agora...

Agora, queria que eu sentisse amor por ele.

Quis gritar na cara dele, tirar as lágrimas da cara dele e colocar na minha, que era o lugar certo delas.

Eu o amava violentamente, todo o meu ser desnudado por sua essência. Eu teria feito qualquer coisa por ele; ele sabia disso. E se aproveitou disso.

E continuava agindo assim. Brincando com os meus sentimentos. Para ver se eu voltaria correndo para levantar o ego dele.

Um...

Ano...

Depois.

Soltei a mão, engoli a verdade e vomitei a mentira.

— Não amo.

A mão dele se abriu e fechou algumas vezes, como se sentindo a perda da minha ausência.

Que tal, Jace?

Qual é a sensação?

— Então finge — ele sussurrou em tom agudo. — Finja por mim, Blu.

Fingir.

Fingir.

Era tudo um fingimento de merda.

Nada nunca foi real, e para ele estava tudo bem assim.

Desde que eu fingisse.

Fingisse que o amava, que precisava dele, que o desejava...

Como ele fazia.

Sacudi a cabeça e me afastei do banco, me obrigando a ficar de pé e correr.

Corri como uma porra de uma louca.

Corri mesmo sabendo que ele não estava vindo atrás, porque ele nunca faria isso.

Seria sempre eu.

Dias, meses, anos mais tarde...

Seria sempre eu.

O vento assoviava nos meus ouvidos, um frio congelando meus ossos. Não porque estivesse frio, mas porque eu o tinha deixado entrar. De alguma forma, de algum jeito, ele tinha despertado minha vulnerabilidade mais uma vez, e me engolido toda. Ele me abriu, me permitiu sentir, e não era real.

Era fingimento.

Liguei para Fawn quando cheguei à rua e me escondi em um beco ao lado de uma farmácia.

– Alô? Blu?

– Estou perto da Adelaide, ao lado de um Subway e uma barbearia. Você pode vir me encontrar?

Consegui ouvir os resmungos do Bryce ao fundo.

– Sim, claro, estou a caminho. Você vem, Bryce?

– Vou! – ele gritou, ao mesmo tempo em que eu disse: "Não!".

Fawn respeitou meu desejo e encerrou a chamada depois de pedir que eu ativasse a localização do celular.

Quando ela chegou, eu a abracei forte e contei tudo que tinha acontecido, depois liguei para Carter, antes de tomar o Uber para casa.

Agora, estávamos de volta a este momento.

Dia de hoje.

Sentada em um sofá de veludo em frente a uma mulher de meia-idade de cabelos cor de castanha e pele bronzeada.

– Por que estou aqui? – repeti a pergunta da minha psicóloga, piscando para afastar os flashbacks de Jace da semana anterior. O ataque de pânico que tive no chão do banheiro. Os cortes que quase fiz.

Quase.

Ela moveu a cabeça como incentivo para que eu começasse a falar, e se recostou na poltrona.

— Porque achei que estava curada — confessei, desviando-me do espelho à minha esquerda.

Meus pensamentos iam sem que eu quisesse para *ele*.

Meu consolo.

Meu sofrimento.

— Sinceramente, Stacy... — suspirei e amaldiçoei a realidade da minha vida. O fato de ter viajado por três países pelo mundo e ainda acabar na mesma posição em que estava um ano antes.

Crescimento falso.

Cura falsa.

Eu tinha desperdiçado trezentos e sessenta e cinco dias perseguindo o sonho falso de ser falsamente feliz.

Falso. **Falso.** *Falso.*

— Sim, Beatrice? — ela provocou, a voz tranquilizadora e equilibrada.

Eu queria tanto poder espelhar aquele exterior sólido dela, aqueles modos calmos e a postura ereta.

Mas em vez disso eu dei uma risada cínica dos infernos e declarei a verdade.

— Na verdade, eu ainda estou fodidamente fodida.

AOS VINTE E TRÊS ANOS

Jace

PRESENTE

Minha mãe sempre me disse para não deixar que o sucesso me subisse à cabeça nem o fracasso, ao coração.

Bem, eu andava fracassando demais para ter sucesso. Meu coração não era capaz de sucesso.

Durante o ano passado, tive dois trabalhos. Um em uma empreiteira, que me sugava o sangue por um pagamento ridículo; o outro em uma cafeteria, onde todos os malditos clientes me xingavam por eu ser muito lerdo.

Lerdo, merda.

Imagine quantos pedidos eu recebia por minuto, com uma longa lista de ingredientes que precisavam ser mexidos e batidos em vinte segundos, e eu...

Era...

LERDO DEMAIS.

Se aprendi alguma coisa este ano, foi que as pessoas adoram julgar o que não entendem.

Acho que eu mesmo era uma dessas pessoas, porque, quando Blu fugiu de mim, quatro meses atrás, eu falhei em entender que ela não era mais a garota com quem eu transava antes da formatura.

As pessoas mudam, claro que sim.

Mas como?

Em que momento seu cérebro e seu coração se unem e chegam à conclusão de que você precisa de conserto, de que você precisa de ajuda?

Depois de me graduar (e de Blu sair do país), eu meio que desencanei. Tirar nota não era mais uma questão, então não havia nada que me prendesse a uma responsabilidade.

Eu não tinha trabalho, não, só de vez em quando ganhava apostas de futebol, e ainda morava em casa. *Onde estava a responsabilidade, Jace?*

Onde estava a ambição?

Passaram-se três meses de nada. Stalkeava constantemente as redes sociais da Blu e repetia a mim mesmo que ela finalmente estava feliz (sem mim) e que eu precisava deixá-la seguir em paz com a vida dela.

O Will tentou conseguir para mim um estágio na empresa dele, mas não rolou porque eu tinha zero experiência, e tudo que todos os empregos exigiam era uma merda de uma estrela dourada no seu currículo, que dissesse: *EI, OLHE PRA MIM! EU TRABALHO EM WALL STREET E TENHO TRÊS IMÓVEIS DE ALUGUEL AOS VINTE E DOIS ANOS!*

Impossível. Surreal. Mas é o mundo em que vivemos.

Experiência = Sucesso.

Havia pouca oportunidade de crescer porque se esperava que você *já fosse crescido*, maduro; que eliminasse de si qualquer parte que fosse incompetente.

Mas imagine que foi sempre assim que você se sentiu: dia sim, outro também, você odeia tanto a pessoa que se tornou que nunca se sente digno de sair da sombra.

Você e ela sendo um só.

Perdido, cinzento, mudo.

Era quase melhor daquele jeito, ter a solidão ao meu lado. O silêncio se tornou meu amigo. O silêncio nunca me culpava pelas pessoas que eu havia machucado.

Meu aniversário foi três semanas depois da formatura.

Acho que estava deprimido.

O Scott me disse que eu devia mostrar meus sentimentos, mas eu não conseguia nem saber quais eram. O torpor era gentil comigo, e paralisante também.

Tão fodidamente paralisante.

A pior parte era que eu nem sabia o que estava errado, na verdade. Era como se cada emoção horrível que eu tivesse sentido tivesse dado metástase e virado uma porra de um câncer, que me cutucava por dentro todos os segundos que eu estava acordado.

Passei o dia do meu aniversário olhando sites de emprego, esperando que alguém topasse milagrosamente com o currículo que o Will tinha feito para mim. A única coisa legal que ele fez em anos.

Provavelmente porque eu estava com depressão, e não conseguia fazer um sozinho.

Enquanto eu escorregava pelas frestas e me arrastava pela vida todos os segundos de todos os dias, meus irmãos se tornaram figuras mais ativas na minha vida.

É engraçado como, quando você para de correr atrás de uma coisa, a coisa corre atrás de você. Sem precisar nem levantar um dedo. Então, para que tentar?

Essa foi a mentalidade que me fez ser demitido da cafeteria. Essa foi a mentalidade que me levou a pedir demissão da empreiteira.

Essa foi a mentalidade que me custou Blu.

Ela sempre foi tão receptiva ao afeto que eu oferecia, ou melhor, receptiva *à falta* dele.

Deus, a merda daquela viagem a Winter's Lodge. Ainda zoava minha cabeça toda vez que eu lembrava dela tirando a roupa, pedindo companhia, esperando por alguém que a escutasse; não qualquer um, mas *eu*. Eu. Ela queria a MIM.

E eu não lhe dei.

Eu a deixei lá, exatamente como fiz na colação de grau.

Não consegui dizer tchau, simplesmente não consegui. Ela havia se tornado para mim coisa demais para eu perder. Então, se eu não falasse tchau, não a perderia. Não. Ela continuaria por perto, acessível… Pronta.

Encerrar o capítulo foi duro, porque não havia um encerramento. Quando você vê alguém com frequência, a pessoa se torna uma parte habitual da sua existência. É tipo tomar café de manhã ou dormir à noite.

Ela simplesmente estava lá. E, se não estivesse, ficava faltando alguma coisa.

Eu nunca gostei de perder coisas.

Ficava obcecado com o que passava, mesmo que nunca tivesse tido muita importância.

Então procurei a Mel, contei que uma parte de mim se sentiu vazia quando Blu foi embora, e ela me arranjou um encontro com uma amiga, Lily.

Eu nunca tinha ouvido falar da Lily antes; parece que a Mel e ela se conheceram no Ano-Novo, numa exposição de arte. Era uma loirinha de olhos azuis intensos e um sorriso vibrante. Assim que vi a foto, soube que ela seria uma boa distração.

Mas isso é tudo que ela jamais foi: um agradável passatempo.

A Lily e eu saímos algumas vezes, mas ela era, tipo… um pé no saco? Monótona, acho. Merda, todo mundo era desinteressante nessa época.

Todo mundo menos Blu.

Era um sopro de ar fresco quando ela falava comigo, quando espiava dentro da minha cabeça e de lá tirava coisas que eu nunca ousaria mostrar.

Eu não comparava ninguém à Blu, porque não existem duas pessoas iguais.

(Eu não comparava ninguém à Blu porque ela era incomparável.)

Ficou claro para mim que meus gostos tinham mudado, que eles iam ao encontro da essência da Blu mais do que de qualquer outra coisa, quando perguntei à Lily o que ela fazia para viver.

– Sou modelo – ela se gabou, um sorriso largo de fora a fora no rosto. – Eu estava na exposição de arte como musa de Victor Chaffron.

Uma musa.

Imagine ser suficientemente interessante, suficientemente valorizado, suficientemente bonito para ser assim tão importante para um artista.

Só em sonho.

E sonhar foi só o que fiz, enquanto passava o tempo com ela.

Sonhei estar à altura do padrão, fisicamente. Alguém poderia defender que eu estava.

Eu digo que não.

Sonhei que poderia comparecer às exposições de arte e olhar os retratos da bela Lily Kaiser.

Eu não pude.

Porque ela era a musa, a modelo, o molde da perfeição. Primeira fila, cintilando como uma estrela.

Mas eu queria a Lua, o céu noturno e o azul da Blu.

A artista atrás das cenas; a mente talentosa que criava a musa. Eu queria a diretora, a designer, a pintora, não a merda da tela.

Blu fazia as pessoas se sentirem importantes, fazia as pessoas se sentirem confiantes.

Eu não queria o resultado final, queria os esboços crus, os rascunhos, os projetos monocromáticos em ciano.

Uma vez, só por uma vez, eu queria alguma coisa real. Alguém que me fizesse sentir. Alguém que entendesse como era ser o bobo da corte, não o rei. Alguém que usasse armadura quando, por baixo, fosse frágil como semente de maçã.

Por isso, quando encontrei Blu no Deaks quatro meses atrás, bêbado como um gambá, eu cedi. Cedi porque *precisava* de cada gota da sensação que ela me deu uma vez, e pensei que, se ainda restasse algum amor dentro dela, a gente poderia fazer de novo.

A gente poderia ser a gente de novo.

Mas ela fugiu.

E eu morri.

Quatro meses se passaram...

E eu ainda estava morrendo.

UMA SEMANA MAIS TARDE

Quando Bryce me contou que estava conversando com Fawn de novo, o mundo voltou aos trilhos do passado. Não pude *não* perguntar sobre ela.

– E a Blu, como está?

Ele deu de ombros e aumentou o peso da sessão de agachamentos.

– Como é que eu vou saber?

Dei um gole na água e ignorei os gemidos e resmungos dos idiotas da academia.

– Você está comendo a Fawn de novo, não está?

– Que merda te fez pensar isso?

– Você falou que vocês estão conversando – prendi as presilhas na barra –, então supus.

Ele se acomodou no banco e curvou os dedos na barra prateada.

— Estamos conversando como amigos, Jace. Ela não está mais interessada.

— Besteira.

— Brô, eu também não estou.

Ri alto.

— Besteira ao quadrado.

— Por que é tão difícil acreditar? — ele começou a fazer supino e eu dei suporte, me perguntando por que ele estava mentindo na minha cara, agora.

— Como é possível que vocês tenham ido de gostar um do outro para ficar, para não se falar, e agora ser amigos?

Ele não falou nada quando os braços começaram a tremer, só grunhiu em resposta.

— Quer dizer, será que conseguem voltar ao normal, depois disso? Eu não acho que consigam.

Mais umas repetições e ele soltou a barra e um longo suspiro, batendo a mão no peito.

— Você consegue, se tiver maturidade — respirou mais duas vezes, cansado. — Enfim, que diferença faz como Blu está?

Contraí a mandíbula.

— Não posso me interessar por uma pessoa com quem tive uma história?

— Não, quer dizer, claro que sim. Mas vocês nem namoraram, e você foi, tipo, um escroto com ela.

— Escroto como?

Eu sabia como. Conhecia todos os modos de como. Mas quis ouvir meu melhor amigo dizer. Não pude evitar. Esfregar sal nas minhas feridas tinha virado meu passatempo favorito.

Ele estreitou os olhos.

— Você sabe como.

Não se culpa alguém por tentar.
– Acho que ela está conversando com uma pessoa, não sei...
– O *quê?* – retruquei. – Quem?
Merda.
Eu não esperava ficar tão inflamado tão depressa. Meu ciúme escalou ao ponto de fervura mesmo antes que ele continuasse a frase. Imagens fragmentadas de homens com quem a vi me passaram pela cabeça, enquanto fazia uma lista de parceiros em potencial em que ela poderia estar interessada.
– Quem é? – insisti, curvando os dedos ao redor da barra de metal fria.
– De novo – ele se deitou mais uma vez, se preparando para a sequência final –, como é que eu vou saber?
– Então, como você sabe que ela está conversando com alguém?
– Caraca, Jace, você está parecendo uma ex enlouquecida.
– Tenho que fazer uma ligação – anunciei, saindo da área de exercícios e correndo para o vestiário.
Ainda ouvi Bryce gritar *"Preciso que você me dê suporte, aqui!"*, mas ignorei e liguei para Blu.
– Que seja o mesmo número, por favor, que seja o mesmo número – eu estava murmurando, quando ela atendeu após dois toques.
– Alô?
Estou ferrado.
– Ei – esfreguei a testa, andando de um lado a outro. – Oi, Blu.
– Hum – a voz dela falhou. Ela sabia que era eu. – Quem é?
Ela e os joguinhos dela.
Que falta eu sentia daquilo.
– Jace – respondi, reprimindo um sorriso.
Assim que abri a boca para dizer alguma outra coisa, a linha ficou muda.
Ela desligou na minha cara.

Ela...

Blu desligou na minha cara.

Apertei o aparelho, encarando boquiaberto o nome dela na lista de contatos, piscando de incredulidade.

Blu... desligou... na... minha... cara...

Mas daí o celular começou a vibrar e o nome dela preencheu a tela, levando-me a atender imediatamente.

— Perdão, isso foi rude — ela se desculpou, limpando a garganta.

— Eu... — *como diabos devo conduzir isto?* — Eu provavelmente mereci.

— Você acha?

— Por favor, a gente pode não... — comecei, mas parei antes que ela encerrasse a chamada outra vez. — Podemos simplesmente começar de novo? Quero me atualizar. Café?

Momento de silêncio.

— A gente já se atualizou.

— Quando?

— Quatro meses atrás.

— Oi?

— No parque — ela bufou, claramente irritada. — Você não se lembra ou o quê?

Me peguei sorrindo e juro pela minha vida que não entendi o motivo. Ela estava puta que eu tivesse ligado. Provavelmente, puta com ela mesma por ter atendido. Mas ela não conseguia ficar longe. O que significa que naquela noite, quando disse que não me amava mais, ela estava mentindo.

Nós dois éramos mentirosos tão bons.

— Sinceramente, minha memória é bem nebulosa — suavizei a voz. — Se você quiser recontar os eventos já revelados, ficarei mais do que feliz em escutar, durante um café.

Eu sabia que ela estava tentando com muita força se manter brava comigo. Os segundos de silêncio eram um sinal disso. Mas eu era especialista em derrubar aqueles muros. Era meu segundo passatempo favorito.

– Eu ainda odeio café – respondeu com indiferença. – Mas tá: onde?

Meu cérebro gritou com a vitória.

– No Aroma, em York daqui a, digamos, uma hora?

– Até lá, então – e a ligação foi encerrada.

Mas, desta vez, não fiquei puto.

Desta vez, eu tinha algo pelo que esperar.

Desta vez...

A porta do vestiário se abriu de supetão e deu passagem ao Bryce, que entrou com a testa vermelha como uma groselha.

– Que diabos aconteceu...

Ele agarrou minha camiseta e apontou para um ferimento explícito.

Ohhhh.

Merda.

Uma risada borbulhou na minha garganta, quando ele me soltou e reclamou.

– Eu te disse que precisava de uma merda de um suporte.

AOS VINTE E CINCO ANOS

Blu

PRESENTE

— Por favor, me dê uma única boa razão para estar saindo com ele de novo.

A impaciência do Carter reverberou em mim e imediatamente acabou com o meu humor. Mas ele estava certo. Ele sempre estava certo.

Depois de finalmente me instalar na casa nova, resolvi dar um alô para Hamish Cartwright. Mesmo que o Jeremy, meu amigo irlandês temporário, estivesse mentindo sobre uma possível vaga de emprego. O que eu tinha a perder?

Acabou que o trabalho existia mesmo, mas o cargo tinha sido preenchido algumas semanas antes de eu me decidir a telefonar. Foi decepcionante, mas ele me pediu para mandar algumas fotos, já que o Jeremy tinha contado sobre nosso breve encontro.

Fiz exatamente isso e no fim o Hamish amou as imagens. Tanto que me pôs em contato com um de seus colegas canadenses, familiarizado com a área, e me conseguiu uma entrevista com a revista eletrônica de viagens Toronto Pix.

Parker Mickelson, o jornalista sênior da TTC Travels, me chamou um mês atrás para o acompanhar em um tour pelas ruas e tirar fotos que eu considerasse relevantes para o público.

— Mas então a minha opinião importa? — questionei, curiosa em relação à objetividade, quando se trata de artigos de imprensa.

— Bem, sua opinião é irrelevante. Somos nós, jornalistas, que não podemos registrar vieses.

Ele pareceu estar analisando meu cabelo azul, quando falou:

— Fotos não são um problema. Agora, vá fazer uns cliques, enquanto peço *lattes* para nós.

Deus, mas o que é que tanta gente vê em café?

Mas fiz exatamente isso e, por obra e graça de alguma criatura celestial, acabei em um cargo sob a direção de Denise e Courtney, duas das principais fotógrafas da TTC Travels.

Para ser sincera, meu trabalho até então tinha sido só ir comprar bebidas e organizar o equipamento fotográfico, mas eu tinha minha própria mesa, e mesa própria significava que eu tinha um emprego, e ter um emprego significava que eu tinha um objetivo: não estava só rumando a esmo pela vida, abusando da herança do meu pai.

Eita, mas que frase.

Porém, apesar de todas as perdas, minha psicóloga me incentivou a trabalhar no reconhecimento.

— Você tem tantas coisas pelas quais ser grata — me disse.

Revirei os olhos. Que frase de cartão de aniversário.

— Meu pai está morto e minha mãe bem poderia estar também, passei o último ano fora e acabei de volta para o mesmo lugar onde estava antes, Stacy. Apaixonada por um menino que fica me lembrando quanto era difícil me amar.

— E por que você acha que é assim? — perguntou.

Que... pergunta... idiota...

– Teoricamente, não é você que deveria me contar isso? Não é para isso que eu te pago?

... Então. Pois é. Eu era meio escrota no começo, posso admitir isso. Mas todo mundo não é, quando precisa de cura? Todos nós não achamos pelo menos um pouco estranho confessar problemas pra um desconhecido?

– Tem muito para ser desdobrado, a partir do que você acaba de dizer. – Deu um gole no chá e me encarou como um filhote de passarinho.

Respondi com sarcasmo.

– Tente viver com um trauma.

– Tente encarar o trauma, Beatrice.

Ela arrancou o sorriso cínico da minha cara, com esse comentário. Uma parte de mim ficou besta com as palavras dela; como se ela soubesse que o único jeito de me fazer escutar era me pôr no meu lugar.

Terapia talvez não fosse tão ruim, no fim das contas.

Então eu continuei a fazer sessões semanais, mas ela nunca mais falou nada nem parecido com isso.

Duas semanas atrás, perguntei por que ela havia usado aquele tom de voz comigo.

– E por que nunca mais usou de novo?

Ela respondeu simplesmente:

– Porque você gostou.

– E você está me privando do que eu gosto? Você não deveria me ajudar, supostamente?

– Precisamente a razão para eu me recusar a falar com você daquela maneira de novo.

– Por quê?

Ela se inclinou, as mãos espalmadas na calça de pregas.

– Beatrice, você está acostumada a conseguir o que quer, não do que precisa. Porque você não busca gentileza, você busca desafios.

– Então você me desafiou! – arregalei os olhos, um tanto pasma. Senti como se fosse um experimento.

Ela negou calmamente com a cabeça e tirou um papel da pasta preta. Quando entregou, meus olhos percorreram o longo questionário, que não tinha nem cabeçalho nem título, só...

– O que é isto? – perguntei, amassando a folha.

– Lição de casa.

– Não estou mais na escola.

– Não, mas você assumiu certa responsabilidade ao vir aqui, ao escolher crescer. Eu gostaria de saber um pouco mais a seu respeito, já que você não parece muito disposta a me contar muita coisa, no momento.

Abri a boca para rebater, mas ela estava certíssima. Confiar em alguém, independentemente do status profissional da pessoa, era difícil para mim. Tenho certeza de que não era a única, neste planeta, a me manter de bico fechado durante as sessões de terapia.

Assim, peguei o papel e enfiei no bolso do casaco, e me esqueci dele até agora, quando o desvesti e tirei o questionário de dentro.

– Você não me respondeu – disse Carter pelo FaceTime. Eu tinha esquecido totalmente que ele ainda estava lá.

Em silêncio, espiei de relance a lista de perguntas, digitadas em uma fonte bonita. Era trabalho demais para mim, agora; eu enfrentaria aquilo mais tarde.

– O que foi mesmo que você perguntou?

O tom dele transbordava de irritação.

– Por que você está se encontrando com Jace de novo? Quer realmente reescrever o que aconteceu no ano passado?

– Não sou escritora – brinquei, depois dei um toquinho na tela do celular. – Preciso desligar, Carter. Vou te contando as novidades.

– Não – ele praticamente rosnou e encerrou a chamada.

– Ora, tchau pra você também – sorri, falando com o ar.

A saída dele doeu, mas não pude culpá-lo. Meu relacionamento com Jace tinha sido uma montanha-russa desde o começo. Se alguém me pedisse para fazer uma linha do tempo com os fatos ocorridos entre nós, eu teria realmente um branco total. Porque tudo que tinha acontecido se fundia numa única coisa:

Encrenca.

Quando passei porta afora, enfiando a chave na fechadura e girando, percebi que tinha sede de encrenca.

Quer dizer, por que mais eu estaria a caminho do Aroma, às 16h47, para encontrar o cara que tinha me posto na cadeira de uma maldita psicóloga?

Uma sede de encrenca? Talvez.

Uma sede insaciável de Jace Boland?

Definitivamente.

— Tomei a iniciativa e pedi pra você o que eu sempre tomo.

Jace já estava sentado, o cabelo ligeiramente mais curto do que quando o vi por último, aparado com capricho nas laterais, mas generosamente rebelde.

Estava de camiseta preta de mangas compridas, os músculos tensos sob o tecido, e brincos pretos combinando.

Recordações de nós na cafeteria do campus me voltaram à mente; uma época em que estávamos começando a nos conhecer.

Uma época que parecia tão mais fácil do que isto.

Quem diria que ele se tornaria tão importante?

Enquanto deslizava no banco em frente, eu me perguntei se ele continuava não se sentindo importante para a família. Ele não tinha falado sobre eles no nosso último encontro, lembrando que estava bêbado e eu... Bem, eu só estava tentando provar que ele já não era importante para mim.

Lamentável, eu tentar enganar até meu próprio cérebro. *Que hipócrita*, pensei. *Que mentirosa.*

Meu olhar foi até o líquido escuro na xícara branca.

— O que você sempre toma não é um espresso duplo?

Ele riu.

— Não, é *latte* com leite de aveia.

Deslizei o dedo pela curva do copo, cutuquei a tampa de plástico.

— Interessante.

— Você poderia dizer "obrigada" — ele sugeriu, empurrando o copo mais para perto de mim. — É a coisa educada a se fazer.

Eu não pedi isso, quis responder.

— Você tem razão: obrigada.

Deus, será que eu ia guardar ressentimento dele para sempre? Foi minha escolha estar ali, a merda da *minha* própria decisão. Eu *queria* estar lá. Por que estava agindo como se não quisesse?

— Não sabia se você ia querer alguma coisa pra comer — ele tirou do bolso um doce crocante de arroz —, mas peguei isso pra você.

— Ah! — nossas mãos se tocaram, quando ele pôs a embalagem na minha palma. — Isso foi gentil.

— É — ele sorriu.

— É — eu não. Pousei o doce na mesa.

Ele pigarreou.

— Olha, Blu, não quero que as coisas fiquem estranhas entre nós.

Joguei os ombros para a frente, tentando deter a atitude dele. Mas foi inútil. Ia sair de qualquer jeito.

— Você sempre fala isso depois de alguma coisa estranha acontecer entre nós.

— O que aconteceu entre nós?

— O que não aconteceu? — retruquei, já sentindo um início de raiva chegando.

– Tudo bem – ele começou a desembrulhar o doce de arroz e partiu ao meio a textura grudenta.

– Nós percebemos que, toda vez que falamos sobre nós, acabamos brigando. Então, vamos falar de outras coisas – ele me estendeu um pedaço partido e, surpreendentemente, peguei.

– Um viva a isso – respondi e mordisquei a cobertura.

Durante meia hora, ele me atualizou sobre o ano que tinha tido, todos os problemas de trabalho, a falta de motivação, Lily.

– Quando vocês terminaram? – dei um golinho no *latte*, não exatamente apreciando o sabor de castanha, mas era tolerável.

Ele fungou ao rir.

– É claro que, de tudo que contei, você ia escolher justo esta parte.

– Você estava em um relacionamento – eu o lembrei. Ele parecia ter esquecido. – Isso é uma grande coisa.

– É?

– Quer dizer, meio que é.

– Você não está conversando com alguém, no momento?

Como ele sabia disso? Minhas faces coraram. *Como pude esquecer de mencionar isso?*

Kade era editor júnior na TTC Travels, trabalhava na equipe do Parker. Uma semana e meia antes, a gente tinha se trombado enquanto eu carregava caixas de filmes para o saguão.

– Foi mal, eu não estava olhando – ele havia dito, como o início de todas as comédias românticas da história.

– Obviamente.

Minha hostilidade pareceu ter lhe agradado, porque dois dias depois ele continuava "trombando em mim acidentalmente" de propósito.

– Janta comigo hoje – insistiu. – E não vou aceitar "não" como resposta.

Foi o fato de ele ter uma carreira decente com espaço para crescer, um pouco de pelo na cara (que faltava ao Jace) e um sorriso encantador que me levou a aceitar. Ele não era feio, ele era seguro.

Era disso que eu precisava, certo? Estabilidade?

Precisava.

Não "queria".

O comentário da Stacy martelava na minha cabeça.

Enquanto a gente bebia vinho e conversava no restaurante italiano, percebi que estava relativamente calma e não me sentindo ameaçada pelo fato de estarmos em um date. Não era algo a que eu estivesse acostumada, a caras me convidarem para sair porque queriam me conhecer, não só dormir comigo.

Mas Kade Clement era um homem de vinte e seis anos e bem resolvido. Segurava a porta, ia me buscar em casa e nunca forçava a barra para chegar mais perto, quando estávamos próximos.

A gente se beijou uma vez, *uma vez*, e fui eu que tomei a iniciativa.

Isso tinha sido três dias antes, na sala do café. Ele ainda tinha chá de menta na língua.

Embora o beijo tivesse sido rápido, decidi contar a respeito para Fawn, ignorando o fato de ela ter pouco antes reatado a amizade com Bryce.

Naquele momento, juntei as peças.

— Presumo que tenha sido Bryce quem te contou isso — arrisquei, e ele confirmou minha suposição com um gesto de cabeça. — Foi o que imaginei.

Ele me olhou com atenção.

— Isso te incomoda?

— Isso o quê, me incomoda?

— Que eu saiba que você está conversando com uma pessoa.

— Por que ia me incomodar?

Ele deu de ombros.

– Você pode conversar comigo sobre outros caras. Pra mim, não é estranho.

Sorri com sarcasmo.

– Obrigada pela sua permissão, mas não é nada de tão importante assim.

– Então, não é sério? – os olhos cintilaram de emoção; se de prazer ou desprazer, eu não consegui identificar.

– Não, quer dizer, a gente se encontra no trabalho e tal, mas na verdade não é nada.

– Trabalho – ele disse. – Me conta. Você não tinha emprego, da última vez que conversamos.

E, tal como antes, deixei que as palavras jorrassem da minha boca, porque era gostoso conversar com ele, mostrar-lhe que eu era capaz de seguir adiante com a minha vida.

Uma parte de mim queria provar para mim mesma que eu estava usando Jace como espelho. *Olha eu trabalhando meu lado escuro.* A Stacy ficaria orgulhosa.

Jace estava relativamente interessado, mas senti que algo estava errado. Ele não fez nem de longe tantas perguntas quanto fez quando falei sobre minha fotografia e as viagens, quatro meses antes.

– No que você está pensando? – provoquei. – Parece meio ausente.

Ele estava com o olhar fixo nas mãos, esticando os dedos e flexionando as articulações.

– É assim tão óbvio, é?

Senti vontade de tocá-lo, consolar, suavizar a dor. Mas toda vez que esse desejo borbulhava em mim eu reagia em resposta a ele, porque as coisas acabavam mal.

– É só que você parece tão ajustada na vida – ele abanou a cabeça e olhou para mim. – Nem consigo mais me identificar com você.

– Ajustada na vida? – eu poderia ter gargalhado. – Estou na porra da terapia, porque não tenho a menor ideia do que estou fazendo.

Desta vez, eu ri mesmo. Mas foi só quando percebi que o olhar dele tinha se suavizado que me dei conta do que acabava de revelar.

Fraqueza.

Fragilidade.

Incapacidade de lidar com as minhas próprias emoções.

– Por que fazer terapia é uma coisa ruim? – ele questionou, mas o tom de voz já jogou minha sanidade numa espiral.

– Vamos falar de outra coisa – ela abriu a boca para protestar, mas eu interrompi. – Você falou que não consegue se identificar mais comigo, mas claramente você consegue. Eu ainda sou a mesma.

Ele assentiu e comprimiu os lábios, aceitando que eu não queria falar da terapia. Gostei disso.

– Você está diferente, Blu. Você viveu muito mais do que eu, no último ano.

– Você poderia ter vivido também.

– Eu não sabia pelo que viver – ele desabafou, e comprimiu a boca imediatamente.

Oh.

Oh.

Minhas costas bateram no encosto da cadeira de madeira quando o encarei, incapaz de desviar os olhos, agora que ele admitia o que vinha enfrentando.

Eu estava tão envolvida no meu próprio mundo, meus próprios pensamentos, meu próprio tudo, que deixei de ver a existência dele para além de mim. Ele tinha uma vida própria. Uma vida que era totalmente desvinculada da minha e inteiramente vinculada à dele.

Será que eu tinha sido cega para a dor dele por me recusar a enxergar um ser humano por baixo disso? Eu considerava os meus problemas mais importantes do que os dele?

Distrações foram o que me salvou.

Mas éramos pessoas diferentes.

Talvez, o que me curava o ferisse.

Talvez, o que me matava o fortalecesse.

– Você não me contou isso – murmurei, engolindo o sabor amargo do meu egoísmo.

Os cantos da boca dele se curvaram em um meio sorriso, mas isso não fez sumir a tristeza.

– Bom, isso não é assunto para começar uma conversa – ele disse. – Mas, ãhn, sim. É, eu andei meio perdido.

Eu me inclinei e entrelacei os dedos.

– Eu não teria imaginado.

Ele levantou as sobrancelhas e cruzou os braços.

– Por que não?

– Não sei – dei de ombros. – Você parece sempre tão calmo. Você sempre parece saber o que dizer e, quando não sabe, você tipo... Você só fica calado.

– Às vezes, o silêncio é a melhor forma de conversa.

Isto.

Isto é precisamente por que me apaixonei por Jace Boland.

Esta única frase.

O modo como ele me entendia, o modo como lia minha mente. A profunda introspecção dele, a reserva ao se expressar.

Ele não queria que ninguém o desvendasse, e gostava que fosse assim. Se era calculado ou não, ele era a síntese de tudo que eu poderia querer...

Não precisar.

Querer.

Talvez eu gostasse do fato de ele não explodir emocionalmente a cada cinco segundos, ou pelo menos do fato de ele manter as emoções sob controle.

Talvez fosse por isso que eu implorava por reações, ansiosa por mais do que ele oferecia, porque o silêncio era às vezes a conversa que ele preferia.

Eu era o rojão, ele acendia o pavio.
Eu era a marionete, ele puxava as cordinhas.
Eu era a cor, ele era a tonalidade.
Ele era a tonalidade.
Minha maldita tonalidade.
Meus dedos viajaram até o lado dele da mesa. Abri a mão e permiti que ele pousasse a mão em cima da minha.
Uma transferência de emoções ocorreu entre nós, quanto nos olhávamos nos olhos. Era disso que ele precisava, no momento. Não de palavras.
Só da minha companhia.
– Você quer ter uma conversa silenciosa em algum outro lugar? – perguntei, enfrentando a potencial rejeição.
Mas ele não disse que não.
Na verdade, empurrou a cadeira e veio para o meu lado, entrelaçando os dedos nos meus antes de sairmos do café.
Você provavelmente consegue adivinhar para onde fomos e o que fizemos.
Os beijos demorados e o resgate de antigas promessas.
O combate alimentado pelo excesso de emoção (da minha parte) e pela falta dela (da parte do Jace).
Os meses de bem-aventurança que consertaram minhas fraturas.
Os meses patéticos que as estilhaçaram.
Porque, fosse qual fosse a chama que tínhamos...
Ela sempre virava cinzas.
E percebi que, desde o dia em que conheci Jace, a gente encontrava o caminho para o corpo um do outro, mas não para o coração. Por um período, isso derretia o gelo alojado no meu, mas nunca foi suficiente para me manter aquecida.
E nunca seria.
Independentemente de quanto eu tremesse e pedisse...
Algumas coisas simplesmente estão condenadas desde o início.

AOS VINTE E CINCO ANOS

Blu

PRESENTE

Pus um ponto final nas coisas com o Kade três semanas depois de voltar a me encontrar com Jace.

Não havia muito o que terminar, sinceramente, mas chegou um momento em que eu não ia continuar a ver Kade e a amar Jace só para satisfazer meu ego.

Com Jace, meu mundo orbitava ao redor do dele.

Ninguém podia entrar.

Nem mesmo o cara mais legal, o coração mais gentil, o melhor para mim.

Eu era viciada em me ferir estando com ele, empurrando para longe todas as coisas que me deixavam íntegra e saudável.

Perdi peso enquanto estávamos juntos, porque qual homem iria querer alguém mais pesado do que ele?

Parei de ir à Stacy porque não conseguiria aguentar o questionamento que ela iria promover, quando soubesse que eu tinha rastejado de volta para o sofrimento que, para começo de conversa, tinha me levado até ela.

Carter e eu estávamos meio que brigados, desde que eu tinha decidido encontrar Jace para um café de novo. Foi o ponto de ruptura, acho. Eu dei a ele todas as razões para se afastar.

Fawn ficou do meu lado, mas não estava nada feliz. Como toda boa amiga que, mesmo não aprovando suas decisões, não te abandona.

Eu teria me abandonado.

Acho que as melhores partes de mim fizeram bem isso.

A ironia é que, as pessoas que mais te importam são sempre as que te fazem em pedaços.

Um colega do trabalho, Marcus, era o revisor de Kade; a gente foi se conhecendo ao longo das semanas. Como ele só tinha trabalho quando o Kade entregava os textos, às vezes fazia um pouco de trabalho braçal, como eu.

Um dia, fomos buscar café e ele me perguntou:

– O que deu errado entre vocês?

Os copos quentes queimaram minha mão.

– Eu não sabia que vocês dois eram tão chegados.

– Sou assistente de Kade há meses, Bee.

Todo mundo no trabalho me conhecia como Beatrice (ou Bee). Blu só existia se o nome de Jace acompanhasse.

Acho que eu me metamorfoseava em algo novo a cada lugar aonde ia, mas isso não mudava quem eu era na essência. Não enquanto Blu ainda vivia dentro de mim.

– Eu voltei com o meu... – *ex?* Ele não era meu ex, a gente nunca namorou. Mesmo nas épocas em que ficamos juntos, nunca estávamos realmente juntos. Até aquele dia, eu ainda não fazia ideia de como me referir a ele, de modo que fiquei contente quando o Marcus interrompeu meus pensamentos.

– Captei. Não se pode competir com um bom ex, hoje em dia.

Mas Jace era considerado bom? Ele me tratou direito? Ou eu estava só esperando pacientemente pelo dia em que ele passaria a fazer isso?

– Não é bem isso – acrescentei, antes de conseguir fechar o bico. – É complicado.

– Bem, seja como for, obrigado por não envolver Kade nessa complicação. Ele é um sujeito bacana.

– Por que você não sai com ele?

Ele riu, divertido.

– Eu bem que tentei, Bee, pode acreditar!

Depois dessa conversa, resolvi oferecer a Kade desculpas sinceras. Nunca na vida eu senti que precisava fazer isso, mas machucar as pessoas tinha se tornado incômodo. Talvez porque fosse eu a machucar, e soubesse qual era a sensação de ser machucada. Ninguém merecia ser uma segunda opção.

Gostaria de ter percebido isso mais cedo.

– Podemos ser amigos? – sugeri, apesar de saber que era uma chance em mil. A resposta dele foi bem a que eu esperava.

– A gente não tinha nada sério, Bee. Tá tudo bem – ele até riu. – Sem ressentimentos.

Sem ressentimentos.

Significando sem sentimentos.

Porque como poderia não haver ressentimentos, se ele tivesse se apaixonado?

Essa conversa me levou a outra com Jace. Sobre o dia que sentei no colo dele depois de ele ter me comido estupidamente. Cochichei:

– Você acha que houve ressentimentos entre nós, quando terminamos pela primeira vez?

Ele franziu as sobrancelhas.

– Como assim?

– Tipo, você ficou mal ou...

— Bom — ele passou os dedos pelos cabelos suados —, é. Por um tempo. Mas nada que eu não conseguisse superar.

Nada que eu não conseguisse superar.

Porque ele era capaz de me superar.

Me afastei por uns dias depois dessa conversa, mas, ao longo de algumas semanas, começamos a ter cada vez mais discussões exatamente como aquela.

Eu não acho que eu estivesse feliz.

Eu não acho que jamais tenha sido.

Mas, se eu o fiz gostar de mim, então fiz alguma coisa certa.

Ficamos separados por mais de um ano e ele ainda tinha voltado. Isso valia alguma coisa.

Eu não era esquecível.

Eu tinha valor.

Mas com o tempo percebi que, talvez, eu fosse nas mãos dele apenas um peão sobre o qual ele tinha total controle. Que todas as outras pessoas de quem ele parecia gostar (os amigos metidos, os irmãos, o pai), todos o consideravam uma segunda opção.

Talvez eu fosse a segunda opção dele.

E isso doeu.

Isso doeu pra cacete.

Porque, enquanto eu era toda nuvem, ventania e tempestade, ele era sol, estrelas e céu.

Pois é, era isso que ele era.

Meu sol.

E eu era a chuva dele.

Eu era a porra da segunda opção dele.

AOS VINTE E TRÊS ANOS

Jace

PRESENTE

Quando Blu e eu estávamos bem, a gente estava bem pra cacete. Mas quando não estávamos...

Cara, até o inferno seria melhor.

Assim foram os últimos quatro meses da nossa vida juntos, essa era a sensação.

Bem e mal, bem e mal...

Para cima e para baixo, para cima e para baixo.

Eu ia fazer vinte e quatro anos dali a pouco mais de um mês e não tinha a menor intenção de continuar naquele círculo vicioso, um círculo que eu sabia que deveria ter interrompido na noite em que voltamos a dormir juntos, mas eu estava pensando com a cabeça de baixo.

Exatamente como tinha feito na primeira rodada.

Eu culpei minha incapacidade de mudar, mas não era verdade.

Os joguinhos eram divertidos. Reconquistar um ao outro era uma euforia. Nossa relação alimentava meu ciúme, meu ego e, infelizmente, meu orgulho.

De certa forma, eu amava Blu.

A ideia de ela estar com outra pessoa, a ideia de a *perder*, arrebentava uma corda profunda no meu peito.

Uma noite, ela estava de verdade preparada para terminar tudo. Vi isso em seus olhos. A exaustão, a mágoa. Eu sabia que eu mesmo tinha provocado parte daquilo. E quis consertar o dano.

– O Kade não faria isso – ela tremia e chorava. – Ele não ficaria plantando dúvidas na minha cabeça, como você.

Estávamos na pista de boliche e eu trombei com uma menina pela qual Blu se sentiu claramente ameaçada. Não acho que tenha de propósito provocado ciúme nela, mas o fato de a presença do Kade pairar acima do nosso relacionamento bastou para garantir um flerte.

– Não posso continuar com isso – ela disse, pegando o telefone. Moveu o dedo acima do nome do Kade na lista de contatos.

Meus muros caíram bem na frente dela. Minha cabeça girou.

– Não – eu pedi.

– Não o quê?

Pensei na perda dos meus irmãos devido a idade, amadurecimento e diferenças que estavam além do meu controle; na perda do meu pai para uma coisa que eu claramente não conseguia oferecer, um vínculo que se quebrou (ou nunca existiu).

Uma lágrima escorreu pela minha face. Chorar era mais fácil, quando não se pensava no ato em si. Na fraqueza que o choro representava.

– Não se apaixona por ele, Blu – a envolvi num abraço sentindo aumentar no meu peito o peso de problemas passados. – Por favor, não se apaixone por ninguém além de mim, por favor.

– Jace – ela me afastou para me olhar melhor, com os olhos castanhos radiantes de empatia.

Minha menina delicada.

Minha Blu.

Encostei os lábios nos dela com a leveza de uma pena, deixando que a lágrima marcasse o rosto dela da mesma forma que o meu.
– Estou egoistamente apaixonado por você.
Depois da minha confissão (e do meu pedido), ela terminou tudo com o tal editor, Kade. Pensei que tínhamos uma chance real, pensei mesmo, acreditei que ela estava levando a sério.
Mas ela não estava.
E talvez eu também não.
Vez após vez, continuava ficando puta comigo por causa de bobagens, e eu estava de saco cheio de sentir que não era bom o bastante para agradar a ela.
Às vezes, eu ia dormir me perguntando o que tinha feito de errado, e às vezes estava simplesmente irritado demais para lidar com aquilo.
Talvez eu não fosse o melhor namorado do mundo, mas fiz o que pude. Ela precisava que as coisas fossem do jeito dela, então terminei.
Eu terminei, cacete.
Na verdade...
Eu tinha feito isso algumas vezes.
Mas sempre voltava, sempre sentia que, sem ela, alguma coisa ficava faltando.
Acho que ela se sentia do mesmo jeito, e por isso sempre me aceitava, mesmo quando eu não merecia.
A gente estava quase pior do que antes. Ela literalmente disse "Eu te odeio" enquanto a gente trepava.
Ela falou que me odiava.
Isso é outro nível de merda, cara. Outro nível de merda.
Eu a convenci a voltar para a psicóloga, a quem ela vinha evitando fazia meses, desde que ficamos juntos de novo. Juro pelo que há de mais sagrado que não conseguia entender o motivo. Médicos, teoricamente, ajudam. É como se ela não quisesse isso enquanto estivesse comigo, como se desde o começo considerasse que nosso vínculo não tinha salvação.

Finalmente, Blu preencheu e devolveu aquele questionário da psicóloga. Ainda não se sentia pronta para encarar a Stacy, por isso mandou as respostas por email.

– Eu nem sei para o que é isso – ela me disse. Eu só olhei de relance e dei de ombros, enquanto ela, inquieta, remexia os dedos na cama.

Alguns dias depois, a Stacy escreveu de volta pedindo que ela agendasse um horário. Aparentemente, a coisa era séria.

Mas a gente tinha brigado dois dias antes da consulta. Isso foi na semana passada.

Eu não tinha falado com ela desde então.

– Devo mandar uma mensagem? – perguntei para a Mel.

Estávamos andando pela Prix, pois Mel estava com outra exposição, e admirando os novos retratos. Quer dizer, ela, pelo menos, estava. Eu estava digitando uma mensagem para Blu.

Mel arrancou o meu celular e enfiou entre os peitos.

– Chega.

– Se eu fosse um ogro, pegaria de volta – eu a repreendi, mas aceitei a derrota.

– Até o melhor dos homens mataria pela oportunidade de pegar nos meus peitos – ela provocou, mas o tom de voz era mordaz.

– Então eu não deveria escrever para ela.

– Não. Deixe a moça em paz – ela acenou para um casal que tinha entrado na galeria, de mãos dadas, e ofereceu taças de champanhe. – Que bom ver vocês, Earl, Tina.

Eles se afastaram, e eu ri.

– Você não é a porcaria de uma serviçal, por que fica distribuindo champanhe?

– Chama-se hospitalidade.

– A galeria não é sua casa – rebati.

– Vai ser – ela disse, e me puxou para longe do público. – Carson está se aposentando.

– O quê? – não consegui esconder a surpresa, meus olhos se arregalando mais a cada segundo. – Desde quando? Ele tem o quê, uns cinquenta e quatro?

Ela endireitou os ombros.

– Ele faz dinheiro mais que suficiente com as peças encomendadas aos artistas que representa. Falou que quer passar o bastão da galeria para mim, já que sou eu quem lhe proporciona mais dinheiro.

– Ah, é? – sorri, sabendo que ela dissera aquilo para exagerar a própria importância. – Não porque suas famílias são amigas, nem nada disso?

– É claro que não, por que seria isso? – mas seus lábios se curvaram, divertidos. – Isso é uma grande coisa, Jace. Eu poderia ser proprietária de um negócio. Preciso que as pessoas gostem de mim.

Pousei a mão carinhosamente no braço dela.

– Todo mundo gosta de você, Mel.

– Ora, ora, você é mesmo um docinho... – a atenção dela se voltou imediatamente para alguém atrás de mim, e ela recuou do meu toque. – Tire as patas de mim, preciso circular. Oi, Bella, olá, *como você está...*

A voz sumiu no ruído de fundo das conversas dos demais. Peguei uma taça de champanhe na mesa de mármore e dei mais um giro pela galeria, desacelerando os passos na frente de "Controlando o caos", a pintura que eu tinha visto em companhia da Blu muito tempo antes. *Que surpresa ainda estar aqui*, pensei. *Época mais simples.*

Analisei os círculos interligados, as linhas que representavam a turbulência da vida e a alma intocada no meio de tudo, protegida por uma tonalidade.

Quanto mais eu olhava para o pontinho em meio ao caos, mais eu ressoava com ele.

Arte nunca foi minha praia, mas eu entendia por que as pessoas refletiam tão profundamente quando observavam pinturas.

Elas significam histórias, lembranças, capítulos nas vidas das pessoas, que não faziam sentido para mais ninguém além da musa que as havia inspirado.

Então, talvez, se eu me identificasse com esta musa, me tornaria seu equivalente masculino.

Todas as linhas afastadas do ponto central, as pretas, que representavam meus amigos do ensino médio: Morris, Danny e o bando todo. Tentei ser como eles, tentei me encaixar. Talvez aquelas linhas fossem minhas inseguranças.

As linhas cor de carvão, que representavam a área cinza da felicidade, a vida mundana, que oferecia algo relevante, eram a minha família.

Não me entenda mal, as coisas não estavam péssimas. Meu pai tinha começado a aparecer mais e minha mãe parecia mais feliz. Baxter, surpreendentemente, aceitou meu conselho e começou a se abrir para conceitos diferentes, e Will... Bem, a gente jogava golfe, de vez em quando.

Scott foi o único que realmente deu um passo. Pediu a Sab em casamento no ano passado, com uma aliança escondida no cupcake de aniversário dela. Ela quase se engasgou. Jeito hilário de agir, francamente.

Mas o casamento seria dali a poucas semanas, e supostamente eu levaria Blu.

Supostamente sendo a palavra-chave.

Ou seja, eu precisava telefonar para ela.

Porém, assim que ia pegar o celular, ele vibrou com a chegada de uma mensagem.

21h42 – Blu Mirtilo: Desculpe. Preciso de você. Posso te ver?

Ela leu minha mente. Lia sempre.
Assim, fui.

Ela já tinha tomado dois copos de Chardonnay quando entrei, e chorava baixinho no canto do sofá.

– O que aconteceu, linda? – corri até ela e afaguei suas costas. Tinha rímel escorrido pelo rosto e pingando no lábio.

– Eu tenho TPL.

– O quê?

Ela se afastou e esticou um formulário na minha direção.

– O questionário que a Stacy me fez preencher, pois é – ela esfregou o nariz. – Era um teste de transtorno de personalidade limítrofe.

Transtorno de personalidade limítrofe.

– Transtorno de personalidade limítrofe – repeti em voz alta.

Eu já tinha escutado isso antes, mas nunca conheci ninguém que tivesse, que dirá alguém com quem eu tivesse relação.

– Não me olha assim! – ela enterrou o rosto entre os joelhos e pôs os braços em volta, se protegendo.

Eu nem tinha percebido que estava encarando. Senti como se a visse através de lentes diferentes.

– Vem cá – cochichei e a puxei para o calor dos meus braços.

– O que TPL envolve?

– Tudo que eu sou – ela deu uma risada cansada, fungando enquanto falava. – Inabilidade para ter relacionamentos estáveis, sabotar todas as coisas boas da minha vida, automutilação, Deus, tudo, todas as merdas que eu fiz.

– Blu...

– Então eu sou estragada – ela continuou, inconsolável. – E agora tenho documentação médica para provar.

– Linda, você não é...

– Jace... – ela sacudiu a cabeça, me olhando com reserva. – Isso explica tanta coisa. Explica por que meu comportamento é tão instável e por que me sinto como me sinto.

– É certeza que você tem isso?

– Não – os braços dela estavam arrepiados e ela tremia. – Quer dizer, acho que diagnosticar uma pessoa envolve muita coisa, não só uma porra de um questionário – ela gargalhou alto.

Depois, chorou.

Eu me reclinei e deixei que a realidade da situação dela assentasse em mim. Ela estava absolutamente histérica, os olhos vermelhos e inchados.

Não soube o que dizer.

Talvez, se eu fosse a um psicólogo, seria diagnosticado com alguma coisa. Sem dúvida, eu era uma bagunça espatifada também. Mas, se não me diagnosticassem com nada, eu seria apenas uma pessoa profundamente insegura e acossada pela solidão, ou seja, um fodido.

Esse seria meu rótulo.

Simplesmente fodido.

Limpei a garganta.

– Você precisa tomar remédio?

– Eu não... Eu não sei – os dedos tamborilavam no formulário, os olhos castanhos disparando de um lado a outro da folha, como palavras cruzadas. – Talvez? Deus, durante toda a vida eu achei terapia uma coisa tão idiota. Eu não quero tomar remédio, eu não... Não gosto da ideia de ter uma cápsula minúscula controlando meus pensamentos e...

A voz sumiu, as palavras morrendo na garganta.

– Se for ajudar – foi só o que consegui dizer.

– Se for ajudar – ela repetiu suavemente.

Eu a observei porque isso era tudo o que eu podia fazer, de fato. Quer dizer, eu não tinha qualificação para fazer nada além de ouvir. Se era disso que ela precisava, então era isso que eu ia oferecer.

Quanto durou, eu não soube ao certo. Não estava certo de nada, no momento.

Mas, depois de uma hora chorando e parando de chorar, ela adormeceu nos meus braços.

Eu a abracei. Eu a abracei e acompanhei com o dedo as linhas das cicatrizes escondidas sob as tatuagens.

Eu a abracei memorizando a curvatura de seus lábios e a silhueta do quadril.

Eu a abracei porque pude. Porque naquela hora ela precisava de mim, e eu consegui consertar certos erros.

Então eu a abracei, porque uma sensação torturante me disse que aquela seria uma das últimas vezes.

AOS VINTE E SEIS ANOS

Blu

PRESENTE

Flores. Pétalas de flores. *Galanthus nivalis.* Aquarelas. O som da chuva. Passarinhos cantando. Poças enlameadas com bolhas estourando. Mulheres bonitas. Homens bonitos. Todas as coisas bonitas, todas as pessoas bonitas. Estrelas. O céu noturno. Balé. Música. Poesia. Luz do sol. Torres de farol. Vento. Grama verde. Azulejos axadrezados. Livros. Tempo. Gente sorrindo. Gente rindo.

Eu poderia ter listado um milhão de coisas e ainda não faria justiça ao meu novo mundo.

Pela primeira vez, eu começava a ver tudo isso.

Pela primeira vez, nada era urgente: as coisas eram simples, preciosas.

Pela primeira vez, eu não era uma prisioneira na minha própria cabeça.

Pela primeira vez, enxergava valor na beleza ao meu redor.

E, Deus, ela abundava.

No dia seguinte ao que respondi ao teste do questionário, telefonei para Stacy e agendei três sessões.

Nas duas últimas semanas, eu a vi seis vezes. Seis sessões em que despejei meu coração para uma estranha, que já não parecia mais uma estranha.

Preenchi outro folheto de quinhentas questões e me reuni com Stacy de novo, preparada para as notícias. Quando ela me contou que o transtorno de personalidade limítrofe tem nove critérios, e que eu tinha oito dos sintomas, desmoronei.

– Então... – enxuguei os olhos, que ardiam. – E agora? E depois? Eu vou ser doente para sempre?

– Para começo de conversa, você não é doente, Beatrice. Nós vamos atravessar isso juntas, ok? Você e eu.

Assenti. Eu tinha uma parceira, agora. Não estava sozinha. *Tá tudo bem. Eu vou ficar bem.*

– Vou começar prescrevendo para você uma dose pequena de um estabilizador de humor e, se necessário, antidepressivos.

Medicação. Comprimidos. Minha garganta estava seca.

– Eles são... ãhn... Necessários?

– Podem ser. Durante algumas semanas, vamos monitorar seu progresso. Se a qualquer momento você sentir que eles estão te deixando mais ansiosa, e no geral fazendo mais mal do que bem, venha me ver e conversaremos sobre outras opções, está bem?

Meus lábios rachados pareciam uma lixa, quando esfreguei um contra o outro, forçando a dor.

Stacy se inclinou na minha direção e deu um sorriso tranquilizador. O olhar era doce, disposto a ajudar.

– Você vai ficar bem, Beatrice – ela disse, com autenticidade. – Se é que vale alguma coisa, estou muito orgulhosa de você.

Estou muito orgulhosa de você.

As palavras que um pai deveria dizer à filha.

As palavras que uma mãe deveria usar para consolar sua menina.

Nenhuma dessas palavras tinha sido dita para mim, jamais. Até agora.

Cautelosamente otimista, concordei em começar a medicação.

Vai ficar tudo bem. Eu vou ficar bem.

Nas sessões seguintes, Stacy me fez perguntas que abordavam coisas difíceis, e eu tinha que sair da sala por alguns minutos. Mas todas as vezes ela fazia questão de garantir que eu me sentisse segura, não ameaçada.

Ela se mudou para um consultório maior, onde um prolongamento da sala desembocava em uma pequena área de espera. Só que, quando eu estava lá, ela adaptava o espaço a mim.

Havia quadros, objetos para manipular e uma porção de câmeras e filmes, mas o mais importante era uma janela do teto ao chão, que dava para uma paisagem verdejante fora da clínica.

– É importante que você se lembre de que essas coisas existem – me disse. – Que há um mundo fora da sua cabeça, e que ele é verdadeiramente extraordinário.

– Nunca percebi que era doente – murmurei, observando um ninho de passarinhos sobre um galho de uma árvore. – Nunca tive a menor pista.

– Ah, Beatrice – ela disse, com voz tranquilizadora. No começo, eu detestava aquele tom. Agora, era como um beijo delicado de uma mãe em sua filha. – Você não é doente, por favor, pare de dizer isso. Você nunca foi doente. TPL surge de traumas profundamente enraizados, e você passou por muitos desses.

– Mas talvez tivesse um jeito de ter evitado? Quem sabe, se eu simplesmente...

– Você vem evitando seus sentimentos por tempo demais. É hora de abrir os braços para eles, aceitar que são parte de você e que não estão tentando te causar nenhum mal. Você é capaz de se curar – ela enfatizou. – E isso lhe é devido.

Devido.

Me lembro de quando acreditava que o mundo me devia tudo. Que eu podia exigir qualquer coisa que quisesse, porque isso era o que eu merecia, por toda a merda que tinha aguentado durante a vida.

Devido.

E pensar que as coisas que persegui eram inatingíveis porque, para começo de conversa, nunca me pertenceram. E eu tentei forçar que se encaixassem. Tentei fazer funcionar.

Era inatingível desde o começo. Algumas coisas eram.

Jace era.

E só fui me dar conta disso no casamento do irmão dele.

Quando ouvi os votos, sentada na segunda fila, lágrimas me vieram aos olhos e o observei com espanto. Visualizei nós dois de mãos dadas na bela nave de uma igreja, jurando nosso amor um pelo outro.

E daí me bateu.

Não conseguia nos imaginar fazendo isso.

Não conseguia imaginar nem o estilo de coisa que ele diria, porque ele simplesmente... Ele simplesmente não teria dito nada.

Jace uma vez me disse que tinha prometido me amar, mas nunca me disse realmente que me amava. Tudo que ele dizia sentir por mim eram comentários indiretos, que nunca transmitiam nenhuma segurança.

A única coisa que Jace queria, desde o começo, era ser amado, mas ele não tinha intenção de amar.

Na festa, observei, desejosa, os casais dançando, rodopiando, cantando... *Amando.*

Ele e eu estávamos sentados à terceira mesa, tomando champanhe, vendo o mundo brilhar à nossa frente.

À nossa frente.

Não entre nós.

— Quer dançar? – arrisquei. Me lembrei de Winter's Lodge, quando ele me pediu a mesma coisa. Quando me levou para a pista de dança e me abraçou forte para provar um ponto.

Para provar um ponto.

Porque era disso que se tratava. Sempre foi sobre isso.

Ele nunca fez nada tendo a mim como foco principal. Nunca fui prioridade, nunca a primeira. Eu o satisfazia, mas nunca fui o suficiente para preenchê-lo.

Então, quando ele não quis ir dançar, eu soube. Soube que tínhamos acabado. Tínhamos acabado fazia muito tempo, e eu só não tinha tido coragem de aceitar.

Mas todos nós temos nosso ponto de ruptura. Aquele foi o meu.

Olhei para os sorrisos que as pessoas exibiam, a emoção que transpirava de cada centímetro da pele delas, e, pela primeira vez, não senti inveja.

Fiquei feliz por elas.

Fiquei feliz por terem encontrado uma coisa que eu mesma ainda não tinha encontrado. Se era possível para alguém, era possível para todo mundo.

Era possível para mim.

Porém, olhando para o cara bonito que um dia conheci, me dei conta de nunca o ter conhecido de verdade. Ele nunca se mostrou realmente para mim. E não seria possível para *nós*.

Nós nunca fomos feitos para durar.

Por muito tempo, senti que eu só valia na medida do afeto que Jace me demonstrava, que meu valor era uma bola de poder que ele tinha em mãos.

Eu não podia ser quem eu queria ser, quando estava com ele, porque durante um período eu não era nada, se ele não fosse meu.

A aceitação começou quando percebi que nunca me tornaria quem estava destinada a ser, enquanto ele estivesse na minha vida. Nunca compartilharia os sorrisos daqueles casais, os sorrisos que davam um ao outro por lealdade genuína.

Ele me consumia quando estávamos juntos, mas me consumia mais quando não estávamos, quando eu tinha de me preocupar com a pessoa com quem ele estaria conversando, e que seria melhor do que eu.

A pessoa certa nunca teria me provocado essas dúvidas, em primeiro lugar.

A pessoa certa teria dançado comigo em um mar de estrelas ou na lava incandescente. O ponto aqui é...

A pessoa certa teria dançado.

Uma semana depois do casamento do Scott e da Sabrina, desabei no chão da cozinha e tive um ataque de pânico.

Um tsunami de emoções explodiu através de cada cicatriz, cada corte, cada pedaço da minha carne que eu enterrei debaixo de tinta. Mas eles berravam para mim, para que eu me lembrasse. Berravam para me recordar que eu era uma sobrevivente e que conseguiria escapar com vida, mesmo que cheia de ferimentos.

Uma semana e dois dias depois, terminei tudo com Jace.

(Finalmente.)

Ele não me levou a sério, no começo. Ele pensou que eu ia voltar.

– O que foi que eu fiz, desta vez?

Mas no segundo em que ele olhou nos meus olhos, e viu a total e absoluta ausência de adoração, pôs a mão na minha perna.

– Me desculpe por tudo, Blu.

Doces palavras, doce menino. Eu estava bem familiarizada com elas. Não tinham mais o mesmo peso de antes.

Talvez porque, em apenas três curtas semanas, minha vida monótona e cinza tenha se iluminado. Comecei a plantar flores no gramado morto, aguando a vida que merecia estar ali.

– Você pelo menos sabe pelo que está se desculpando?

— Sei — ele suspirou e pegou minha mão. O toque me espetou como lascas de gelo. — Me desculpe por não estar pronto para te amar, mesmo que meu coração quisesse.

Beijei os lábios dele nessa hora, suavemente, para saborear o gosto de veneno e promessas vazias.

Meu beijo final não pretendia começar um novo: era para encerrar um antigo.

Meu adeus final.

Ele também sabia.

Tinha havido muitos términos, percebi, mas eu nunca conseguia admitir. Não conseguia. Ele era parte de mim. Eu mesma garanti que fosse assim.

Eu o escolhi no instante em que pousei os olhos nos dele, a mandíbula angulosa que cortava minha carne quando ele me comia com egoísmo.

Com o passar do tempo, Stacy e eu trabalhamos na profunda manipulação emocional que eu tinha sofrido por parte de todos na minha vida, incluindo minha mãe.

Eu nunca tinha percebido o quanto ela contava comigo para fazer tudo que ela não *queria* fazer.

Não, "não conseguia fazer".

Não *queria* fazer.

Recolhi os restos esparramados, compensando exageradamente a falta de afeto. De novo, de novo e de novo, eu me ofereci para ser uma escrava para quem nada oferecia, além de migalhas e poeira. Minha mãe, apesar do laço de sangue, não era minha família.

Fawn era.

Uma boa amiga era melhor do que mil conhecidos.

Meu pai, a seu modo, talvez só tenha me amado na medida do que conseguia, mas isso não significa que não me amasse.

Parei de me culpar pelo abandono dele, porque não era de propósito. Não era ação minha.

Não era minha culpa.

Depois de incontáveis sessões desabafando sobre meus sentimentos, aceitei que Zac, Kyle, Tyler e Jace não sabiam expressar o amor que eu merecia, e muito do que passei com eles era resultado das experiências deles mesmos. Talvez tenha havido afeto verdadeiro em algum momento, mas foi encoberto por questões não resolvidas que eles próprios tinham que trabalhar.

Não quer dizer que eu não tenha tido um papel. Certamente que sim. Claramente que sim. Mas assumir responsabilidade total pelo sofrimento causado a mim seria danoso e prejudicial. E já fazia tempo demais que eu carregava esse peso.

Era hora de largar.

Era hora de ser livre.

Passaram-se meses que pareceram segundos, um ano inteiro ao redor do sol, que agora se aproximava do horizonte.

Deletei minhas redes sociais. Meu trabalho era gratificante. Novas oportunidades se apresentavam, de formas que eu nunca teria imaginado.

Fazia vários meses que Jace e eu não conversávamos.

Pensei no tempo que passamos separados, tentando caçar alguma tristeza, mas não consegui. Ao constatar as melhoras na minha vida, como eu tinha conseguido sucesso não só por fora, mas também por dentro, era quase difícil mergulhar no sofrimento.

– Não entendo por que gostei tanto dele – contei para Stacy um mês atrás. – Estava apaixonada além do imaginável, até além de qualquer controle.

Ela relaxou na poltrona.

– Pessoas que convivem com TPL muitas vezes têm tendências obsessivas, quando se relacionam com gente que as intriga. Foi uma reação normal, Beatrice.

– É por isso que eu sempre brigava com ele por tudo? – me inclinei na direção dela. – Por isso eu era sempre tão emotiva?

— Eu não participei do seu relacionamento, dessas brigas entre vocês. Mas o que posso dizer é que regulação emocional é uma das coisas que vimos trabalhando, porque é comum que os sentimentos sejam extremos.

— Eu não me sinto mais tão mal quanto antes — admiti. — Ficou mais fácil me concentrar nas coisas boas, ao invés de nas ruins.

Ela me olhou inquisitivamente.

— Talvez seja porque você não sente mais o medo do abandono.

— Como assim?

— Pelo que aprendi a seu respeito, Beatrice, você sempre sentiu que precisava agradar às outras pessoas, para que elas não te abandonassem. A base do seu relacionamento com Jace parece ter sido exatamente essa.

"Você achava que, se fizesse de tudo por ele, se pudesse *ser* tudo para ele, ele voltaria. E, por certo período, pareceu que ele voltava."

— Ele não voltava por mim, voltava pelo próprio ego. — A raiva ia crescendo devagar, mas inspirei fundo e tentei mantê-la afastada.

Trabalho em andamento, pensei.

Ao menos era algum progresso.

Stacy sorriu.

— Você está indo muito bem com sua regulação emocional, Beatrice. E, se é verdade que Jace só voltava pelo ego dele, então, que seja. Nós só podemos agir sobre nós mesmos, certo?

Apertei os lábios e respondi assentindo.

— Certo.

Com o passar das semanas, meu emprego se tornou cada vez mais exigente, mas eu adorava a carga de trabalho. Fazia saídas de um dia a trabalho, tirava fotos de lugares onde nunca havia estado antes e ampliei meus limites como fotógrafa.

Durante uma saída, na primavera, decidi visitar as montanhas azuis de Thornbury, para tirar fotos da vegetação para a nossa coluna sobre atividades ao ar livre. Quando estava subindo a trilha, encontrei um homem montando a câmera exatamente no lugar onde eu pretendia me posicionar.

— Vou esperar você terminar — falei, olhando uns cliques antigos.

Seus olhos me pareceram conhecidos, esverdeados como algas, com tonalidades de azul. O sorriso era meigo, mas a testa exibia sulcos profundos. Eu diria que tinha quase trinta anos.

— Fotógrafa também? Ou só se divertindo? — ele perguntou.

— Eu trabalho para a Toronto Pix, da TTC Travels.

— Ah! — ele tirou uma foto, depois ajustou a lente. — E que tal?

Eu tinha melhorado muito, nos últimos meses, quanto a ter conversas à toa com desconhecidos. Uma vez que tinha conseguido expor todos os meus problemas pessoais para Stacy, soube que eu era indestrutível.

— É um sonho de trabalho — confessei, sorrindo.

— Sorte sua — ele mudou ligeiramente de posição. — Gostaria de ter uma renda estável, mas sou só um fotógrafo freelance.

— Mas ser freelance te dá a liberdade criativa de fotografar o que quiser. Ninguém te diz o que fazer.

Ele se afastou da lente e olhou para mim, os cantos da boca se levantando, uma mão estendida.

— Baxter Boland.

Boland.

Tinha de ser uma coincidência.

Porém, quanto mais eu observava os olhos dele, o perfil anguloso como cumes de montanhas, mas sabia que não era.

— Você conhece Jace Boland?

Ele recuou um passo, agora me analisando com cautela.

— É meu irmão. Como você o conhece?

Como eu conhecia Jace Boland, essa era a verdadeira questão. Como eu queria que o irmão dele me conhecesse? Será que eu ainda me importava com isso? Fazia tanto tempo desde nossa última conversa que nossa relação parecia um piscar de olhos em toda uma existência.

— A gente foi meio que amigos — decidi. — Meu nome é Blu... *Beatrice* Henderson.

Com um movimento ágil, ele prendeu a correia da máquina no pescoço e soltou um palavrão.

— Blu — ele sorriu, incrédulo. — Você foi a menina que Jace não conseguiu abalar.

Ri, pouco à vontade.

— Acho que me sinto ofendida.

— Não, não — ele levantou a mão. — Não foi isso que eu quis dizer. Ele falou sobre você antes, *merda*, é tão louco te conhecer desse jeito.

— Idem, aqui — ri. *Nós dois* parecia ter sido séculos antes. — Como ele está?

— Não sei ao certo, a gente não conversa muito.

Uma parte de mim lamentou por ele, mesmo que nossa conexão já não ardesse com a paixão de antes. Os irmãos significavam tudo para ele, e aquelas pareciam ser as únicas relações que ele fazia questão de manter. *Deve ser duro*, pensei. Acho que algumas coisas nunca mudam.

Mas eu tinha mudado. E a vida dele não era mais assunto meu.

— Talvez ele esteja trabalhando com uma amiga, mas disso eu soube só por ouvir dizer — ele riu e eu o imitei, mas minha parte protetora se aliou a Jace e permaneceu abaixo da superfície.

Daí eu me despedi de Baxter Boland e encontrei outra área, ao lado de outra trilha, e me esqueci da interação tão rápido quanto ela aconteceu.

— É estranho — contei para a Stacy no dia seguinte. — Eu pensei que ia sentir mais.

— Por quê?

— Não sei, acho que por ele ter sido uma presença tão constante na minha vida, e conhecer o irmão me fez lembrar disso.

— Mas você disse que não teve sentimentos muito intensos.

— Não — sacudi a cabeça. — Não tive. A vida dele não me interessa mais.

— E você está contente com isso?

Esfreguei as pontas do meu cabelo azul-escuro, a única parte de mim que guardava certa semelhança com minha eu anterior. A eu que amava Jace Boland.

— Estou contente que ele não possa mais me machucar.

— Bem, Beatriz, as pessoas só podem te machucar se você lhes permitir.

Repeti as palavras dela como um mantra, ao voltar para casa e fazer uma parada em uma farmácia, antes de chegar e correr para o banheiro.

— Eu vou mesmo fazer isso? — murmurei, pegando a caixa preta de tintura que havia acabado de comprar. Do pote no suporte, as tesouras me encaravam. Peguei-as também.

— Foda-se.

O primeiro corte pareceu uma facada no estômago; o segundo, um soco na coluna. Mas, quanto mais eu cortava, melhor eu me sentia. Era como tirar um peso morto, arrancar espinhos.

Quando meu cabelo ficou pouco abaixo dos ombros, diluí a tintura e tomei um longo fôlego. Meu cabelo azul era parte de mim, a garota partida que não tinha pai, não tinha mãe, não tinha ninguém para amar.

Mas eu não era mais aquela garota.

Eu tinha a mim mesma.

Eu amava a mim mesma.

Enquanto a tintura cobria meu cabelo, lágrimas rolaram dos meus olhos. Pareciam gotas de chuva.

Cobri a parte de mim que era a chuva do Jace.

Cobri as mechas que choravam pelas minhas inseguranças, meus defeitos e fracassos.

Cobri a tristeza, a perda, a angústia e o sofrimento, até que deixei de ser melancólica.

Eu não era mais Blu.

Alguns dias depois, estava no consultório da Stacy ouvindo as perguntas de rotina dela, quando meu telefone tocou.

O identificador de chamada informava: Jace Boland.

Milhões de pensamentos vibraram debaixo da minha pele. Baxter provavelmente tinha contado a ele sobre nosso encontro.

Levantei o aparelho para mostrar à Stacy quem estava ligando.

– Você vai atender?

Olhei para a tela, fiquei observando tocar. O tempo se desacelerou, minha respiração estava lenta. O que ele poderia querer? O que eu poderia dar a ele, que ele já não tivesse?

Ele sugava a vida de mim.

Ele me drenava de toda a minha energia.

Ele faria isso de novo, se eu permitisse.

Se eu permitisse.

Silenciei o telefone e observei a chamada ir para a caixa de recados, cochichando para mim mesma: *As pessoas só podem te machucar se você lhes permitir.*

E hoje...

Hoje eu não permiti que ele me machucasse.

Amanhã eu não permitiria.

Daqui em diante, nunca mais permitiria.

– Ora, bem, isso responde a questão – Stacy falou, e soube que ela estava orgulhosa de mim. Eu estava mais. – Diga-me – ela tirou o bloco de anotações –, qual foi a pior coisa que te aconteceu hoje?

Minhas mãos estavam trêmulas e meu coração, errático, mas eu tinha conseguido. Porra, eu tinha conseguido.

Tinha ignorado Jace Boland.

E não liguei de volta.

Meus olhos se fecharam, reconfortando-se com o vazio emocional.

– Acho que... – engoli em seco. – Uma parte de mim morreu.

Porque era isso que parecia. Virar a página, me curar. Eu me afoguei, antes de voltar à superfície. Lutei para respirar, antes de inalar ar fresco.

Mas havia força nas minhas cicatrizes. Eu finalmente enxergava a beleza disso.

Eu escolhi a felicidade tal como antes havia escolhido o sofrimento.

Todas igualmente escolhas, todas minhas.

— Uma parte de você morreu — ela rabiscou alguma coisa no papel.

— E a melhor?

Fechei os olhos mais uma vez e me fundi a um pensamento de paz.

O cheiro de muffins. Bolo *red velvet*. Sinos tocando. Chapéus de amplas abas moles. Canela e especiarias. Roupas limpas. Lavanda. Calçadas de pedra. Jardins.

Uma vida que eu podia viver.

Uma vida que eu *vou* viver.

Quando pensei em todas as perdas que tinha sofrido, a dor continuava lá, mas eu não estava mais sofrendo. Todas as partes preciosas da vida venceram a escuridão, e eu era a fênix renascendo das cinzas.

Um sorriso muito discreto surgiu em meus lábios enquanto eu retirara um grilhão depois do outro, as correntes às quais eu estivera presa durante anos de agonia, meu tormento pessoal já não me assombrando.

Hoje, eu escolhi a mim mesma.

Amanhã, escolheria a mim mesma.

Para sempre.

— A melhor parte do dia de hoje, Beatrice? — Stacy repetiu, com uma expressão engraçada no rosto.

Uma lágrima escapou do canto do meu olho, mas não era mais uma gota de chuva.

Era sol.

Tchau, Blu Henderson.

— Uma parte de mim morreu.

Fim

Obrigada por ler *Blu, como a cor azul.*

Se por alguma razão você quiser ver Blu e Jace terminarem juntos, vire a página e leia o final alternativo que escrevi para este livro.

NO ENTANTO, eu estou muito satisfeita com o modo como encerrei o livro e, de minha parte, orgulhosa de Blu (Beatrice) e de seu crescimento, e não quero que ela estrague todo o processo de cura voltando para Jace.

Tendo dito isso, o final alternativo é para todo mundo que ainda tem esperança por esses dois. Eu nunca tiraria essa esperança de vocês.

Amo todos vocês.

FINAL ALTERNATIVO

QUATRO ANOS MAIS TARDE

O quadro nunca foi removido.

"Controlando o caos" fazia Jace se lembrar dos próprios demônios, apesar de ele já não lutar mais com a antiga tristeza.

Houve uma época em que ele acreditou que a vida oferecia as melhores cartas a quem não merecia e, ao diminuir as luzes da galeria de arte Prix, usando um blazer cinza-chumbo, sentiu-se como se fosse uma dessas pessoas.

Quando Mel assumiu a galeria, dois anos antes, empregou Jace como subgerente.

– É o mínimo que eu poderia fazer por um amigo – ela havia dito.

Ele valorizou imensamente a oportunidade, embora não fosse algo pelo que tivesse batalhado. Talvez fosse por isso que se sentia preso em um interminável círculo de nada, porque a vida o recompensava apesar de ele não se esforçar para isso.

Tinha sido sempre assim, ele pensou. Com tudo, com todos. As coisas que ele perdia, nunca conseguia recuperar.

Mas quatro anos se passam, alguém entra na galeria e para bem na frente da pintura que ele sabia que ambos amavam.

Ela não sabia que ele estava lá, não tinha como saber. Seus olhos estavam grudados às linhas que se entrecruzavam, o ponto protegido por uma tonalidade intermediária.

– Seu cabelo está diferente – ele disse, reconhecendo que quase tudo nela havia mudado.

Ela se virou para o encarar, pontinhos dourados nos olhos castanhos piscando para o mar azul-esverdeado dos dele.

– Você está diferente – ela respondeu, com voz equilibrada e calma, em um tom que Jace nunca tinha ouvido.

– É o blazer – ele brincou, e ela riu. Não havia amargura na voz dela.

Ele se aproximou um passo, observando o quadro.

– Cuido da galeria quando Mel está fora – ele começou. Ela se virou para ele. – Eu trabalho aqui.

– Você parece o dono.

– Bem que eu queria.

– Por que querer? – ela questionou. – Quando se pode fazer?

O olhar dele era doce.

– Talvez um dia.

Ele não estava falando do trabalho.

Ela sabia disso, mesmo quatro anos depois.

Um instante de silêncio, enquanto ambos voltavam a se concentrar na pintura.

– Você encontrou sua tonalidade? – ela falou baixinho, os olhos acompanhando as fissuras do quadro.

Recordações dela voltaram à mente dele, mas já não eram uma representação da mulher de pé ao seu lado.

– Talvez eu tenha encontrado – ele sorriu. – Qual é mesmo o seu nome?

Ela deu um passo, os cantos da boca se curvando enquanto entrelaçava o dedo mínimo no dele.

– Beatrice Henderson.

AGRADECIMENTOS

Obrigada a Jace Boland da vida real, por ter entrado na minha vida quando entrou. Você insuflou isto. Você é digno de ser a inspiração de alguém.

Obrigada à personificação ambulante do Pinterest: minha tia, editora e melhor amiga. Eu não seria escritora sem você.

Meus melhores amigos (vocês sabem quem são), eu valorizo todos e cada um de vocês. Obrigada por sempre me incentivarem e acreditarem em mim.

Obrigada, Mariah, minha irmã de alma, por apaziguar meu coração melancólico. Você é única. Não mude jamais.

Obrigada, mamãe, por sempre ouvir meu falatório sobre personagens que desprezo e personagens que amo. Eu lhe disse para não ler este livro, mas vou te mostrar os agradecimentos, mesmo assim.

Vovô, meu maior fã e amigo, eu te amo.

Por fim, obrigada a vocês, minhas lindas e meus lindos leitores.

Eu não estaria aqui, se não fossem vocês.

Vocês mudaram minha vida este ano, e eu vou reconhecer para sempre o amor e o apoio que vocês me dão, dia sim, outro também.

Lembrem-se de que vocês são todos fonte de inspiração para a história de alguém...

A minha.

Lembrem-se sempre de ter amor dentro de si, mesmo se não sentirem que merecem amor. Essa é sua maior força.

Amo vocês para sempre.

Vou lhes agradecer para sempre.

Mar.